Corinna John

AF286411

3D-Schock

**Fünf Jahre sind seit
„Halbsichtigkeit" vergangen ...**

**... die Welt da draußen:
Flach wie ein Würfel.**

Mit Dank an

alle Linux- und LibreOffice-Entwickler,
weil ihr das Werkzeug zum Schreiben liefert.

meinen Arbeitgeber,
für schön viele ICE-Fahrten im Abteil mit Klapptisch.
Nirgendwo schreibt es sich besser, als in Schnellzügen!

alle hier Fehlenden,
weil ihr die Wichtigsten seid.

© Februar 2006 / November 2015 – Corinna John
Herstellung und Verlag: Books on Demand GmbH, Norderstedt

ISBN 9783833446979

Dieser Inhalt ist unter einem Creative Commons Namensnennung-
NichtKommerziell-KeineBearbeitung 2.0 Germany Lizenzvertrag lizenziert.
Um die Lizenz anzusehen, gehen Sie bitte zu
http://creativecommons.org/licenses/by-nc-nd/2.0/de/
oder schicken Sie einen Brief an Creative Commons,
559 Nathan Abbott Way, Stanford, California 94305, USA.

Sie finden dieses Buch auch unter
http://www.binary-universe.net

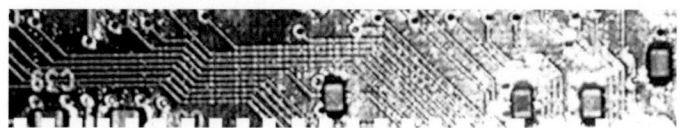

So, das war's. Der Reiseplan für die nächste Woche stand fest, eine verwinkelte Route, die über acht Zwischenstopps immer tiefer ins Sonnensystem führen sollte. Juliette übergab das Schiff wieder dem Autopiloten und lehnte sich zurück.

Um sie herum strahlten die Sterne auf schwarzem Nichts. Zufrieden wandte sie sich nach links. Die räumlichen Schichten verschoben sich vor ihren Augen gegeneinander, als die Projektion des Sternenhimmels hinter ihr sich andersherum drehte als die Vorderansicht.

Was stimmte nicht mehr? Rhythmus. Die schlichten, ruhigen Melodien, mit denen die sich überlagernden Sterne ihre tatsächliche Position bekannt gaben, passten so verschoben nicht mehr zueinander.

Um das lästige Gedudel abzuschalten, verschob sie jede Projektion in einen anderen Parallelraum, so dass in ihrem primären Blickfeld nur noch die stille Aussicht leuchtete. Den Rest der 360°-Ansicht spürte sie irgendwo im Hinterkopf, wie Erinnerungen an die Gegenwart, denen sie momentan keine Beachtung schenken musste.

Ruhe. Ruhe für mehr als einen Erdentag, bis sie an die Station Neptun-2 andocken würden.

Aus weiter Ferne fühlte sie etwas an ihrer linken Schulter, jemand versuchte sie anzusprechen. Widerwillig dachte sie *raus hier* und öffnete die Augen.

Vor ihr stand wieder die Konsole. Ein fast lebendig wirkender Schwarm von bunten Lichtern leuchtete, blinkte und formte gelegentlich ein paar Buchstaben. Der Schirm darüber war gerade durchsichtig und zeigte die Aussicht nach vorn, ohne Metadaten so informationell flach wie bemaltes Papier, räumlich ohne echte Tiefe.

Mit einem gezwungenen Lächeln drehte sie ihren Sitz um und schaute den Matrosen fragend an. „Was ist los, Martin?"

„Nichts", er zuckte mit den Schultern, „ich wollte dich nur daran erinnern, dass du dich nicht zu sehr an den tieferen Raum gewöhnen solltest. Weißt schon, die Außenwelt wird immer flach bleiben und du könntest verlernen, darin zurecht zu kommen. Mutierst zum Techie, so langsam, echt."

„Hast ja Recht", sagte die junge Pilotin, nahm das mit golden schimmernden Elektroden besetzte Stirnband ab und strich sich das schwarze Haar aus dem Gesicht.

Der mehrdimensionale Raum war ein idealer Zufluchtsort, in den man stundenlang abtauchen konnte. Aber die Umstellung hinterher schlug jedesmal härter zu. Juliette schaute an ihrem Mitarbeiter vorbei zur offen stehenden Tür, in den Gang hinaus, dann wieder den Türrahmen entlang und über den grauen Fußboden zurück zur Konsole. Dabei versuchte sie, das Ganze räumlich zu finden, dreidimensional und trotzdem vollständig.

„Irgendwie passt es doch", meinte sie schließlich.

Seit Zhan nicht mehr an Bord war, hatte sich das ganze Schiff verändert. Als wäre das nicht genug, war sie sicher, dass es an ihr lag. Aber verdammt nochmal, was konnte sie denn dafür? Niemals hatte sie vor gehabt, den Piloten-Job zu übernehmen und Zhan zu ersetzen.

Aber Zhan hatte es so gewollt. Juliette war erst seine Lieblingsschülerin gewesen, dann hatte sie gleich nach der Ausbildung den Maschinenraum bekommen. Nun hatte sie das ganze Raumschiff mit fünf viel älteren Kollegen am Hals und war täglich neu erstaunt, dass sie nicht hilflos überfordert war.

Mit dem neuen alten Raumschiff ging eine neue Art von Raumzeit einher, Rihm hatte sie beim letzten Stopp auf Terra eingebaut. Das wäre das Modernste, hatte der Informatiker erklärt, unbedingt empfehlenswert. Seltsam blass war er gewesen, aber das fiel bei ihm nicht weiter auf.

Von außen hatte sie nur ein normales Datenstirnband mit

ein paar zusätzlichen Sensoren gesehen. Aber was es aus dem Puzzle von Ersatzteilen, die ihren Bordcomputer darstellten, heraus holte, schlug alles bisher dagewesene. Der auf sieben Dimensionen ausgedehnte Cyberraum sog das Chaos ihrer Gedanken in sich auf und verteilte es auf so viele Achsen, dass sie es überblicken konnte. Mehr Tiefe, endlich Ordnung, und das alles in einer viel intensiveren Form von Realität – ja, Realität, es musste mehr sein als nur Simulation.

Bisher hing nur ein einziges Stirnband in der Kuppel. Am selten genutzten rechten Platz, der für einen so gut wie nie anwesenden Assistenten gedacht war, fehlte eine Neural-Verbindung. Rihm hatte versprochen, den zweiten Anschluss einzubauen, sobald sie wieder in Erdnähe waren, was in wenigen Tagen der Fall sein sollte. Welch eine Gelegenheit, wieder einzutauchen!

Noch vor zwei Jahren hätte sie umständlich eine Nachricht aufzeichnen und an die nächste Transceiver-Station schicken müssen, von wo sie mehrere Stunden bis zum Turm Neuseeland-2 gebraucht hätte, dem nördlichen der beiden Neuseeland-Türme, in dem ihr Experte Rihm wohnte.

Seit das Hyperraum-Netz vollständig in Betrieb war, funktionierte endlich die Echtzeit-Verbindung, so dass sie ihn einfach anrufen konnte. Tausende kleiner Geräte in den tieferen Dimensionen der Raumzeit sorgten für einen nahezu verzögerungsfreien Datenfluss quer durchs heimische Sonnensystem und dehnten so das Netz bis zur Pluto-Station aus.

Kaum war Martin gegangen, schloss sich das Datenstirnband wieder um ihren Kopf, locker und kühl, gerade fest genug für eine klare Simulation. Als das Rauschen um sie herum verstummte, ließ sie ihre schweren Augenlider zufallen und wartete auf die weite Ebene der Eingangshalle.

Meter für Meter breitete sich der virtuelle Raum um ihre Füße herum aus, Achteck für Achteck in unendliche Ferne verschwindend. Als sich der grell gemusterte Himmel über ihr schloss, suchte sie den Katalog, fand ihn als unscheinbare

Kiste auf dem Boden aus schwarzem Glas, und öffnete ihn.

Sie dachte an ihr Adressbuch, es sprang als silberner Streifen heraus, dehnte sich zu einer fast transparenten Folie und baute sich als ein Muster aus Zeichen und Symbolen senkrecht vor ihr auf. Rihms Profil leuchtete heraus, trat in den Vordergrund und überdeckte die letzte Ansicht.

Juliette ließ eine Direktverbindung aufbauen und wartete auf Antwort. Nach zwei Sekunden färbte sich die hellblau duftende Verbindungsanfrage plötzlich violett, sie wurde in ein anderes Profil umgeleitet.

Irgendwo in den Tiefen des Netzes blinkte ein Nachrichtenfenster dezent neben Cles rechtem Ohr. Verärgert über die unerwartete Ablenkung, ließ der Hacker das Symbol fallen, an dem er gerade arbeitete. Mit zwei Fingern griff er nach dem Fenster und zog es in sein primäres Blickfeld, das aus reiner Gewohnheit vor seinem Gesicht lag.

„Was ist?" fragte er hektisch, ohne vorher zu lesen, mit wem er überhaupt sprach. Dann erst fokussierte er das Bild und erkannte einen weiß-grünen Pilotenanzug, über den schlampig gekämmte, schwarze Locken fielen. „Hallo Julie, bist du falsch verbunden?"

„Nein, kommentarlos umgeleitet worden", sagte die Frau im Nachrichtenfenster, „Rihms Profil hat mich zu dir geschickt. Kannst du mir sagen, wo der kleine Schatten steckt?"

Bei dieser Bezeichnung musste Cles grau flimmernde Maske unwillkürlich grinsen. Er war schon mit Rihm zusammen zur Schule gegangen; auch an dem Interface, mit dem er jetzt hier war, hatten sie beide gearbeitet. In den ganzen sechs Jahren, die sie sich nun kannten, hatte man Rihm immer an seiner Farbe erkennen können. Beziehungsweise an deren Fehlen. Schwarz war sein Markenzeichen.

„Keine Ahnung", antwortete er, „der Schatten meldet sich immer sauber ab, er muss doch eine Notiz hinterlassen haben." Noch während er den Satz aussprach, formte seine silberne Hand eine kurze Geste, die das Netzprofil öffnete.

Blau glitzernd hing es neben dem anderen Fenster in der simulierten Luft.

„Da steht nichts", sagte Juliette, „sonst hätte ich gar nicht erst angerufen."

„Offline soll er angeblich sein", überrascht schaute Cle zwischen Profil und Julie hin und her, „das war er in letzter Zeit immer seltener. Und dann auch noch ohne Grund … soll ich mal nachschauen?"

Für einen Moment wusste die Pilotin nicht, was Cle mit *nachschauen* meinte. Dann kroch ein unsicheres Lachen auf ihr Gesicht, nach einer kurzen Pause stimmte sie zu.

„Auf deine eigene Verantwortung", lächelte sie durch die verschlüsselte Direktverbindung. „Sag hinterher aber niemandem, dass ich dich dazu aufgefordert hätte."

Das Mädchen, das mit dreiundzwanzig Jahren eigentlich noch viel zu jung für ein eigenes Raumschiff war, zwinkerte kurz und schloss die Verbindung. Cle schubste das leere Fenster zur Seite und ließ es verschwinden. Was auf der Welt konnte dieser labile Bastler angestellt haben, dass er sich auf einmal kommentarlos zurück zog?

Vielleicht sollte er einen Blick in seine Werkstatt werfen. Um sich dafür nicht ausklinken zu müssen, schaute er sich das Sicherungssystem des Turms an. Rihm hatte eine einzige Kamera in seiner Wohnung, das wusste Cle, es war die vom Telefon. Um sie fernzusteuern, musste er ein paar Sperren umgehen.

Nichts ist unmöglich, dachte er, während eine komplizierte Handgeste sein persönliches Archiv öffnete.

Es war nicht das erste Mal, dass der einem Bekannten in die Wohnung guckte. Der Trick hatte schon einmal funktioniert; vor knapp fünf Jahren hatte er Tinas Zimmer so beobachtet. Am nächsten Tag hatte sie es bereits herausgefunden und ihm ganz real in der Außenwelt eine gescheuert. Seitdem hatte er aber dazugelernt, Rihm würde nicht das Geringste davon bemerken, dass jemand seinen Datenstrom anzapfte.

Es ist schon irgendwie komisch, dachte er beim Hochfahren

des frisch angepassten Hintertür-Programms, *was aus Tinchen und mir geworden ist.* Lange hatte er die Kollegin mit dem roten Kopftuch nur als kleine Rivalin im Clan gesehen, eine Anführerin von gestern, die er bald ersetzen wollte.

Und heute, nur ein paar Jahre später? Sie wohnten zusammen in einer geräumigen Dachkammer hoch über S51-Süd, in der mittleren Stadt-Etage ihres Turms, mit Blick auf die blühend begrünte Kristallfassade des Botanischen Instituts. Und doch sahen sie sich fast nie dort.

Das Netz hielt sie beide gefangen. Cle hatte keine Ahnung, wann sie zuletzt gleichzeitig offline gewesen waren. Wann war er überhaupt das letzte Mal draußen gewesen, auf der geisterhaften Oberfläche, die sich Außenwelt nannte? Seit eine kleine Nadel im linken Unterarm seinen Körper versorgte, klinkte er sich immer seltener aus.

Na also! Der Raum um ihn herum löste sich auf und machte Platz für eine staubig verschleierte Aussicht durch Rihms Kamera. Der fensterlose Kellerraum sah aus, als wäre er von einem Moment zum anderen zurück gelassen worden.

Am unteren Rand des Blickfelds stand Rihms breiter Arbeitstisch, Teile verschiedener Geräte waren darauf verstreut. Etwas zu chaotisch, um absichtlich liegen gelassen zu werden, fand Cle den Arbeitsplatz. Fast alle Bauteile lagen hinten rechts in einer schiefen Kurve angeordnet, als hätte jemand achtlos über den Tisch gefegt.

Vor dem schlampigen Tisch stand sein Sessel zum Raum hin gedreht, das Datenstirnband hing schief über die Lehne. Anscheinend hatte Rihm sich zur Tür umgedreht, schnell das Interface abgestreift, und dann war irgendwas passiert, wodurch die sonst sorgfältig sortierten Bauteile und Speicherchips seiner aktuellen Aufträge quer über den Boden verstreut worden waren. Die schwarz lackierte Blechtür hatte einen großen Kratzer, war davon abgesehen aber intakt und, soweit Cle es vom Tisch aus erkennen konnte, von außen verriegelt.

„Scheißdreck", fluchte Cle leise vor sich hin. Nichts deutete an, dass der Bastler diesmal freiwillig verschwunden war. Das hätte die Angelegenheit herrlich einfach gemacht.

Er hatte eine eindeutige Meinung über Rihm. Und zwar hielt er ihn für eine seelisch labile Konstruktion, die ausschließlich für sich selbst eine ernsthafte Gefahr war. Was er hasste, zog ihn magisch an; dieser Schatten stürzte sich selbst in eine Krise nach der anderen.

So zum Beispiel die Hardware: Jeder wusste, dass Rihm die flache Außenwelt noch mehr verabscheute als jeder per Schlauch ernährte Techie, und doch reparierte und installierte er Schaltungen im Auftrag verschiedenster Kunden, bevor er sich abends wieder ins Netz einklinkte.

Zurück auf dem dunklen Glasboden in der heimischen Eingangshalle, wechselte er in den surrealistischen Garten, den er einst für Tina gezeichnet hatte, stellte den Sonnenstand auf frühen Abend ein und öffnete ein Nachrichtenfenster zu seiner Freundin.

Tina programmierte gerade ein ziemlich komplexes Symbol, von dem Cle noch nicht zu raten wagte, was es einmal tun sollte. Da sie beide seit ein paar Monaten einen kleinen Wettstreit um das bessere Optimierungskonzept ausfochten, hätte sie es ihm wahrscheinlich sowieso nicht erklärt.

Nachdem sie die Störung einen rhetorischen Moment lang ignoriert hatte, schaute sie auf und lächelte ihn an. „Ist es schon so spät?" fragte sie überrascht.

„Gibt Ärger", antwortete Cle und ließ ein Standbild von Rihms Kellerraum aufleuchten. „Der Schatten hat sich eine größere Krise eingefangen als üblich."

Ein unscheinbarer, grau in der Sonne glitzernder Luftgleiter überquerte den Pazifik, blau und friedlich zog der Ozean einen Kilometer unter ihm dahin. In der Passagierkapsel war es still, strukturierte Kunststoffwände schirmten den Motorenlärm restlos ab.

Auf dem grau gestreiften Fußboden standen zwei Männer in unauffälliger Freizeitkleidung neben einer schmalen Liege, auf der ein dritter langsam aus tiefer Bewusstlosigkeit erwachte. Der Größere von ihnen trug einen schulterlangen, hellbraunen Zopf im Nacken, der sich dunkel vom naturfarbenen Baumwollmantel abhob.

Ungeduldig schaute er den anderen Mann an, dessen dunkelgrüner Anzug von einem weißen Kittel bedeckt wurde. Die weiten Ärmel endeten knapp über zwei Händen in weißem Latex, die gerade eine Nadel aus dem Oberarm des Bewusstlosen zogen und die rote Stelle mit Kunsthaut-Spray verschlossen.

„Wann wacht er auf?" fragte der Langhaarige den Weißkittel, der noch einmal die kleine Narbe am Kopf seines Patienten prüfte.

„Beweis mal etwas Geduld, Charly", antwortete er, „es kann sich nur noch um Sekunden handeln."

Der Patient war vierundzwanzig Jahre alt, sah mit seinem schmalen, weißen Gesicht und den langen Fingern aber etwas jünger aus. Sein schwarzes Haar war an einer Seite streng nach hinten gekämmt, um so chaotischer fiel es über die andere Gesichtshälfte und die schwarz gekleideten Schultern. Schattenhafte Augenringe unterstrichen seine Hilflosigkeit, als seine Wimpern zu zucken begannen.

Nahezu bewegungslos kämpfte Rihm um Kontrolle über seine Gliedmaßen. Grelles Neonlicht blendete die halb geöffneten Augen. Eine zitternde Hand hob sich und wurde langsam ruhiger, bis sie starr über seinem ausdruckslosen Gesicht stehen blieb.

„Guten Morgen", sagte Charly höflich, dann half er ihm in eine aufrechte Position. Auf die Hände gestützt saß Rihm auf der harten Liege und starrte durch die transparente Wand auf Wolken und tief unten schimmerndes Meer. *Verloren*, dachte er, *das ist das Ende.*

„Man nennt dich auch den Schatten, stimmt's?" redete der Mann im Baumwollmantel weiter. „Weißt du was, mein Schatten, ich möchte dir gleich mal etwas zeigen."

Er beobachtete eine Weile, wie der entführte Informatiker

wieder stärker zitterte und weiter aus dem Fenster starrte, dann tippte er sich mit dem Zeigefinger ans linke Ohr. „Ich hab dahinter einen hübschen Chip, der auf jeden Gedanken hört. Und du hast das Gegenstück. Was siehst du jetzt?"

Er zwinkerte kurz, und vor Rihms Augen wurde es schlagartig dunkel. Als der erste Schock vorüber war, sah er eine hügelige Ebene aus blau-grün kariertem Schaumgummi, über die ein warmer Wind leise, fröhliche Melodien trug. Alles duftete nach Blumen und feuchtem Holz. Nach zehn Sekunden war das Wunderland verschwunden und er saß wieder auf der Liege im Luftgleiter.

„Nun, wie findest du das?" fragte Charly mit einem aufgesetzten Strahlen, das kaum künstlicher hätte wirken können. „Das ist perfekte Kommunikation. Wir können dich alles sehen lassen, jederzeit, überall. Du kannst sogar antworten, das üben wir später."

Der Schatten fuhr sich mit der Hand durchs Haar und tastete dabei nach einer Narbe. Sie war tatsächlich da, nur einen Zentimeter neben der Kontaktstelle seines Datenstirnbands, das jetzt meilenweit weg in seinem Keller lag. Diese Fremden hatten es geschafft, es war vorbei. Er hatte verloren, bevor er herausfinden konnte, worum es genau ging.

„Was wollt ihr überhaupt von mir?" formulierte er unsicher. Er hatte keine Ahnung, warum er hier war. Nur eines war sicher: Ab heute konnte er keinem seiner Sinne mehr vertrauen.

Cles virtueller Garten war so sorgfältig gezeichnet, dass der Unterschied zu einem Echten kaum auffiel. Eine Weile betrachtete Tina, die unter einem etwas überzeichnet blühenden Busch saß, das Bild vom verlassenen Arbeitszimmer. Dann verschob sie es in ihr Archiv und zupfte dem Zweig über ihrem Kopf eine weiße Blüte aus, um ihre ratlosen Finger zu beschäftigen.

„Wie lange ist er überhaupt schon weg? Sein schwarzes Loch kann schon seit letzter Woche so aussehen."

„Hab seine letzte Netz-Aktivität noch nicht rausgesucht", sagte Cle, „lange kann er aber noch nicht weg sein. Auf jedes der Bauteile wartet jemand, der sich bemerkbar gemacht hätte."

„Dann sehen wir doch mal nach", seufzte Tina, bevor sie eine Liste ihrer meist besuchten Räume vor sich erscheinen ließ und fünf Verknüpfungen nach oben schob. „Diese Foren hier besucht Rihm ebenfalls regelmäßig, hab ihn dort öfters gesehen."

Mit feinen, schnellen Bewegungen formulierten die Finger ihrer linken Hand schon eine Suchanfrage. „Was meinst du, wie viele Tage wir zurück gehen müssen?"

„Vor vier Tagen hab ich noch mit ihm geredet", antwortete Cle, „da kam er mir noch völlig normal vor – normal für seine Verhältnisse."

Auch als er sich an das kurze Gespräch im Nachrichtenfenster erinnerte, kam ihm auf den ersten Blick nichts ungewöhnlich vor.

„Hatte so einen Speicherchip, ein neuer Auftrag, aus dem sollte er etwas entschlüsseln und hat's nicht alleine hin bekommen. Dafür wollte er ein Programm von mir", fasste Cle sein letztes Gespräch mit dem Schatten zusammen, „aber ich bin noch nicht dazu gekommen, mir den Code genauer anzuschauen. Eine Kopie vom Speicherchip liegt in meinem Archiv. Hab versprochen, dass ich es spätestens nächste Woche einmal versuche."

Daran war nichts Besonderes, der Schlüsseldienst war ein Hobby von Rihm. Immer wieder vergaßen manche Leute ihre Kennwörter oder sicherten ihre Schlüssel nicht richtig. Für solche Fälle bot Rihm seine Dienste an.

Manchmal beschaffte er verlorene Kennwörter wieder. Oft machte er sich auch nicht die Mühe und rekonstruierte die verpfuschte Daten seiner Kunden, ohne einen Zweitschlüssel mitzuliefern. Alltägliche Sicherungen verwendeten absichtlich knackbare Algorithmen, weil die Hersteller die Fahrlässigkeit ihre Anwender kannten.

„Mal ehrlich, Cle", grinste Tina über den letzten Satz, „du willst mir doch nicht einreden, dass dort ein verschlüsseltes Datenpaket in deinem Terminal liegt und du es vier Tage lang nicht angefasst hast? Soviel Beherrschung traue ich dir nicht zu, Süßer."

Erwischt! Jetzt musste er doch zugeben, womit er die vorletzte Nacht totgeschlagen hatte. „Kann es sein, dass du mich zu gut kennst? Als ich vorgestern nicht mit im Club war, da hatte ich mich an der Datei festgebissen. Hab die halbe Nacht lang alles versucht, der Besitzer muss wohl ein One Time Pad verwendet haben."

„Und wer hat es zum Schatten gebracht? Der Besitzer bestimmt nicht." Tina lehnte sich vor und stützte sich mit einer Hand im Moos ab. An manchen Tagen ärgerte sie sich über Cles Eitelkeit. Heute war so ein Tag. Warum konnte er nicht gleich zugeben, dass er das Datenpaket nicht entziffern konnte?

„Lass mal den Code beiseite", sagte sie ganz ruhig, „nehmen wir einfach mal an, dahinter steht tatsächlich ein One Time Pad, nachgewiesen unknackbar. Warum sollte der Besitzer sich die Mühe machen, einen kleinen Bastler damit zu beauftragen? Das ergibt keinen Sinn. Von wem auch immer Rihm den Chip hat, der wusste nichts vom verwendeten Algorithmus."

„Vielleicht ein kleiner Scherz", vermutete ihr Freund spontan. „Mit gestohlenen Daten würde er sich nicht abgeben, da hatte er schon immer so seine Hemmungen. Oder meinst du, er hat sich ein illegales Stück unterschieben lassen, ohne etwas zu bemerken?"

Zwei oder drei Minuten saßen sie stumm nebeneinander, bis Tina sich an die Suchanfrage erinnerte und sie endlich abschickte. Seit neunundvierzig Stunden hatte Rihm keine öffentlichen Spuren mehr hinterlassen. So lange konnte die Verwüstung seines Arbeitszimmers also schon her sein. Für zwei Tage in Neuseeland-2 unterzutauchen, gehörte leider zum Einfachsten der Welt.

Noch einmal griff Tina ins Archivfenster und fischte aus den vielen Dateisymbolen das Foto von Rihms Arbeitsplatz heraus. „Man sieht kaum etwas", beschwerte sie sich, „an der hinteren Wand erkenne ich gar keine Details und Spuren draußen im Flur sind sowieso nicht sichtbar."

Eine unangenehme Vorahnung schien nach Cle zu greifen. „Du meinst doch nicht etwa", fragte er vorsichtig, „dass wir raus gehen und das Gebäude erkunden sollen?"

Der 3D-Schock traf ihn jedesmal hart. An den Übergang vom tiefen, virtuellen zum flachen, realen Raum würde er sich niemals gewöhnen. Länger als fünfzehn Minuten war Cle schon seit Monaten nicht mehr offline gewesen, Tina und er lebten praktisch nur noch hier im Netz mit seinen unzähligen virtuellen Räumen.

„Fällt dir etwas anderes ein?" fragte Tina hoffnungsvoll. Auch sie scheute das Licht der Außenwelt, in der Naturgesetze sich gnadenlos durchsetzten und Wege sich nicht durch direkte Verweise abkürzen ließen.

Angesichts der wenigen Informationen, die sie über Rihms letzte Stunden hatten, fiel auch Cle nichts mehr ein. Es half nichts, sie mussten das Netz verlassen.

„Jetzt sofort?" fragte er nur noch.

Tina schloss die Augen, um sich seelisch auf den Schock vorzubereiten. Anscheinend wartete sie darauf, dass er sich zuerst ausklinkte.

„Jetzt!" flüsterte Cle schließlich. Irgendwie konnte er sich jedesmal dazu überwinden, fest genug an sein reales Zimmer zu denken, um vom Interface verstanden und losgelassen zu werden. Das Universum fiel um ihn herum zusammen, in einem einzigen Augenblick verlor die Raumzeit ihre Tiefe und ließ nur eine dünne Schicht aus drei Dimensionen zurück.

In der Eindruckslosigkeit einer um fast alle Richtungen reduzierten Umgebung kam Cle sich unheimlich verloren vor. Er öffnete die Augen, tastete nach der Armlehne seines Stuhls, betrachtete seine Hand dabei und stellte fest, dass gefühlte und gesehene Form übereinstimmten. Erzwungene

Redundanz einer belanglosen Information. Das unzumutbare Design eines realen Raumes.

Nach ein paar tiefen Atemzügen zog er sich die Nadel aus dem Arm und legte sie in ihre Halterung am Kanister mit der Nährlösung. Diese Apparatur war seine Rettung, nur durch sie konnte er ganze Tage ohne Unterbrechung online bleiben.

Sein fünfeckiges Zimmer war ziemlich staubig, davon abgesehen aber unverändert. Wände und Decke trugen das gleiche, verwaschene Orange, der Schmutz abweisende Teppich strahlte ihm sein unvergängliches Weiß entgegen. Vor vier Wänden standen Schränke und Regale, vollgestopft mit Geräten, Speicher und altem Plunder; die fünfte Wand war verglast, ein einziges, großes Fenster mit Aussicht auf einen grün überwucherten Monumentalbau, das Botanische Institut.

Helles Tageslicht fiel durch die Scheibe auf eine offen stehende Tür an einer der zwei schräg gegenüber liegenden Wände. Im angrenzenden Raum musste auch Tina gerade abgeschaltet haben. Automatisch formte er die Handgeste für Raumwechsel, aber natürlich hörte die Außenwelt nicht darauf. Ein wenig über sich selbst kichernd streifte er das Datenstirnband ab, stand auf und lief auf dünn gewordenen Beinen zum Durchgang.

Vom Türrahmen aus sah er seine ganz schön blass gewordene Freundin, wie sie gerade ihre Nadel zurück in die desinfizierende Halterung hängte. Dann drehte sie sich um und stand ebenfalls auf. In der Tür zwischen ihren Arbeitszimmern standen sie sich zum ersten Mal seit Monaten offline gegenüber.

Der Fremde, der sich Charly nannte, setzte sich neben Rihm auf die Liege, schaute dessen Spiegelbild in der Fensterscheibe ins Gesicht. „Was wir von dir wollen? Nichts", lächelte seine weiche Stimme, „wir wollen nichts *von* dir, sondern dich als ganze Person."

Er zog es vor, bis auf weiteres gar nichts zu sagen, jedes

falsche Wort könnte die Lage noch verschlimmern. Unter dem Luftgleiter zog eine gelbe Küstenlinie vorbei, das schmale Goldband eines unberührten Strands. Dahinter wurde das Land lückenlos grün, bis auf einen silbergrauen Turm, der hoch über dem Urwald thronte – die äußere Hülle eines anderen Staats, den sie direkt anflogen.

„Gleich docken wir an", erklärte Charly weiter. „Ich gehe davon aus, dass du schlau genug bist, um keinen Quatsch zu machen."

Die matt schimmernde Fassade des Turms füllte inzwischen das ganze Fenster aus. Am vorderen Ende der Kapsel öffnete sich eine Tür. Zwei unauffällig in Pastellgrün gekleidete Frauen bezogen links und rechts davon Stellung, während Charly noch mehr Warnungen auf Rihm einprasseln ließ, obwohl sich in seinem Kopf längst alles drehte.

„Ein paar Details werde ich ausblenden müssen. Wunder dich also nicht, wenn Dinge fehlen, die du draußen erwartet hättest. Du schaust gleich wieder durch den Chip. Diesmal siehst du, was ich sehe, nur ein wenig ... gefiltert, damit du nicht auf dumme Gedanken kommst."

Lautlos hinter den abschirmenden Wänden glitt die Luftschleuse auf, weiß verkleidete Rahmen zogen am Fenster vorbei, dann bremste das Flugzeug und blieb stehen. Durch die Tür hörte man das Zischen einer sich öffnenden Ausstiegsluke.

„Marylin führt dich zum Fahrstuhl", beschloss Charly und deutete auf eine der Frauen in Pastell-Kostümen. Ihre leeren, orange gefärbten Augen blieben ausdruckslos, als sie Rihm die Hand entgegen streckte. „Willkommen in Kalifornien", sagte sie, „wir werden sicher beste Freunde, bleib einfach immer in meiner Nähe."

Die Hafenhalle sah seltsam leer aus. Rihm konnte keinen anderen Menschen sehen, als er dicht neben Marylin, Charly nur zwei Schritte hinter sich, den langen Gang zum westlichen Fahrstuhl hinunter gehen musste.

Natürlich mussten ständig alle möglichen Passagiere,

Arbeiter und Roboter seinen Weg kreuzen, kein Flughafen stand zu irgendeiner Zeit leer. Lange genug hatte er fremde Bordcomputer gewartet und kleine Reparaturen für viele verschiedene Piloten ausgeführt, um sich in den Hafen-Stockwerken auszukennen. Der Unterschied zwischen Tag und Nacht war hier oben unbekannt.

Doch heute hörte er kein Rauschen ineinander verlaufender Stimmen, keine Tore öffneten und schlossen sich, alle Luftgleiter standen verlassen vor ihren Schleusen. Ohne die vorherige Erklärung hätte nichts darauf hingedeutet, dass die Leere nicht real war.

Der Chip in seinem Kopf blendete alles aus, alle Menschen, alle Bewegungen, alle durch sie verursachten Geräusche. Sogar die Bildschirme und Terminals an den Wänden waren tot, selbst daran hatte Charly gedacht.

Keine einzige Person konnte sich auf dem Weg bemerkbar machen und Rihm vermutete nach einer Weile, dass auch unübersichtliche Querstraßen und Parks für ihn unsichtbar blieben. Die Stadt, durch die er geführt wurde, schien zu sicher für eine reale Umgebung; an keinem Versteck und keiner Fluchtmöglichkeit kamen sie vorbei.

Verwirrt und durcheinander folgte er Marylin durch zwei Hinterhöfe und einen kleinen Garten in eine Holzhütte, die von außen wie eine Abstellkammer oder selbst gebaute Garage aussah. Kaum war die klapperige Tür quietschend ins Schloss gefallen, schaltete sich weiße Beleuchtung ein, so dass vier glatte Betonwände aus der Dunkelheit hervor traten. In einer Ecke stand ein aufgeschraubtes Terminal, zwei nicht wieder verschlossene Seitenplatten waren daneben an die Wand gelehnt.

„Könnte dein neuer Arbeitsplatz werden", sagte Charly zu den offen liegenden Platinen und rückte Marylin einen gelben Klappstuhl zurecht. Dann ging er zum Terminal hinüber, griff sich ein Stirnband mit fünfzehn Sensoren vom darüber befestigten Regalbrett und hielt es Rihm hin. „Was meinst du, kleiner Schatten, wollen wir es noch heute ausprobieren?"

Der Spiegel im Flur zeigte ein seltsames Bild. Seltsam erwartungsgemäß, und doch etwas ungewohnt. Vor der verspiegelten Wand freundete Cle sich langsam wieder mit seiner äußeren Erscheinung an, während er auf Tina wartete, die noch unter der Dusche stand.

War er immer so dünn gewesen? Seine blonde Mähne war jedenfalls noch kürzer gewesen, als er das letzte Mal darauf geachtet hatte. Endlich öffnete sich das Badezimmer und auch Tina kam frisch geduscht und wieder ansehnlich heraus, warf einen letzten, prüfenden Blick in den Spiegel und zog ihre Schuhe an.

„So können wir uns in der Öffentlichkeit sehen lassen", bestätigte sie seinen Eindruck.

Die abgenutzte Rolltreppe quietschte ab und zu, als sie hinunter auf die Straße fuhren. Zwischen der alten Allee, deren hohe Bäume sich wie ein Dach über dem vierspurigen Weg schlossen, und der unscheinbaren Seitengasse, an der Rihms Werkstatt wartete, lag nur ein kurzer Fußweg von zwanzig Minuten.

Auf den inneren zwei Spuren der Allee fuhren mechanische Fahrzeuge, Fahrräder und ähnliches Spielzeug. Durch zwei Baumreihen davon getrennt, waren die äußeren zwei Spuren für Fußgänger reserviert; sie bestanden jeweils zur Hälfte aus einem Laufband und einem gepflasterten Steg.

Das Laufen fiel ihnen keineswegs schwer. Es war ein weit verbreitetes Vorurteil, dass man durch zu viel Simulation seine körperlichen Fähigkeiten abbauen würde. Die steuernden Nerven blieben bestens trainiert, da man sich in der Simulation ganz natürlich verhielt, nur dass die Bewegungen kurz vorm Rückenmark abgefangen und ins Terminal umgeleitet wurden. Immer mehr Sportler, von denen außerordentliche Geschicklichkeit gefordert wurde, stiegen bereits auf virtuelle Trainingshallen um.

Als sie die schmale Querstraße gefunden und drei Hinterhöfe durchquert hatten, standen sie schließlich vor der zerbeulten Schiebetür eines demolierten Fahrstuhls. Die Tür stand offen, doch der helle Kies davor war so gleichmäßig platt getreten, dass keine Fußspuren erkennbar waren. Mit einem ungewohnt schrägen Summen versuchte der Fahrstuhl sich zu schließen.

„Offen fährt das Ding nicht", stellte Cle fest und schaute sich im Erdgeschoss nach einem Treppenhaus um. Einen Moment später griff er in den ausgebeulten Spalt, in dem die Schiebetür zur Hälfte fest steckte, und zog eine handvoll loser Kabel heraus. „Dann überbrücken wir den Kontakt eben."

Herauszufinden, welches Kabel zum Magnetschloss gehörte, war nicht ganz einfach, aber schließlich schafften sie es doch noch, die Tür kurz zu schließen. Sanft rauschte die vorn offene Kabine auf die zweite Kellerebene hinab. Viereck an Viereck reihten sich fast identische, beige lackierte Türen aneinander, nichtssagende Abstellkammern oder Partykeller fremder Leute. Nur an einer davon hing ein Schild aus stumpf gewordenem Messing.

> *Wiederbeschaffung verlorener Passwörter*
> *Kryptoanalyse*
> *Hardware-Installation und Reparaturen*
> *Öffnungszeiten nach Absprache, bitte anklopfen*

Kein Zeichen einer Beschädigung fand sich auf dem hellen Lack, kühl und abweisend hing das Tor zu Rihms Schattenreich im Rahmen, daneben schimmerten die zehn Tasten eines Nummernschlosses an der Wand.

„Den Zugangscode wird wohl niemand geändert haben, oder?" Fragend schaute Cle auf die Ziffern und dann zu Tina.

„Probier's doch aus", sagte sie schulterzuckend. „Ich glaube kaum, dass sich jemand die Zeit genommen hat."

Daraufhin tippte er den alten Zugangscode ein, den sie alle zusammen vergeben hatten, als der Raum noch geheimer

Treffpunkt ihrer Schulklasse gewesen war. „Typisch unser Schatten", flüsterte er grinsend, vom klickenden Riegel übertönt, „jegliche Daten dreifach sichern, aber das Türschloss nur alle sieben Jahre mal wechseln."

„Sind wir denn anders?" hörte er Tinas leise Stimme dicht hinter seinem Ohr, als ihr Arm an ihm vorbei gegen das kalte Metall stupste und den Blick aufs Chaos eröffnete.

Die alte Holzkiste, in der sonst immer die frisch reparierten oder erweiterten Bauteile auf ihre Besitzer warteten, lag umgekippt in einer Ecke. Der Inhalt war quer über den Boden verstreut: Info-Armbänder, Taschenkalender und lose Speicherchips, alle mit weißen Namensschildern, manche achtlos zertreten.

Vorsichtig balancierten sie um die verstreuten Gegenstände herum zum Tisch, wo noch immer das angeschlossene Interface-Stirnband schief auf Rihms Drehstuhl hing. Ein schwarzer Kabelstrang aus zehn dünnen Drähten verband es mit dem Terminal, dessen oranges Glimmen den Wartemodus anzeigte. Es war ohne Abmeldung stehen gelassen worden.

Tina starrte ein paar Sekunden lang auf die ausgekippte Kiste. „Was können die nur gesucht haben?" dachte sie laut nach. Kurz darauf fiel ihr die Antwort selbst ein. „Garantiert hat jemand den verschlüsselten Chip mitgenommen, von dem du eine Kopie hast."

Noch bevor Cle etwas dazu sagen konnte, klopfte jemand an. Da es hier sowieso nichts mehr zu holen gab, ging er zurück zur Tür, schob dabei mit dem Fuß ein paar Chips beiseite und ließ den unerwarteten Besucher hinein.

Eine ältere Dame schob sich durch den gerade ausreichenden Türspalt. Sie erschrak so sehr über den Zustand des Kellers, dass sie gar nicht hörte, wie die halb geöffnete Tür zurück ins Schloss fiel.

„Was ist denn hier passiert", rief sie, „ist denn der Meister gar nicht da?"

„Ein Meisterbetrieb? Ich hab's für einen Hobbykeller gehalten", kommentierte Cle abfällig, bevor er sich wieder zu

Ernsthaftigkeit zwang. „Wo er hin ist, wüssten wir auch gerne. Haben sie einen Termin?"

Die alte Dame schaute sich traurig um, zog dann ein Stückchen Folie aus der Hosentasche. „Ja, mein Notizbuch, immer wieder vergesse ich das Kennwort. Ich habe es schon viermal hier zurücksetzen lassen, der Junge kriegt das immer so schnell und zuverlässig hin. Auf dem Abholschein steht, dass es heute fertig sein sollte."

„Ich befürchte, der Junge hat einen Code zu viel geknackt", seufzte Cle, nahm ihr den Abholschein aus der Hand und suchte den Namen. „Dann werden wir mal suchen, Frau Yang. Wie sah ihr Notizblock denn aus?"

Insgeheim verfluchte er die Alte, nervende Kunden hatten ihm gerade noch gefehlt. Doch um sie schnell wieder loszuwerden, fischte er eine Minute später die silbern glänzende Scheibe mit Schmetterlingsmuster aus einer Ecke, fegte den Staub vom rot eingefassten Bildschirm und reichte ihr den elektronischen Notizblock. Erst als die von innen schwarz lackierte Tür hinter ihr zu fiel, atmete Cle auf und wandte sich wieder dem Terminal zu.

Lange währte die Ruhe jedoch nicht. Kaum waren sie wieder zu zweit in Rihms verwüsteter Werkstatt, polterte etwas im Flur. Schnelle Bewegung vermischte sich mit den langsamen Schritten der Kundin. Gedämpfte Stimmen drangen unverständlich durch die Wand, dann klopfte schon wieder jemand an.

„Tinchen, wollen wir wirklich aufmachen?" fragte Cle, der gerade das Stirnband neu einstellte, um einen Blick ins Auftragsbuch zu werfen.

„Wer harmlos ist, verschwindet doch schnell wieder", meinte Tina gleichgültig, „und wer nicht harmlos ist, wird sonst warten, bis wir raus kommen und dabei erst richtig sauer werden."

Achtlos wischte sie mit dem linken Zeigefinger über den Türöffner. Sofort wurde die Tür aufgestoßen, ein dunkelhäutiger Mann von ungefähr dreißig Jahren, mit kurz geschorenem Haar und dunkelgrauem Anzug, kam aufgeregt herein und stolperte über einen vergoldeten Taschenkalender.

Er sah sich in der Werkstatt um und wirkte auf traurige Art enttäuscht, als hätten sich gerade seine schlimmsten Befürchtungen bestätigt.

„Sie waren schon hier", sagte er leise, ließ die Schultern hängen und sah die zwei schmalen Gestalten an, die überrascht zurück schauten.

Tina, die Hand noch am Türöffner, fand zuerst wieder Worte. „*Wer* war hier?"

„Die Kalifornier", antwortete der Fremde. „Sie müssen mich beobachtet haben, wie ich den Chip mit dem Datenpaket hier abgegeben habe. Ich wollte es nur bis heute hier lagern. Niemand hätte es entziffern können und ein Stück Code mehr oder weniger fällt in dieser Kammer nicht auf. Wo steckt der Schatten, habt ihr ihn gesehen?"

„Klärt uns mal jemand darüber auf, was hier überhaupt abgeht?" fragte Cle, bevor er sich rückwärts auf den Drehstuhl fallen ließ. Tina lehnte sich bequem an die Wand und wartete auf eine Antwort.

„Darf ich nicht einfach so verraten", erwiderte der Mann in Grau. „Wisst ihr irgendetwas über diesen Typen, dem ich den Code anvertraut habe? Er muss doch etwas gesehen haben. Ich muss ihn unbedingt sprechen."

Tina lehnte sich noch demonstrativer gegen die Wand, spielte mit ihren dunkelbraunen Locken und blickte in die Luft. „Ach, du auch? Was meinst du eigentlich, warum wir hier sind? Rihm ist seit drei Tagen abgetaucht."

Ungläubig studierte der Fremde ihr Gesicht. „Seit drei Tagen?" Er wartete kurz auf eine Reaktion, bevor er weiter redete. „Das kann nicht sein, vorgestern hab ich noch ein Memo von ihm bekommen. Hab so getan, als wollte ich mich nach seinem Fortschritt mit dem Code erkundigen, nur um festzustellen, ob der Speicherchip noch da ist. Er war noch da ... beide da ... Bastler und Chip."

„Na gut", unterbrach Cle ihn ungeduldig, „dann ist er eben

erst seit zwei Tagen verschwunden, oder seit gestern, oder seit heute Morgen. Und wenn ich mir dieses Band mal so anschaue", er ließ das Datenstirnband zwischen zwei Fingern schaukeln, „und den Rest seines Arbeitszimmers, dann liegt es verdammt nahe, dass deine *Kalifornier* ihn mitgenommen haben – inklusive dem Code."

Drei Atemzüge lang starrte der Fremde auf den noch immer orange leuchtenden Ring um die Stelle, an der das Kabel im Terminal verschwand. Schließlich lehnte er sich neben Tina an die Wand und legte den Kopf in den Nacken, als sähe er etwas im Strahlen der Deckenlampe.

„Natürlich", sagte er gezwungen ruhig, „sie kommen nur an ihm vorbei an den Chip, also werden sie gesehen, also müssen sie ihn mitnehmen. So viel Leichtsinn hätte ich denen nicht zugetraut. Ich dachte, der Chip wäre hier sicher, wo ein völlig Unbeteiligter darauf aufpasst."

„Unbeteiligt an was?" fragten Tina und Cle gleichzeitig.

„Kann ich nicht jedem sagen", war die einzige Antwort, „aber mit einem Einheimischen im Gepäck werden sie bestimmt nicht länger als nötig im Land bleiben. Wenn wir sie noch erwischen, dann im Flughafen."

Die kalten Betonwände der Kammer hatten keine sichtbare Tür, dennoch gingen Leute hinein und hinaus. Vor einigen Stunden – war es morgens gewesen? – hatte sich links vom Terminal eine Schiebetür manifestiert, durch die Charlie den Raum betreten hatte, um Rihm ein paar Programme zu zeigen. Doch er empfand nicht das geringste Interesse daran, sich mit dem fremden Code auseinander zu setzen.

Jetzt erschien eine schmale Tür an der Wand links davon. Sie war aus hellem Holz und hing in einem weißen Rahmen. Die Holztür schwang auf, diesmal besuchte ihn die Frau, die ihm als Marylin vorgestellt worden war. Hinter ihr verschwand die Tür aus Rihms gefilterter Wahrnehmung.

„Bist du wirklich hier?" fragte er die stark geschminkte Kalifornierin, ohne lange hoch zu schauen. Er saß an eine

Wand gelehnt auf dem mit roten und braunen Teppichfliesen gekachelten Boden und grübelte seit Stunden darüber nach, wie er erkennen konnte, ob etwas real oder Halluzination war.

„Du musst nicht an mich glauben", antwortete sie beleidigt, „ich werde trotzdem nicht verschwinden."

„Das weiße Hemd steht dir nicht", bemerkte Rihm gelangweilt, „aber wahrscheinlich ist es sowieso nur Täuschung. Stehst du nebenan, malt der Chip dich in meine Welt?"

„Gib's auf, so wirst du mich nicht los!" Das aufgesetzte Lachen wirkte wie eingeübt. Ihre Freundlichkeit war künstlich wie billigstes Plastik, als sie sich zu ihrem Gefangenen auf den Boden hockte und eine gelbe Tüte abstellte. „Du hast noch nichts gegessen, seit du bei uns bist. Magst 'ne Orange?" Marylin griff in die Papiertüte und zog eine Apfelsine heraus. „Es ist wirklich eine, versprochen."

„Nein danke", war seine einzige Antwort. Dieses Ding konnte alles mögliche sein, wenn nicht nur eine weitere Simulation.

„Magst du lieber eine Kiwi?" Die Orange verwandelte sich in ihrer Hand in eine grün-braune Kiwi.

„Lass es doch mal ein Apfel sein."

„Wenn du unbedingt willst", die Kiwi wurde zum Apfel, „kannst du auch so ein Trugbild haben. Aber wolltest du nicht etwas Reales sehen?"

„Im Prinzip ja, aber ich bin mir noch nicht sicher, woran ich etwas Echtes erkenne, wenn ich es sehe. Der Fussel dort auf dem roten Karo, ist der wirklich?"

„Hier ist alles real, mit Ausnahme der Betonblöcke wo die Ausgänge wären. Warum sollten wir dir mehr vorenthalten, als nötig ist? Später können wir den Chip vielleicht sogar ganz abschalten."

Rihm zupfte ein paar Fusseln aus dem Teppich, die sich genauso echt anfühlten, wie Marilyns billiges Parfüm. Dann nahm er ihr den Kiwi-Apfel aus der Hand, der jetzt wieder eine Apfelsine war, und zeigte damit auf die gelbe Tüte. „Ist da auch etwas drin, das mir als Wasser erscheinen könnte?"

„Schau selber nach", sagte sie und schob ihm die Papiertüte mit ihrer Schuhspitze vor die Füße. „Dir wäre es bestimmt lieber, wenn ich verschwinden würde, stimmt's?"

„Gut geraten", bestätigte er, dann schaute er erleichtert zu, wie sie die Tür sichtbar werden ließ und verschwand.

Letzten Endes geht es im Leben doch nur darum, fiel ihm plötzlich ein, *sich einen Wahn heraus zu picken und für real zu halten.*

So und nicht anders entstand Wirklichkeit aus einem Netz von Sinnen, denen es piepegal war, woher sie ihren Input nahmen. Mit diesem Gedanken griff er nach der lecker duftenden Tüte und kippte sie aus.

Im rund um die Uhr belebten Flughafen-Stockwerk flackerte alle dreißig Sekunden die Projektion an der Decke, um die ankommenden und abreisenden Luftschiffe der letzten und nächsten zehn Minuten aufzulisten.

Gerade tanzten die holografischen Buchstaben wieder durcheinander und formten neue Zeilen. Der Mann im grauen Anzug schaute kurz hoch, schüttelte den Kopf und lief weiter. Vor einer Info-Säule am linken Rand der Halle blieb er stehen.

„Registrierte Flüge zum nordamerikanischen Kontinent?" fragte er das Gerät so leise, dass Tina und Cle hinter ihm es gerade noch verstehen konnten. „Zeitraum von vorgestern bis jetzt."

„Keine entsprechenden Flüge sind bekannt", antwortete die weiche Automatenstimme der Säule.

„Abreisende Schiffe ohne bekanntes Ziel?"

„547 nicht registrierungspflichtige Flüge in den letzten zwei Tagen."

Der Herr verlor langsam die Geduld. „Wo landen die Mittelklasse-Jets?" fragte er hektisch, wartete auf den Fersen wippend die Antwort ab und lief dann noch zweihundert Meter weiter die Halle hinunter, die zwei Techies dicht hinter ihm.

Auf seinem Weg entlang der Luftschleusen fragte er den einen oder anderen Hafenarbeiter, ob er jemand Bestimmtes gesehen hätte, zeigte Fotos und beschrieb Personen. Niemand wollte etwas gesehen haben.

Die Ankunft- und Abflugzeiten der einzelnen Flugzeuge leuchteten rot auf weiß über den Schleusen, doch nur bei wenigen lagen die zwei Zeiten mehr als einen halben Tag auseinander. Doch schließlich fanden sie ein weiß lackiertes Luftschiff das schon drei Tage im Hafen stand und erst morgen abreisen sollte. Ein Pilot in weißem Fluganzug und buntem Freizeitumhang saß auf dem Dach und blätterte in einer Zeitschrift.

„Guten Abend", rief der Mann in Grau, „haben sie vielleicht kurz Zeit?"

„Worum geht's denn", rief der Pilot vom Dach herab. Dann sprang er hinunter zu den drei Besuchern, schaute neugierig auf die Fotos.

„Haben sie eventuell etwas Ungewöhnliches beobachtet, ist ein Typ mit schwarzer Mähne vorbei gekommen?"

„Der Schatten? Der kommt öfter vorbei. Repariert dies und das."

„Und in Begleitung dieser Personen?"

Der Pilot sah noch einmal die Fotos an, zuckte dann mit den Schultern und lehnte sich gegen sein Luftschiff.

„Vor zwei Netz-Junkies muss ich gar nichts erzählen", sagte er zu Cle und seiner Freundin. „Was habt ihr gegen den Schatten, der ist total in Ordnung. Hat mir neulich eine neue Software eingespielt, die mein Flugzeug voll automatisch in die Schleuse navigiert."

„Im Gegenteil, wir müssen ihm helfen", versuchte der Besucher zu erklären. „Kurz nachdem er dieses Programm installiert hat, ist etwas passiert, von dem sie eventuell als Letzter etwas gesehen haben."

„Ich soll einem farblosen Fremden, der mit zwei Junkies durch die Gegend zieht, Bericht erstatten? Ich mag diese Typen nicht, sind irgendwie seltsam. Nur soviel: Gestern hab ich ihn noch da drüben gesehen, wo jetzt der Jet von Kollege Sergej parkt."

Mehr bekamen sie aus dem Piloten nicht heraus. Enttäuscht drehte sich der Mann in Grau um und ging zurück zum Fahrstuhl.

„Alter Außenwelt-Junkie", zischte er außer Hörweite. „Habe ich mich überhaupt schon vorgestellt? Mein Name ist Kiba, das ist eine Abkürzung für Kiki Baoba."

Fast gleichzeitig kicherten Tina und Cle los. „Ist irgendwas?" fragte Kiba beiläufig, als hätte er diese Situation schon sehr oft erlebt.

„Heißt du wirklich ... ", begann Tina, „ ... nach diesem alten Psychotest-Scherz?" beendete Cle ihren Satz.

Wer sind Kiki und Baoba war ein Kinderspiel, mit dem sich Zehnjährige so lange gegenseitig überraschten, bis jeder im Freundeskreis es kannte. Man malte eine gezackte und eine runde Form in den Sand, gab dann dem anderen Kind zwei Zettel mit den Namen Kiki und Baoba darauf.

Dann drehte man sich um, ließ den anderen jeder Form einen Namen geben und den entsprechenden Zettel mit dem Text nach unten davor legen. Dann durfte man wieder hinschauen, und – oh Wunder! - konnte plötzlich Gedanken lesen. Das andere Kind hatte den Kiki-Zettel garantiert vor die gezackte Form gelegt, und den Baoba-Zettel vor die runde. Das funktionierte bei so gut wie jedem.

„Freunde nennen mich Kiba", sagte er mit todernstem Gesicht.

„Alles klar, ich bin der Cle."

„Und mich kannst du Tinchen nennen."

Zusammen fuhren sie wieder hinunter in die Stadt. Unterwegs überlegte Cle, ob er verraten sollte, dass eine Kopie des Datenpakets, um das es anscheinend nur ging, bei ihnen zu Hause lag.

Hinter dem Rücken machte er schnell die Handgeste für *Kopieren*. Tina verstand die stille Frage sofort, ihre linken Finger deuteten *Bestätigung* an. Also testete er das Thema vorsichtig an.

„Kleine Frage, Kiba", begann er, „dieser verschlüsselte Speicherchip, hast du den Schlüssel dafür? Da müssen ja ganz schön brisante Infos drauf sein."

„Leider noch nicht", gab Kiba zu, „aber ich habe schon eine Ahnung, womit der Klartext zu tun haben könnte."

Wieder sortierte Cle seine Finger um und zeigte *Speichern, wir nehmen ihn mit*, so dass nur Tina es sehen konnte. Sie nickte und ergriff nun selbst das Wort.

„Was hältst du davon, wenn wir erst mal alle in unsere Wohnung gehen? Eventuell müssen wir dir etwas zeigen. Könnte wichtig sein."

Einen kurzen Fußweg später führten sie Kiba die Rolltreppe hinauf und in Cles Zimmer. „Hier wohnt ihr beiden also", kommentierte er aus sinnloser Höflichkeit, „wirklich schick und alles wie neu. Ihr benutzt eure Möbel nicht oft, oder?"

„Wir haben noch eine von Hand gezeichnete Wohnung im Arbeitsspeicher", antwortete Tina stolz, „Cle hat sie für mich programmiert. Aber nun zur Sache, was versteckt sich in diesem Datenpaket?"

„Ist das momentan wichtig?" fragte Kiba widerwillig. „Wir haben weder Paket noch Schlüssel."

„Wollen wir wirklich?" frage Cle an Tina gewandt.

„Klar doch", meinte sie nur.

Kiba sah plötzlich ziemlich ahnungslos aus.

„Einen Moment bitte", sagte Cle noch, dann setzte er kurz sein Datenstirnband auf und stellte die plötzlich so wichtige Kopie in die Eingangshalle. Anschließend reichte er seinem Gast das Stirnband. „Schau mal, das sollte dir bekannt vorkommen."

Sprachlos starrte Kiba auf die Datei. Er prüfte ihre Kopien-Historie, verfolgte den Transportweg bis zu Rihms Werkstatt zurück und musste am Ende zu dem Schluss kommen, dass er ein lückenloses Replikat vor der virtuellen Nase hatte. Er bewunderte das Fundstück noch ein paar Sekunden lang, dann schlug er die Augen auf und gab Cle sein Stirnband zurück.

„Das ist ja unglaublich! Wie auch immer ihr an das Paket gekommen seid, woher wusstet ihr überhaupt, dass es wichtig ist? Angeblich habt ihr ja beide keine Ahnung, in was ihr hinein geraten seid.“

Cle legte das Datenstirnband wieder ordentlich auf ein Regalbrett. „Glaubst also auch du an das Vorurteil, dass man ein apathischer Freak sein muss, um sich für Kryptografie zu interessieren?“ vermutete er mit einem angedeuteten Zwinkern. „Rihm hat ein Datenchaos gesehen, aus dem er nicht schlau wurde, darum hat er es an mich weitergeleitet, falls ich noch irgendeine Idee habe. Wir sind zufälligerweise alte Schulfreunde. Aber natürlich kann auch hier niemand etwas mit dem Paket anfangen, es muss OTP-verschlüsselt sein.“

Auf einmal lachte Kiba. „Ihr habt gute Verbindungen, was? Bleibt nur noch die Frage, wie die Kalifornier überhaupt in die Werkstatt gekommen sind, ohne das Schloss zu zerstören.“

„Anrufen, Vorwand aufsagen, Termin vereinbaren“, zählte Tina laut und deutlich an den Fingern ab. Dabei schlenderte sie langsam auf die Tür zu, die Cles Zimmer direkt mit ihrem verband. „Soll ich mal in seinem Auftragsbuch prüfen, als wer die sich angemeldet hatten?“

„Schaden kann es zumindest nicht“, antwortete Cle, „ich passe solange auf unseren neuen Freund auf.“

„Ich hol mir dein Kamera-Programm von vorhin, okay?“

„Mach das, damit kommst du spurenlos bis in Rihms Terminal. Musst nur ein paar Zeilen ändern, um statt dem Telefon die Datenbank aufzubrechen.“

Daraufhin verschwand die Frau mit den dunklen Locken ins andere Zimmer, ließ Cle mit Kiba allein zurück. Letzterer schaute neugierig umher und blieb dann vor der Anlage mit Kanister, Schlauch und Nadel stehen, die ihren Besitzer auf tagelangen Netz-Aktionen am Leben hielt.

„Das ist ziemlich billige Qualität“, bemerkte er abwertend. „Schon mal in den Spiegel geschaut, wie kaputt du aussiehst?

Das Gerät passt sich nicht gut genug an dich an."

„Das geht schon in Ordnung", erklärte Cle gelassen. Abgesehen von der ungewohnten Situation auf den Spuren einer geheimnisvollen Organisation, fühlte er sich bisher noch verdammt gut.

„Warum besorgst ihr euch keine bessere Ausrüstung?" hielt Kiba am Thema fest. „Als Profis bekommt ihr das Geld doch schnell zusammen."

Darüber konnte Cle nur schwach grinsen. „Ja, klar, ich vertraue meine Gesundheit einem Gerät vom freien Markt an, das von einem privaten Unternehmen hergestellt wurde, dem ich egal bin, sobald die ihr Geld haben."

„Der staatlichen Standard-Versorgung vertraust du also mehr?"

„Natürlich! Die Verwaltung hat schließlich keinen Grund, mich zu bescheißen. Bevor ich mich auf gewinnorientierte Organisationen verlasse, gehe ich lieber hin und wieder raus und esse 'ne Pizza."

Kiba lächelte leise, spazierte weiter im Zimmer umher und schien zu überlegen. Schließlich drehte er sich um und sah Cle noch einmal genau an.

„In *Politik und Geschichte* hast du aufgepasst, nicht wahr?"

„Ehrlich gesagt hab ich das meiste davon verpennt", stellte Cle klar, der jetzt im Schneidersitz auf dem aus der Wand hervorstehenden Teil des Terminals saß. „Durch den dichten Nebel wichtigerer Gedanken habe ich nur soviel mitbekommen, dass alles wohl irgendwie schlechter war, als Gesetze noch von Menschen geschrieben wurden. Alle Zusammenhänge einer Gesellschaft zu überblicken, übersteigt unseren Verstand ein wenig."

Was Cle sonst noch aus dem Politik-Unterricht seiner seit wenigen Jahren vergangenen Schulzeit mitgenommen hatte, war, dass der Normalzustand, den man damals auch als *Frieden und Wohlstand* bezeichnet hatte, sich erst schrittweise über den Globus ausgebreitet hatte, als ein Land nach dem anderen seine wichtigen Entscheidungen an eine künstliche

Intelligenz abgegeben hatte.

Nur wenige Länder bestanden aus mehr als einem Turm. Gut geschützt in dessen Keller war der Regierungscomputer untergebracht, die Heimat der lenkenden KI. Neuseeland hatte zwei Türme; damit die Menschen diese als gleichgestellt ansehen konnten, war ihre KI auf zwei vernetzte Großrechner verteilt.

Irgendwo im bürokratischen System der Verwaltung gab es einige Mitarbeiter, die Statistiken aufstellten und die Gesellschaft beobachteten, um festzustellen, wo Regelungen fehlten, welche Verordnungen inzwischen überflüssig waren, und wo ein Gesetz geändert werden musste. Die künstliche Intelligenz bewertete ihre Vorschläge, dachte sich Verbesserungen aus und legte schließlich die angepassten Gesetze fest.

Heute gab es nur noch wenige Türme, in denen Menschen allein regierten. Cle konnte sie nicht namentlich aufzählen. Jedenfalls hatte es, seit in den meisten Staaten von ungerechten Interessen befreite Rechenanlagen das Sagen hatten, nur wenige Jahrzehnte gedauert, bis die Marktwirtschaft größtenteils abgeschafft, Geld so gut wie überflüssig und internationale Konflikte restlos beigelegt waren.

Die erste automatische Lebenserhaltung, die seine KI für akzeptabel befunden und freigegeben hatte, war noch längst nicht perfekt. Aber Cle vertraute ihr mehr, als nicht zertifizierten Erfindungen unabhängiger Hersteller.

Tina spürte nur noch ihre Füße auf der schwarz schimmernden Glasplatte des virtuellen Bodens haften, als ihr vertrautes Labor sich auflöste und gegen eine grenzenlose Halle ausgetauscht wurde. Sie drehte sich in der hellblauen Leere um und fand den Verzeichnisbaum, der zwei Schritte hinter ihr aus dem Boden ragte. Alle Kategorien waren nach innen geklappt.

Sie konzentrierte sich auf den Gedanken *Terminkalender,*

wartete einen Augenblick, wartete noch einen Moment, und akzeptierte schließlich das Offensichtliche: Rihm überblickte sein Chaosreich ohne die üblichen Hilfsmittel, hier gab es keinen Kalender.

Sekunden später breitete sich die Nachrichtenzentrale um sie herum aus. Notizen, Gesprächsprotokolle und Briefwechsel sortierten sich in langen Reihen und in alle Richtungen von ihr fort.

Wonach sollte sie suchen? *Die letzten zwei Tage*, fiel ihr ein. Sofort bewegten sich die seit gestern veränderten Objekte, schwebten mit scharfen Kontrasten auf sie zu, während alles andere ein wenig transparent wurde.

Tinas nächster Filter lautete *bisher unbekannte Personen*, ein recht ungenauer Gedanke, aber als sie sich fest genug darauf konzentrierte, verblassten die meisten Kästen vor ihren Füßen, der Rest sortierte sich um.

Direkt vor ihr lag jetzt nur noch ein einziges Objekt, es war ein Verzeichnis. Ohne noch mehr Zeit zu verlieren ließ sie es sich auffalten, betrachtete kurz die wenigen Zettel und Informationspakete, die an texturlos simulierten Zweigen daraus hervor wuchsen und griff sich das älteste Gesprächsprotokoll heraus.

Die Aufzeichnung war erst anderthalb Tage alt, als Gegenstelle war ein offenes Terminal in einem Freizeitzentrum irgendwo auf der zweiundfünfzigsten Ebene vermerkt.

Die Details über das Protokoll zeichneten sich Zeile für Zeile auf der glatten Oberfläche des Datenpakets ab. Hell reflektierende Gravuren schrieben duftende und klingende Symbole auf die dunkelblaue Fläche, die näher kam, je fester Tina sie anschaute.

Schließlich hatte sie genug trockene Verbindungsdaten gelesen und forderte den Rechner mit einer Handbewegung auf, das gespeicherte Gespräch abzuspielen. Einen Augenblick später schaute sie in ein Nachrichtenfenster, das sich vor ihrer Nase geöffnet hatte, und ins stark geschminkte Gesicht einer fremden Frau.

„Bitte entschuldige die Störung", lächelte die Aufzeichnung mit einem Akzent, den sie noch nirgendwo gehört hatte, „hast du vielleicht noch heute einen Termin frei?"

Tina musste für eine Sekunde die virtuellen Augen schließen und ihre Sinne sortieren, als Rihms Antwort direkt auf sie projiziert wurde. Eigentlich hatte sie erwartet, den zweiten Gesprächspartner in einem neuen Nachrichtenfenster zu sehen, aber stattdessen schob die experimentelle Software sie mitten in die Aufzeichnung hinein. Sie spürte jede Bewegung ihrer Lippen, während sie ihre eigene Stimme antworten hörte.

„Worum geht es denn?" fragte sie stellvertretend für Rihm. Im Hintergrund beruhigten sich ihre erstaunten Gedanken und gaben den Kampf gegen die unerwartet realistische Simulation bald wieder auf.

Die Frau vor einer bunten Palmen-Kulisse hielt ein Armband vor die Kamera. „Das habe ich vorhin gefunden", sagte sie, „ich würde es gerne zurück geben, aber kein Name steht darauf."

„Und was habe ich damit zu tun?" erwiderte Rihm durch Tinas Stimme.

„Nun ja, jemand hat mir deinen Namen empfohlen." Die weißen Finger im Nachrichtenfenster spielten nervös mit dem Armband, dessen roter Schmuckstein *Bitte Kennwort eingeben* anzeigte. „Habe gehört, du könntest den Speicher entschlüsseln und so bestimmt etwas über den Besitzer heraus finden."

„Ja klar, gefunden hast du das Teil bestimmt", hörte Tina sich antworten, während sich ihr simulierter Körper bequem zurück lehnte, „den Rest wissen wir doch beide: Du willst an das Kleingeld, das eventuell darin gespeichert ist."

„Was soll das, sehe ich so dreist aus?"

„Hinter dir erkennt man eine nicht gerade schlichte Gegend."

Die schicke Dame setzte eine beleidigte Mine auf. „Also

hilfst du nicht weiter, nur weil du mich spontan für ein Arschloch hältst?"

„War nur so eine Vermutung", zwinkerte Rihm ihr unbeeindruckt zu. „Bring mir das Armband doch heute Abend vorbei. Wenn ich etwas herausfinde, liefere ich es persönlich beim Besitzer ab. In Ordnung?"

Auf diesen Vorschlag einigten sie sich. Nachdem Rihm seine Wegbeschreibung bis zur Kellertür verständlich gemacht hatte, schloss sich das Nachrichtenfenster und Tina wurde wieder sie selbst.

Sofort kopierte sie das Gespräch in ihr Archiv. Endlich hatte sie ein Gesicht zum Begriff der *Kalifornier*. Davon abgesehen wusste sie nicht viel Neues. Oder doch? Die tropische Freizeitanlage, in der das öffentliche Terminal stand, registrierte bestimmt jeden Gast, um Service-Ansteсknadeln zu vergeben und so weiter. *Wenn ich an die Kundenkartei dran käme...* überlegte sie aufgeregt und kehrte auf der Stelle in ihr Labor zurück.

Wie jede neue Herausforderung, löschte auch diese alles andere aus ihrem Bewusstsein. Kaum hatte sich die für jeden zugängliche Online-Präsentation des Tropenparks in einem drei Meter hohen, von weißen Kanten begrenzten Würfel vor ihr aufgebaut, wartete draußen niemand mehr auf sie, gab es keine Zeit und keine Nebensächlichkeiten mehr.

Abgetaucht in den reißenden Strom ihrer rotierenden Gedanken verringerte sie den Abstraktionsgrad bis zur Zugriffssperre, umging diese mit einer Kombination längst bekannter Tricks und arbeitete sich bis in den Wald aus Tabellen vor, der die komplette Datenbank der Anlage darstellte.

Das Telefon, die Uhrzeit, nach beidem konnte sie die registrierten Bewegungen filtern. Diese Service-Clips waren eine wunderbare Erfindung, noch nie zuvor hatte Tina ausführlichere Kundenprofile gesehen.

Alle Dateien, die nichts mit Personen und Diensten zu tun hatten, verschob sie in höhere Dimensionen, wo sie sich jenseits ihres primären Blickfelds leichter ignorieren ließen. Übrig blieb ein überschaubares Netz aus zehn Tabellen, zwischen denen die Verknüpfungen so viele Melodien summten, dass die informationelle Symphonie zu einem pulsierenden Summen verschwamm.

Die gleichmäßig weiß ausgeleuchtete Halle schien in allen Farben zu schimmern, als sie einen Teil der Verknüpfungen ausblendete und die restlichen Melodien sich bunt wie ein Dutzend Regenbögen aus dem Summen abzeichneten.

Aktivitäten zum fraglichen Zeitpunkt. Sie schickte diese Anfrage an die Tabellen, die sich daraufhin ausdünnten, bis von dem Nebel unzähliger Datensätze nur einundzwanzig stehen blieben, gut sichtbar als einzelne Zeilen. Einundzwanzig Besucher hatten sich in dem Moment, in dem Rihm den Anruf angenommen hatte, irgendwo über ihren Service-Clip bemerkbar gemacht.

Welche davon haben Kommunikationsdienste genutzt? Wieder schmolzen die Zeilen zusammen, nur noch drei Personen standen zur Auswahl. *Was für eine herrlich kurze Liste*, fand Tina, ließ das Einwohnerprofil des Ersten neben sich aufspringen und begann eine Gegenprobe im nationalen Adressbuch. An der Adresse, die im Profil hinterlegt war, wohnte tatsächlich diese Person.

Der zweite Gast war ein fahrlässiger Fälscher. Tina rief die Adresse aus seinem Einwohnerprofil ab, kopierte sie in die Adressbuch-Suche und fand daraufhin vier Personen, die angeblich in derselben Wohnung lebten. Drei davon konnten gut und gerne zu einer Familie gehören. Der Vierte hatte keine erkennbaren Verbindungen zu den anderen und war zufälligerweise die Besucherin des Tropenparks.

„Niedlicher Versuch", flüsterte sie siegessicher. Vorsichtshalber überprüfte sie das auffällige Einwohnerprofil noch auf frische Änderungen. Als sie keine fand, ließ sie eine Reihe beliebter Nachrichten-Angebote und die Foren diverser Zeitschriften nach Aktivitäten dieser Person suchen und nahm sich in der Wartezeit den dritten Besucher vor.

Keine Besonderheiten. Gast Nummer drei wohnte ohne Widersprüche in einem Dorf in der nördlichen Region des einhundertachtzehnten Stockwerks.

Inzwischen kamen die ersten Suchergebnisse aus dem Netz an. Kein einziger der größten virtuellen Räume kannte die zweite Person. Obwohl die Einwohnerin laut Profil schon seit neunundzwanzig Jahren im Turm registriert war, hatte sie keinerlei Spuren hinterlassen, wo sich sonst jeder einmal herum trieb.

Über das großartige Fundstück leise lächelnd fragte sie sich, wem sie es zeigen konnte. Mit einem Schlag schoss der Grund in ihren Kopf zurück, aus dem sie die erbeuteten Datensätze überhaupt brauchte.

Nachdem alle Beweise sicher in ihr Archiv kopiert waren, meldete sie sich ab und hielt den Atem an, um den Schock des Übergangs besser zu verkraften. Zwei Minuten später legte sie das Sensorset ab und stand auf.

Fünfzig Meter unter der Erde schlug Marvy die äußere Tür zum Kraftwerk hinter sich zu. Müde ging sie am Netzwerkknoten vorbei und bemerkte ein Blinken in einer der Projektionen an der Decke, welche ständig den Status des landesweiten Datenflusses anzeigten.

Nicht autorisierte Lesezugriffe.

„Ach, wirklich?" seufzte die junge Technikerin zur Anzeige hinauf. In ihrem Land trieben sich so viele verspielte Nervensägen herum, dass sie schon lange nicht mehr jede Zugriffsverletzung ernst nahm. „Information sollte frei sein oder gelöscht werden", murmelte sie vor sich hin, „also lasst den Techies doch ihren Spaß!"

Sie warf einen Blick auf den schwarzen Stein an ihrem Armband, unter dessen glasiger Oberfläche dumpf und rötlich die Uhrzeit glimmte. Kurz nach zehn, spät genug für heute. In der Hoffnung auf einen ungestörten Abend warf sie sich aufs Bett, das ohne Trennwände davor im Rechenzentrum von Neuseeland-2 stand, und tippte auf den grünen Stein an ihrem

Handgelenk. Die kurze Liste ihrer relativ oft angerufenen Bekannten erschien in der Luft, sie zeigte mit dem Finger auf den Namen *Lissa-Alexa* und ließ eine Verbindung öffnen.

Das Adressbuch löste sich in einen Schauer aus bunten Glitzern auf, die sich neu formierten und eine halb durchsichtige Projektion von Lissas Gesicht bildeten.

„Hallo, war der Tag sehr schlimm?" begrüßte Lissa ihre Kollegin.

„Geht so", erwiderte Marvy und fuhr sich mit der Hand durch die halblangen Strähnen. „Sag mal, habt ihr auch gerade Hacker-Saison?"

„Nicht mehr Quatsch als üblich, wieso?" fragend schaute Lissa auf sie herab.

„Hätte ja sein können. Bei mir hat sich vorhin jemand erdreistet, sich bei einem dreckigen Lesezugriff erwischen zu lassen", erzählte Marvy, während sie wieder aufstand, an der Teekanne vom Frühstück roch und den Inhalt als gerade noch trinkbar einschätzte. „Dabei ging es aber nur um eine Datensammlung, die ich sowieso am liebsten verbieten würde. Nichts wirklich schützenswertes."

„Wer war es denn?"

„Hab gar nicht erst nachgeschaut."

Mit der linken Hand griff sie nach einer großen Tomate, die seit gestern auf dem Tisch lag. *Wenn die schimmeln könnte, hätte sie es schon getan*, beschloss sie gleichgültig und war froh darüber, sich heute Abend nicht mehr mit dem Küchenschrank und seinem Inhalt auseinandersetzen zu müssen. Mit dem roten Gemüse in der linken und einer kalten Teetasse in der rechten Hand ging sie noch einmal zurück zum Netzwerkknoten, um den Verursacher der Zugriffsverletzung zurückverfolgen zu lassen.

„Der ist natürlich getarnt", sagte sie zu Lissa, deren Projektion ihr automatisch durch die verwinkelte Halle folgte, „aber genauso natürlich kriegen wir ihn trotzdem."

Ein paar Minuten lehnte sie an einem der vielen Gestelle, in denen Hundertschaften von Switches festgeschraubt waren, aus denen dieser Teil des Knotens bestand. Während sie sich Lissas Kommentar zum heutigen Tag anhörte, verfolgten ihre Augen die Statusmeldungen des Programms, mit dem sie ab und zu einen unvorsichtigen Techie bis in die Wohnung zurück verfolgte.

Als das Ergebnis aufleuchtete, schlich sich ein Lächeln auf ihr blasses Gesicht. Sie hielt die Kamera im Armband höher, so dass Lissa auch einen Blick auf den Text werfen konnte.

„Es ist tatsächlich jemand den du kennst", bemerkte sie ruhig und wartete auf eine Reaktion. Das Programm hatte als Ursprung die Wohnung eines Programmierers gefunden, über den sie und Lissa-Alexa sich überhaupt erst kennengelernt hatten.

„Kann gar nicht sein", meinte Lissa, „der hinterlässt keine Spuren mehr, seit ich ihm Nachhilfe erteilt habe. Die Fußabdrücke können höchstens von seiner Freundin sein, falls er die noch hat."

„Ich weiß, du hast mir schon immer das Leben schwer gemacht", grinste Marvy zurück. „Erst seit du dich mit ihnen triffst, sind meine Techies zur echten Plage geworden. Dein schlechter Einfluss verdirbt die Jugend!"

„Aber immer doch", bestätigte Lissa, schaute noch einmal auf die Ausgabe des Programms und wurde auf einmal ernst. „Sag mal ... kann es sein, dass diesmal mehr dahinter steckt? Dort hat eindeutig jemand gepfuscht. Cle und seine Truppe würden normalerweise aber nie Spuren hinterlassen, das habe ich ihnen selbst beigebracht."

„Die hatten es wohl sehr eilig", stimmte Marvy nach einem genaueren Blick auf die Textzeilen zu. „Wer fragt nach?"

„Ich rufe gleich mal an", antwortete Lissa. „Wenn du dich meldest, kriegen sie immer gleich Angst."

Kaum war das Marvys Bild wieder im Armband verschwunden, öffnete Lissa eine Verbindung zu Cle, ihrem früheren Partner vom Projekt *Halbsichtiges Proxy-Interface*, den sie schon seit fünf Jahren kannte.

Es dauerte eine Weile, bis sich jemand meldete. Zu ihrer

größten Verwunderung sah sie nicht sein sorgfältig gezeichnetes Netz-Abbild. Stattdessen traf sie Cle offline an, in seinem realen Zimmer, mit Tinchen und einem Fremden im Hintergrund.

Die Lage war schnell erklärt, der kleine Schatten hatte also einen Chip zu viel aufbewahrt und war nun von der Bildfläche verschwunden. Wieder erinnerte sie etwas an das alte Proxy-Projekt.

„Seid ihr schon auf die Idee gekommen, die Verwaltung zu informieren?" fragte sie und meinte damit *schaltet doch endlich die Verwaltung ein.*

Auf einmal trat der Fremde hinter Cle näher an die Kamera heran, so dass sie ihn endlich deutlich sehen konnte. Seine Stimme klang zitternd, fast flehend. „Keine Behörden, bitte ... "

Ebenen. Räume. Unendliche Weiten unfälschbarer Information. Aus reiner Langeweile in der bis aufs Terminal leeren Kammer hatte Rihm sich wieder eingeloggt. Der Netzanschluss des Geräts schien vollkommen intakt zu sein. Nur seine Zugangskennung war natürlich gesperrt, so dass er nicht mehr als er selbst nach draußen kam.

Tarnung hatte Charly das genannt, *du wirst schon noch verstehen, dass es nur zu deinem eigenen Schutz ist.*

Doch obwohl er sich mit der eigens für ihn gefälschten Kennung im weltweiten Netz anmelden musste, hinderte ihn nichts daran, sein virtuelles Aussehen seiner üblichen Erscheinung anzupassen.

Nach einer halben Stunde im Konfigurationsraum würde er wieder genauso aussehen, wie man ihn im Netz kannte. An diesem detailreichen, fein gezeichneten 3D-Körper hatte er über die Jahre immer wieder gearbeitet, hier und da Merkmale ausgetauscht und sich stellenweise ganz neu entworfen.

Verglichen mit den laienhaft retuschierten Fotos, mit denen sich andere Leute im Netz präsentierten, war seine äußere Erscheinung ein Luxus aus Lichtreflexen und schwarzer Seide, auf den er nur ungern verzichtete. Ein ohne Fotos und

Fertigteile selbst entworfener Netz-Körper, Statussymbol eines Hackers – in Rihms Lage hatte er sogar einen realen Wert, nämlich seinen gewissen Bekanntheitsgrad. Ganz sicher würden ihn manche Leute wiedererkennen, auch mit dem falschen Namen im Personenprofil.

Seltsamerweise gab es hier drinnen keine Blockaden und Sinnestäuschungen, wie er sie aus der Außenwelt schon fast gewohnt war. Der freie Backup-Server, auf dem er Kopien seiner wichtigeren Daten mehr oder weniger regelmäßig hinterlegte, war problemlos erreichbar.

Vor der Eingangstür des Sicherungsdienstes, der optisch wie eine alte Lagerhalle aufgemacht war, schrieb er mit dem Finger sein Kennwort in den Staub einer Fensterscheibe. Obwohl er schon mit einer Fehlermeldung gerechnet hatte, öffnete sich die Tür; der Raum dahinter zeigte seine letzte Datensicherung an.

Nachdem alle Grafiken kopiert und wieder zusammen gesetzt waren, erkannte Rihm sich selbst endlich wieder. *Dann lass uns doch mal schauen,* dachte er, *ob dieser verdammte Chip auch dem neuralen Interface ins Handwerk pfuschen kann.*

Alle bekannten Gehirn-Schnittstellen waren noch immer inkompatibel miteinander, man konnte nur ein Gerät auf einmal verwenden. Hardware-Entwickler schoben das Problem gewöhnlich den Neurologen in die Schuhe, denn es schien eine Eigenart des menschlichen Hirns zu sein, nur mit einer Maschine gleichzeitig kommunizieren zu wollen.

Darauf angesprochen, warum man beispielsweise Traumkino-Module nicht mit Gedächtnis-Upgrades kombinieren konnte, wichen Neurologen meistens mit Kommentaren über schlecht abgestimmte Hardware und noch fehlende Forschungsergebnisse aus.

Die Elektroden des Datenstirnbands, die draußen auf Rihms realer Haut hafteten, sendeten brav ihren Bitstrom. Hatte sich der Chip, der seine Außenwelt in zerrissene Illusionen verwandelte, dafür abgeschaltet?

Während er durch die zeitversetzten Gespräche eines Forums blätterte, suchten seine Gedanken bald nur noch nach Details, die nicht sein konnten, Widersprüchen in den aufgezeichneten Diskussionen, oder Veränderungen in der Einrichtung des virtuellen Raumes.

Weder in diesem, noch in anderen öffentlichen Räumen konnte er Veränderungen finden. Es musste einfach wahr sein, der Chip hatte keine Macht über das Netz. Oder war er gar nicht online? Konnte alles, was er hier sah, las und hörte, eine besonders komplexe Fälschung sein?

Viel zu groß, fegte er den letzten Zweifel beiseite, *so riesige Informationsmengen können sie gar nicht zwischenspeichern, und der Inhalt meines Backups war doch gesichert ...*

Trotz aller Echtheit um ihn herum fühlte er sich beobachtet. Es wäre viel zu einfach, wenn er unbemerkt Memos verschicken könnte. *Am besten gleich an die Verwaltung von Neuseeland,* grinste er sarkastisch, *und danach lässt man mich für alle Zeiten offline in der Zelle hocken.* Mit allgemein verständlichen Hilferufen musste er sich wohl zurück halten, wenn er dieses Stückchen Realität behalten wollte.

Dennoch fühlte es sich gut an, eine Welt um sich herum zu haben, die tatsächlich so war, wie sie schien. Außerhalb der Simulation wartete nur wieder die Frage, welche Halluzination der Wirklichkeit am nächsten kam.

Vielleicht läuft mir zufällig ein Bekannter über den Weg, hoffte er still, als er durch die glitzernden, dezent gefärbten Glasgänge von Creanima wanderte. Die gut sieben Jahre alte Künstlerstadt verdiente den Namen *Stadt* längst nicht mehr.

Seit Lissas Proxy-Interface den weltweiten Durchbruch geschafft hatte und so gut wie jeden Hausanschluss mit natürlicher Panorama-Darstellung versorgte, eröffneten jedes Jahr mehr Zeichnergruppen neue Stadtteile, fügten der konstruierten Welt frei erfundene Landschaften und geheime Gewölbe an.

Das Kernteam mit den Gründern von Creanima begutachtete die neuen Gegenden zwar und koppelte unprofessionell umgesetzte Entwürfe gnadenlos wieder ab. Aber es blieben genug gelungene Landschaften übrig, um den Lageplan an den Eingängen unübersichtlich zu machen. Aus der kunstvoll gezeichneten Modellstadt mit Raumhafen, Zentrum und Strand hatte sich eine verwinkelte, bunte Parallelwelt entwickelt.

Die Eingänge befanden sich nach wie vor im ältesten Teil Creanimas, dem Raumhafen aus unzähligen Kristallsäulen, in denen sich in Ringen angeordnet die *Parkplätze* aufreihten. Wer sich in Creanima anmeldete, ohne einen Tiefenverweis auf einen bestimmten Platz zu verwenden, fand sich zuerst in einer transparenten Kammer wieder und blickte über ein weites Feld gleichartiger Säulen, in denen man andere Besucher sehen konnte, die auch gerade angekommen waren.

Durch das Spinnennetz aus grüngläsernen Röhrengängen, das sich zwischen den Parkplätzen aufspannte, ließ Rihm sich auf das orange leuchtende Zentrum zu treiben. Er ging an Kreuzungen vorbei, beobachtete dort fremde Gäste und schaute heute besonders aufmerksam auf in die Wände gravierte Schilder, an denen er sonst achtlos vorbei ging.

In den glitzernd durchscheinenden Wandbildern hatten sich Programmierer und Zeichner verewigt, als die Stadt noch ein kleines, wenig bekanntes Kunstprojekt war. In den neueren Landschaften brachten sie ihre Signaturen versteckter unter, wenn überhaupt.

Der Torbogen vor dem zentralen Gebäude glühte in strahlendem Orange und verströmte einen aufdringlichen Petersilienduft. Auch hier fiel ihm nichts Besonderes auf, bis auf einen dunklen Schriftzug ganz links, wenige Millimeter über dem Boden.

Wir wären für Blau gewesen.

Auf dem grünlich schimmernden Boden kniend, mit der Nase vor dem winzigen Text, fand er endlich sein Lächeln wieder. Unverfälschte Wirklichkeit. Nur Mitglieder der Zeichner-Szene konnten etwas von dem Renovierungsstreit mitbekommen haben, der das Kernteam von Creanima vor

Kurzem beinahe aufgelöst hatte.

Man hatte sich zusammen gesetzt, um das langweilig gewordene Zentralgebäude modern zu überarbeiten, war sich aber über ein paar Details nicht einig geworden, insbesondere bei der Farbe der Portale. Schließlich hatte sich eine Gruppe beleidigt abgesetzt, um eine eigene Landschaft zu entwerfen.

Der Rest, ein Team von acht Künstlern, hatte danach den größten Teil des Gebäudes unverändert gelassen und es nur für die neuen, emotionspermeablen Schnittstellen mit einer Komposition positiver Stimmungen untermalt.

Den neuen Emotionsteppich der Halle kannte er noch nicht. Doch er konnte es kaum erwarten, seine permanente Hilflosigkeit vom Programm überschreiben zu lassen, wenn auch nur für ein paar Minuten. Erwartungsvoll trat er über die schmale, orange strahlende Linie und unter dem Torbogen hindurch.

Sofort wurde seine düstere Laune in den Hintergrund gedrängt: Creanimas Willkommensgruß übertönte für einen Moment alle Gedanken. Anschließend war dort nur noch Ruhe, der glückselige Frieden von jemandem, der mit der Welt und dem Leben lässig fertig wurde – ein Zustand, den Rihm wohl niemals erreichen würde.

Entspannt lehnte er am Geländer der breiten Rampe, die als Spirale vom Dach bis zum Keller an der Innenseite der Halle entlang lief. Ließ den Blick einem fliegenden Blatt hinterher schweifen, zum Baum in der Mitte, den hinter grünen Ästen kaum sichtbaren Stamm hinab auf den von weichem Moos überwucherten Boden.

Der Keller, war dort nicht etwas? Auf einmal erinnerte er sich an eine matt silberne Metalltür, die Cle ihm einst gezeigt hatte. Dahinter führte ein Tunnel direkt in eine Grotte unter dem Strand, in der man durch eine Glasscheibe bunte Fische beobachten konnte. Letztens sollten Seepferde und in Gebärdensprache gestikulierende Wasserpflanzen dazu gekommen sein; der Programmierer dahinter gab sich große Mühe.

Cle hatte dessen Engagement vorbildlich gefunden, weil er noch vor wenigen Jahren gar nicht 3D-zeichnen konnte. Die beiden hatten mit der gleichen Entwicklungsstörung zu kämpfen: *Halbsichtigkeit.* Vor Erfindung der Proxy-Interfaces war es Vonek nahezu unmöglich gewesen, sich überhaupt in komplexen Räumen zu orientieren.

Für zwei Sekunden ließ er die Ortszeit von Deutschland vor sich aufleuchten. Dort war es Abend, gleich viertel nach zehn. Wenn Lissa ihn nicht gerade mit einer verrückten Neuentwicklung aufhielt, oder ausgerechnet heute die Infrastruktur des Landes auseinander fiel, würde der technische Administrator von Deutschland bestimmt wieder hier herum hängen und seinen Ozean verfeinern.

Wer Vonek in Creanima zeichnen sah, konnte sich schwer vorstellen, dass er tagsüber mit einem Schwarm fliegender Roboter im Gefolge alle Systeme eines ganzen Turms am Laufen hielt. *Dem könnte ich rein zufällig über den Weg laufen*, fiel ihm sogleich ein.

Die Idee regte ihn so sehr auf, dass sie sogar die im Raum schwebende Ruhe ein wenig zurück drängte. An aufwärts und abwärts spazierenden Besuchern und auf dem Geländer sitzenden Grüppchen vorbei rannte er den Spiralweg nach unten, bis die Wände grün von Moos waren, dunkelblau duftende Waldluft mit den unteren Zweigen des Baumes spielte und in einer Ecke des asymmetrisch verwinkelten, regelrecht verspielt geformten Kellerstockwerks die hellgraue Tür im Dämmerlicht schimmerte.

Die silberne Platte schob sich vor ihm beiseite, salziger Wind strömte sanft und kühl aus dem dahinter liegenden Tunnel. Außerhalb des Hauptgebäudes begann der Bereich eines anderen Teams. Rihm bereitete sich in Gedanken darauf vor, sich gleich wieder beschissen zu fühlen, sobald die künstliche Projektion von glücklicher Ruhe abgeschaltet wurde.

Natürlich passierte genau das. Strand und Ozean waren mit keiner Stimmungskomposition unterlegt. Die ungeschminkten Tatsachen fielen wie von der Decke stürzende Steine auf ihn nieder. Er war allein. Wer auch immer ihn aus der Einzelzelle mit Netzanschluss befreien würde, könnte auch nur eine weitere Illusion sein, es gab kein garantiert reales Entkommen. Was blieb, war die weltweite Simulation, ein schillernder Tanz der Bitströme.

Ziemlich hoffnungslos, aber noch nicht völlig verloren, tastete er sich durch die Höhle voran. Die Wände summten warnend, wenn er ihnen zu nahe kam, jeder Stein spielte eine leise Melodie vor sich hin. An den Tönen entlang, dem lächerlich frischen Wind folgend, fand er ganz leicht die Panorama-Grotte unter dem Meer.

Über sich die Glasplatte, durch die man nach oben ins Wasser schauen konnte, griff er in die Luft, um die Auswahlleiste zu öffnen. Ein Viereck aus sechs Schaltern erschien direkt vor seinen Fingern.

Mit dem zweiten Knopf der oberen Reihe schaltete er in den Entwurfsmodus um. Die unterirdische Halle löste sich um ihn herum auf und machte Platz für ein helles, geräumiges Atelier.

Die Wände des rechteckigen Zimmers waren von groben Skizzen bedeckt, halbfertige Objekte lagen hier und da auf dem Boden. Ungefähr zehn Meter weiter hinten saßen vier Zeichner auf dem hellbraunen Holzboden und diskutierten einen schwarzweißen Entwurf.

Einen der Künstler erkannte er wieder, es war Joachim, der Erfinder des Ozeans. Rihm kannte ihn nur flüchtig, sie hatten sich bei der Eröffnung einer neuen Insel kurz gesehen. Von einem anderen Mann, der mit dem Rücken zu ihm zwischen verstreuten Farbstiften kniete, sah er nur das blaue Hemd und auffällig rote Haare. Vonek war tatsächlich dort.

Ein wenig erleichtert atmete Rihm auf und ging ein paar Schritte auf die Gruppe zu, die sich gerade wieder auflöste. Vonek wandte sich einem der noch unscharf geformten Objekte zu, ließ ein Fenster mit Werkzeugen in der Luft auftauchen und wollte gerade damit anfangen, die Gestalt des Wassertiers heraus zu arbeiten, als Rihm neben ihn trat. Verwundert schüttelte er sein rotes Haar zurück und schaute auf.

„Wer ... was machst du denn hier, wo haste gesteckt?" rief Vonek, sprang auf die Füße und ließ den farblosen Seestern fallen.

„Hat mich jemand vermisst?" fragte Rihm zurück, wobei er versuchte, möglichst gleichgültig auszusehen. *Bloß nichts zu Deutliches sagen*, schrie seine innere Stimme angesichts des höchst wahrscheinlich abgehörten Anschlusses.

„Vermisst?" Der Techniker des Deutschland-Turmes starrte ihn aufgeregt an, „Lissa sagte, du wärst entführt worden. Cle und Tina suchen dich – haben so einen Typen aufgesammelt, der es für besser hält, die Verwaltungen heraus zu halten."

In einer Atempause ließ Vonek das Personenprofil neben sich aufspringen, schaute auf den falschen Namen und wieder zu Rihms vertrauter Netz-Abbildung. „Du bist nicht zufälligerweise du selbst, oder?"

„Vertrau einfach deinen Augen, okay?" antwortete Rihm und blendete die Profilansicht wieder aus. „Ich erkläre das gerne in einem verschlüsselten Raum. Kannst du in deinem Terminal einen öffnen?"

„Klar doch", sagte Vonek ohne zu zögern, „warte mal einen Moment."

Vor seinem rechten Mittelfinger öffnete sich ein Konfigurationsfenster, in dem er mit einer Serie schneller, gekonnter Handgesten einen leeren Raum anlegte, die höchste Sicherheitsstufe einstellte, bis er schließlich einen internen Verweis in der Hand hielt.

Genau wie Cle, fiel Rihm daran auf, *er verwendet dieselbe Zeichensprache, anstatt die Befehle zu denken.*

Kurz darauf öffnete sich der Verweis und beide betraten gleichzeitig den vollkommen leeren Raum. Eine graue Ebene erstreckte sich vor und hinter ihnen, irgendwo hinter blassem Nebel schien sich ein ferner Horizont zu verstecken, darüber hinaus war einfach nur Nichts um sie herum. Das Sicherungssystem fuhr sanft zirpend hoch, es aktivierte auf beiden Seiten die Verschlüsselungsmodule und handelte zwei

Schlüsselpaare aus.

Noch bevor sich das System ganz aktiviert hatte, wurde Rihm plötzlich schwindelig. Das Bild vor seinen Augen verschwamm zu grauer Masse in der violette Blitze kreischend zischten, bis eine Schrecksekunde später alles in nach Teer stinkender Schwärze verschwand.

Auf dem Boden der vertrauten wie verhassten Kammer wachte er auf. Der Bürostuhl, auf dem er vorhin noch gesessen hatte, lag umgekippt auf dem Teppich. Als er die linke Hand hob, um sich das verrutschte Datenstirnband abzustreifen, stach ein greller Schmerz durch den anderen Arm, der sein ganzes Gewicht nicht allein tragen konnte.

Wütend, verwirrt und noch etwas benommen vom Systemabsturz ließ er sich wieder auf den Boden fallen, stützte sich wieder auf beiden Händen ab, bis er sich schließlich aufsetzte.

„Ich hätte ja damit gerechnet", fluchte er flüsternd, „dass ihr das Krypto-Subsystem ausgebaut habt", er beugte sich über das Terminal, aus dem dünner, hellgrauer Rauch aufstieg, „aber mir gleich einen Crash ins Hirn zu jagen, ist eine ganz schön gefährliche Strafe."

Er brauchte fünf oder zehn Minuten, um wieder klar sehen zu können. Dann wandte er sich noch einmal der offen stehenden Konsole zu und begann, die Platinen eine nach der anderen auszubauen.

Diesen perversen Schaltkreis finde ich bald, war er ganz sicher, *und solange der drin steckt, fasse ich das Interface nicht mehr an.*

Gerade lehnte er die neunte Platine zu den anderen an die Wand, als sie von links nach rechts zu Staub zerfielen. Wütend über sein eigenes, sinnloses Vertrauen in die Echtheit der Konsole schaute er in das gerade zerlegte Gerät. Alle Bauteile waren wieder an Ort und Stelle, als hätte er sie niemals angefasst.

„Alles klar, ich habe verstanden", rief er in Richtung der Wand, in der täglich die Türen erschienen, „entweder ich spiele mit, oder ihr überlasst mich dem Wahnsinn. Vielen Dank, dass ihr mir die Wahl lasst!"

Um die folgende Stille zu verdrängen, griff er noch einmal in die Konsole. Diese antwortete diesmal mit bläulichen Rauchfahnen, die ihm warm in die Nase stiegen und seltsamerweise nach Zimt rochen. Als er nach einer Platine griff, öffnete sich schließlich doch noch eine Tür in der gerade noch lückenlosen Wand. Marylin kam herein, lachte übers ganze Gesicht wie ein kleines Mädchen im Zirkus, und setzte sich kichernd neben ihn. Ihre widerlich makellose Hand schloss sich um Rihms Finger, hob sie aus der Konsole heraus und legte sie auf den Teppich.

„Hättest vielleicht lieber Gärtner werden sollen", sagte sie dabei, ohne ihm ins Gesicht zu sehen, „an diesem Spielzeug lassen wir dich jedenfalls nichts kaputt machen."

Vor seinen Augen verwandelte sich das Terminal in einen weißen Pflanzkübel, in dem eine Palme mit großen, dunkelgrünen Blättern stand. In den Stamm liefen die Kabel des Interface-Stirnbands hinein. Einen Moment wartete Marylin auf einen Kommentar von Rihm, dann stand sie auf und zog ein Stück Folie aus der Hosentasche. Wieder kicherte sie in sich hinein.

„Auf diesem Zettel", erklärte sie fröhlich, „kann ich sehen, was du gerade siehst. Du lebst in einer ganz schön verrückten Welt, Kleiner!"

„Was zu Hölle ..." hörte Vonek sich erschrocken rufen, als Rihm vor seinen Augen zu einer violett blitzenden Wolke zerfiel, die wie Staub auf den Boden sank und dort verblasste. Das Krypto-Subsystem brach den Verbindungsaufbau ab.

Interner Fehler: Ungültige Antwort von der Gegenstelle.

Grafik und Sicherheit der gefälschten Identität hatten gleichzeitig versagt. Entgeistert starrte Vonek auf den leeren Glasboden, bis seine Gedanken nach einer Sekunde wieder klar genug waren, um das Personenprofil noch einmal zu öffnen. Er forderte eine Audio-Verbindung an. Sie wurde abgewiesen.

Interner Fehler: Keine Verbindung zur Gegenstelle.

Der komplette Netzzugang war also tot. *Diesem Zustand könnten auch Schattens Sinne ziemlich Nahe sein*, schoss es Vonek durch den Kopf.

Das Neural-Interface klinkte sich in die Koppelung von Sinnesorganen und zentralem Nervensystem ein, während es die Verbindung zwischen Motorik und Rückenmark vorübergehend sperrte. Sobald man den Logout-Gedanken dachte, wurde die Motorik wieder freigegeben. Das Überschreiben der Sinne endete automatisch, wenn das Sensorset den Kontakt verlor.

Über die Folgen eines unkontrollierten Absturzes des hochempfindlichen Systems wollte Vonek gar nicht erst nachdenken. Wenn er Rihm schon nicht erreichen konnte, waren da wenigstens noch die Log-Dateien der vergangenen fünf Minuten, um etwas über seinen Aufenthaltsort zu erfahren.

Die Aufzeichnungen seines eigenen Terminals reichten nur bis zu dem Zeitpunkt zurück, als Rihm den Entwurfsmodus betreten hatte; auf die Logs des Creanima-Servers hatte er als einfacher Zeichner keinen Zugriff. Schnell kopierte er alle Aufzeichnungen die er lokal finden konnte und warf sein Datenstirnband zurück auf die Tischplatte, welche auch nach Jahren noch aus einem abgeschalteten, alten Bildschirm bestand.

Einen Moment lauschte er in die Halle hinter sich, ob sie überhaupt in der Nähe war. Als er Lissas Schritte hinter den dunkelblauen Trennwänden hörte, die so etwas wie zwei Zimmer vom Rand des Rechenzentrums abgrenzten, drehte er sich um und stand auf.

„Lissa, hast du irgendwas Neues über den Schatten von Neuseeland gehört, während ich weg war?"

Schnelle Schritte näherten sich hinter dem blauen Kunststoff, kurz darauf schaute sie zwischen einer Wand und dem Küchenblock hindurch. „Überhaupt nichts, Cle hat sich nicht mehr gemeldet", antwortete sie. „Hast du etwas Neues?"

„Für die nächsten zehn Minuten wird er kaum wach sein", er winkte sie zum Terminal herüber, „ist gerade mit einem plötzlichen Systemfehler abgestürzt. Wahrscheinlich war es Absicht, ein manipulierter Anschluss oder so was."

„Sag mal, wovon redest du überhaupt?" fragte sie überrascht, setzte sich neben seinem Drehstuhl auf den Boden und angelte sich mit dem linken Zeigefinger das zweite Stirnband.

„Hab ihn gerade getroffen, im Atelier hinter unserem Ozean", erklärte er so hektisch, dass seine Stimme stolperte. „Wo auch immer er ist, hat er offenbar Netzanschluss. War aber sicher, dass er abgehört wird. Darum wollten wir in einen verschlüsselten Raum umziehen, aber kaum startet sein Krypto-Modul, zerfällt sein Avatar und ich kriege keine Verbindung mehr."

„Der nächste Fluchtversuch wird dann wohl noch schwieriger", fand Lissa nur, dann setzte sie das Interface auf. Ihr Opal-Nagellack blitzte rötlich in der künstlichen Abenddämmerung, als sie die Elektroden zurecht rückte „Haben wir Logs?"

Während sie sich von Vonek die Momentaufnahmen der letzten Verbindungen zeigen ließ, winkte sie der Umweltsteuerung zu, die Standard-Beleuchtungsphasen zu ignorieren und wieder volles Tageslicht zu geben.

Lissa brauchte fast eine halbe Stunde, um den Transportweg aller Datenpakete zu rekonstruieren. Schließlich ließ sie im grünen Nachrichten-Stein in Voneks Armband einen knappen Text aufleuchten:

Hab die Orte. Komm mal rein!

Noch bevor die Aufforderung wieder verblasste hatte er sich angeschlossen und betrat die lokale Eingangshalle. Dort hing eine zwei Meter hohe Landkarte senkrecht in der Luft, die durchscheinende Miniatur eines anderen Turms.

Winzige rote Punkte leuchteten kreuz und quer über die Etagen verstreut, sie spielten schlichte Töne von Akkordeon bis Xylophon. Die Abbildung wurde von sanften Luftströmungen umweht, jeder Lichtpunkt schien eine andere Temperatur abzustrahlen.

„Da war ein gar nicht so schlechter Anonymisierer am Werk", erklärte Lissa durch das halb transparente, wie aus blauem Nebel geformte Modell hindurch, „glücklicherweise aber ein national beschränkter. Alle Schnipsel eures kurzen Gesprächs kamen aus dem kalifornischen Turm."

Vonek kniete vor dem verkleinerten Kalifornien, fuhr mit der Hand von oben nach unten durch die Stockwerke, noch einmal durch die mittleren Dorf-Etagen, bis er sicher war, einen warmen Kern gefunden zu haben. „Hier oben häufen sie sich", stellte er fest.

„Ja, das hab ich auch schon gerochen", stimmte sie zu, „ich meine ... in meiner Darstellung spielen die häufigsten Absender Zimt-Töne. Die statistische Häufung heißt aber noch gar nichts. Wir brauchen mehr Verbindungen, um daraus irgendwas abzuleiten. Wie der Anonymisierer arbeitet, finden wir bestimmt relativ schnell heraus. Die Dinger sind alle ähnlich."

Damit war klar, wie Lissa die Tarnung angreifen wollte. Die Programmiererin ging davon aus, dass die echte Absender-Adresse nach einem bestimmten Schema durch zufällig gewählte Orte ersetzt wurde. Mit genügend Messwerten musste es möglich sein, statistische Wahrscheinlichkeiten über den echten Ursprung zu berechnen.

„Mehr Punkte", überlegte Vonek entmutigt, „bekommen wir wohl nur durch Zufall, falls Rihm überhaupt noch mal ins Netz kann. Sonst müssten wir auch noch die Administratoren von Creanima einweihen, damit sie ihre Logs hergeben."

„Kannst du nicht einen Köder auslegen", schlug Lissa vor, „einen Verweis in verschiedenen Räumen hinterlegen, den nur er sehen kann?"

Er stand wieder auf, zog sich aus dem pulsierenden Wind um den blau schimmernden Turm zurück. „Wenn wir dem gefälschten Benutzer von heute Lesezugriff geben, taucht er morgen mit einer anderen Kennung auf. Wie willst du garantieren, dass der Schatten den Verweis wirklich finden kann?"

„Hast du ihn vorhin nicht an seinem Avatar erkannt?" erwiderte sie lächelnd. „Solange er die gleiche Grafik verwendet, kann ein aktives Symbol ihn genauso erkennen und seine eigene Sichtbarkeit anpassen."

Auf einmal war die Software-Forscherin, die von der globalen Universität in Voneks abgeschotteten Kellern einquartiert worden war, voll in ihrem Element. Sie brauchte ein Symbol, das nicht nur auf Aktionen des Benutzers wartete, sondern im Hintergrund selbst aktiv die Umgebung beobachtete, um bei Annäherung eines Benutzers mit bestimmter Grafik sichtbar zu werden.

Ein grüner Sturm von Wiesen und Blättern rauschte an Rihm vorbei, dann verstörend bunte Blumen, ein Park in Zeitraffer. Am Ufer eines Teichs blieb das Fahrzeug einen Meter über dem Gras in der Luft stehen. In einer anderen Ebene seines Bewusstseins, wie eine deutliche Erinnerung an die Gegenwart, tauchte ein rot glühender Text auf.

Was siehst du gerade?

Charly fragte wiedermal den Status ab. „Einen See", antwortete Rihm geduldig, „ungefähr einen Meter unter und zwei Meter vor uns."

Wie fühlt sich der Fahrer?

„Ist genauso locker drauf wie vorhin. Außerdem fragt er sich, wie lange er noch sinnlos durch die Gegend fahren soll."

Na gut, dann teile ihm mit, dass wir heute nur noch einen letzten Test machen.

Rihm lenkte seine Aufmerksamkeit von Charlys Befehlen fort, um sich auf den Fahrer zu konzentrieren, durch dessen Augen er gerade schaute. Der letzte Versuch für heute – es fiel ihm schwer, mit der reinen Information nicht auch seine Aufregung zu übertragen.

Den ganzen Tag hatten sie zu dritt die Übertragungsqualität

bei verschiedenen Geschwindigkeiten auf die Probe gestellt. Mariko, der Fahrer, war über eine Funkstrecke mit Rihm gekoppelt, der über den Chip in seinem Kopf den Ausflug durch die Garten-Stockwerke in Echtzeit miterlebte.

Charly koordinierte die Tests. In der letzten Pause hatte er noch in der türlosen Kammer auf dem Terminal gesessen, wie immer in seinem naturfarbenen Mantel, das Haar im Nacken zusammen gebunden, in der Hand eine Folie mit der Checkliste. Gerade hatte er gut gelaunt einen weiteren Punkt abgehakt, als Rihms Wahrnehmung wieder umgeschaltet worden war.

An den ständigen Wechsel zwischen seiner eigenen Welt und der Direktübertragung aus dem Auto hatte er sich schnell gewöhnt. Es war nicht viel anders, als wenn man zwischen zwei virtuellen Räumen hin und her sprang.

Der tiefere Sinn davon blieb ihm nach wie vor ein wenig schleierhaft. Von Einreisebestimmungen hatte Charly kurz etwas erwähnt, von Umgehung der Kontrollen am Flughafen. Eine verrückte Vermutung schwirrte seitdem in Rihms Gedanken herum.

Der Wagen schwebte lautlos über den Teich hinweg, hob sich über die Spitzen eines Maisfelds, beschleunigte über ausgedehntem Ackerland und nahm Kurs auf den südwestlichen der acht Transportschächte.

Letzte Frage, mein Freund, glühten die Anweisungen auf ihrem eigenen Wahrnehmungskanal. *Halte mich auf dem Laufenden, wo ihr gerade seid.*

„Gerade im Schacht angekommen", berichtete der unfreiwillige Beobachter, „jetzt beschleunigt er vertikal nach unten ... passiert das vierte Stockwerk ... das ungefähr fünfzehnte ... er bremst wieder ..."

Ungefähr? glimmte die Schrift.

„Die Ausgänge verschwimmen bei diesem Tempo", entschuldigte er die ungenaue Angabe, „wir bremsen noch immer ... Stockwerk 160 zieht vorbei ... jetzt kann ich die einzelnen Ringe wieder erkennen ... 150 ist vorbei ..."

Der Wagen blieb stehen, beschleunigte wieder horizontal, flog durch die geöffnete Luke hinaus und an einem Stadtrand entlang. Freundlich bunte Glasfassaden und begrünte Dächer säumten die erste Straße, in die der Fahrer einbog. Nach einem ruhigen Flug durch die Außenbezirke parkte er den Wagen in einem Innenhof, entriegelte die Tür und stieg aus.

„Wir verlassen jetzt den Wagen", berichtete Rihm gehorsam weiter, „schließen eine Tür mit buntem Glas-Mosaik auf."

Danke, das reicht für heute.

Ein letztes Mal spürte er die düster rote Schrift, dann war die Stadt verschwunden und die Kammer wieder da.

„Das funktioniert doch schon ganz gut", freute Charly sich. Er saß jetzt nicht mehr auf dem Terminal, sondern lehnte sich bequem gegen die Wand. „Das mit den Stockwerken lag nicht an dir, Mariko kann nicht so schnell sehen."

Gute Stimmung muss man ausnutzen, dachte Rihm dabei nur. Wenn er fragen wollte, wozu die Tests gut waren, dann jetzt.

„Wir übertragen hier ja eine Person auf eine andere", begann er vorsichtig, „hat das etwas mit den Einreisegesetzen zu tun, also dass man unbekannte Typen ins Land schickt, wenn man selbst nicht rein darf, und die für sich sehen lässt?"

Diesmal nicht hinterhältig, sondern ehrlich erfreut schaute Charly auf ihn herab. „Natürlich", bestätigte er die Vermutung, „ich wusste, dass du schnell durchblicken würdest!"

„Aber geht das nicht auch einfacher", fragte Rihm weiter, „mit Sprechfunk und Kamera?"

Wieder schien Charly sich über das Interesse zu freuen. „Wir erproben doch erst die harmlose Hälfte", erklärte er, „aber glaub mir, zusammen mit dem zweiten Teil können wir wirklich eine Identität in der Außenwelt überschreiben."

„Ein Offline-Hack", sagte Rihm und versuchte erstaunt zu wirken, obwohl er nur bestätigt sah, was er sowieso schon seit Stunden ahnte.

Menschliche Drohnen, hallte es wie ein Echo durch seinen Schädel. Die nächste Lektion würde darin bestehen, Mariko fernzusteuern. Die Person mit dem Empfänger übernahm den Körper des Senders und damit alle seine Rechte.

Auch heute Abend erlaubte man ihm, für ein paar Stunden ins Netz zu verschwinden. Als Charly endlich gegangen und die Tür hinter ihm verschwunden war, meldete er sich an, warf einen kurzen Blick in sein neues Falsch-Profil, kopierte seine alten Grafiken hinein und sprang nach Creanima.

In der schillernden Kristallsäule, durch die er wie immer die gemalte Stadt betrat, leuchtete eine Landkarte in der Luft. Alle freigegebenen Bereiche waren damit verknüpft, so dass man jeden davon über eine Abkürzung erreichen konnte. Rihm schaltete die Karte in den Entwurfsmodus um. Nun sah er auch die Landschaften, an denen noch gearbeitet wurde.

Gezielt suchte er einen Bereich von Creanima aus, an dem sich in den letzten zehn Sekunden nichts geändert hatte. *Dort zeichnet gerade niemand*, nahm er an.

Im Atelier des noch lange nicht fertigen Märchenschlosses suchte er das Modell einer Fensterscheibe und begann, in kunstvoll geschwungenen Zeichen eine Nachricht in die Kristallstruktur zu kneten. Bilder von Buchstaben waren kein Text, und eine öffentliche Grafik war keine persönlich adressierte Botschaft. So standen die Chancen besser, dass er auf sich aufmerksam machen konnte, ohne sich ernsthaft die Nerven zu verbrennen.

Als der Text vollständig ins Glas eingearbeitet war, gab er die Scheibe zur Revision frei und wählte das Ozean-Team als gewünschten Prüfer.

Vonek muss einfach dabei sein, hoffte er gegen alle Erwartung, *er kapiert bestimmt, dass die Störungen in der Struktur kein Programmierfehler sind.*

In einem parallelen Raum derselben Stadt blinkte eine neue Aufgabe auf Joachims Checkliste auf. Er sah sich kurz um, las die frisch herein gekommene Revisionsanfrage und wunderte sich über den unbekannten Namen.

„Hey Vonek, ich bin mal kurz weg", rief er durchs Atelier,

„ein Anfänger braucht anständige Kritik."

Damit stand er auf, fokussierte den Listeneintrag, verschwand aus dem Raum. Zwei Minuten später war er wieder da.

„Das musst du dir ansehen", sagte er zum einzigen anderen Zeichner der gerade dort war, „da hat einer eine total verzerrende Fensterscheibe produziert. Ich weiß einfach nicht, ob das Absicht oder Blödheit ist."

Nun legte auch Vonek sein sprechendes Seegras beiseite. Gemeinsam sprangen sie ins andere Atelier, zum fragwürdigen Fenster. Ein paar Minuten lang untersuchten sie das Glas gemeinsam, ließen es als farblosen Entwurf sowie als Gitternetz anzeigen.

„Stellen wir das Ding doch einfach zurück, mit einer Bitte um nähere Erläuterung", sagte Joachim schließlich. „Vielleicht hat der Maler sich etwas Bestimmtes dabei gedacht."

„Etwas Bestimmtes ...", Vonek drehte das Fenster noch ein paar Mal hin und her, „oder in einem bestimmten Winkel ...", wilde Lichter tanzten über die Konstruktion, als er sie waagerecht hielt und langsam nach vorn kippte. Plötzlich sprang ihm ein stilisierter Buchstabe in Auge. „Da könnte ein verstecktes Muster drin sein."

Joachim riss ihm die Scheibe aus den Händen, drehte sie selbst gegen das Licht. „Das ist ja eine irre Idee!" staunte er beim Anblick der glitzernden Schrift. „Der Trick ist genial, so etwas müssen wir unbedingt in unser Unterwasser-Panorama einbauen." Dann erst las er die ganze Nachricht am Stück.

Du kannst das hier lesen.

Ändere den Text, damit ich es weiß.

- Rihm

„Seit wann schreibt der für diesen Stadtteil?"

„Gib mal her", sagte Vonek, als er sich das Fensterglas zurück holte. Ohne weiter auf Joachim zu achten begradigte er die Struktur und schrieb seine Antwort hinein, bevor er die Scheibe zurück auf die Werkbank legte.

Kann es lesen.

Warte auf deine nächste Botschaft.

- Vonek

„Frag mich später, was ich gerade getan hab", seufzte er, bevor er Joachim mit zurück ins Ozean-Atelier nahm. „Ich fürchte ich muss jetzt raus, mit ein paar Leuten reden. Fass die Scheibe bitte nicht an, okay?"

Lissa war ebenfalls online. Er traf sie in der Eingangshalle, als er sich gerade abmelden wollte.

„Hättest mich auch gleich holen können", kommentierte sie Voneks Geschichte von der versteckten Nachricht im Fensterglas. In der rechten Hand hielt sie ein kugelförmiges, von verschiedenen Mustern durchzogenes Symbol. „Macht aber nichts. Vor die nächste Antwort legen wir diesen aktiven Verweis und schon haben wir ihn in einem Raum, der hier in unserem Terminal simuliert wird."

Die bei einem Raumwechsel aufgezeichneten Verbindungen würden ausreichen, um eine verlässliche Statistik über die Streuung des Anonymisierers aufzustellen. Gespannt warteten Lissa und Vonek auf die nächste Revisionsanfrage aus Creanima.

Zehn Minuten warteten sie vergeblich, dann ließ Lissa ihre Nachrichtenzentrale neben sich erscheinen. „Wir haben Cle und Tinchen noch gar nichts gesagt", stellte sie fest und begann ein Gedankenpaket zusammenzustellen.

„Was schickst du ihnen denn?" fragte ihr Kollege, der das Memo nicht von der Seite mitlesen konnte.

„Alles was wir haben." Sie zuckte mit den Schultern und fasste den halb vergangenen Abend kurz zusammen. „Der Schatten hat sich zu Wort gemeldet, ziemlich sicher haben wir einen für längere Zeit gut versteckten Kanal zu ihm. Und wann wir den Anonymisierer knacken, ist nur eine Frage der Zeit."

Noch einmal zehn Minuten später kam immer noch keine Antwort von Rihm, dafür aber von Tina. Sie schickte ein einzelnes Foto, mit einem knappen Untertitel. „Eine haben wir schon mal." Hinter dem Bild lag eine Kopie des Gesprächs im

Info-Paket, Rihms letztes Lebenszeichen aus Neuseeland.

Tina ließ ihnen kaum genug Zeit, sich das ganze Telefon-Protokoll anzuschauen. Kurz nach dem Paket kam ein Verweis ins Netz an, die Hacker vom anderen Ende der Welt wollten etwas direkt besprechen. Also folgten sie der Einladung und fanden sich in einem verschlüsselten Raum wieder, in dem drei Personen bereits auf sie warteten.

Die Zeichnung sah aus wie ein Garten im Hochland, hier und da ragten graue Felsen aus dem Gras, zwischen samtblauen Blumen reckten sich Kräuter zur tief violetten Sonne hinauf. Umrahmt von einer Hecke aus schmalen Büschen mit durchscheinenden Blättern lagen ein paar würfelförmige, dunkelgraue Polster auf dem nach Tau und Erde duftenden Boden.

Auf einem der Würfelkissen hatte Cle es sich bequem gemacht, Lissa erkannte die schwarz-weiße, dafür aber extrem fein schattierte Figur sofort wieder. Neben ihm lag Tinchen im Gras, die Beine überschlagen und halb aufrecht an einen Würfel gelehnt. Sie präsentierte sich heute richtig menschlich, obwohl ihre lückenlos grüne Kleidung sich kaum vom Boden abhob. Ihr seit Jahren unverändertes rotes Piraten-Kopftuch leuchtete aus dem Kaleidoskop der Grüntöne hervor.

Auf einem dritten Sitzplatz wartete der Unbekannte, den sie vor zwei Tagen in Cles Zimmer gesehen hatte. Herr *Keine-Behörden* mischte also weiterhin mit. Genauso wie draußen sah er hier aus; kein handgemaltes Selbstbildnis, nur das übliche Foto stellte ihn dar.

„Sagen wir lieber nicht gleich, dass der erste Beamte schon im Team ist", flüsterte sie Vonek zu, bevor sie in Hörweite der Gruppe kamen.

„Bin aber einer", zwinkerte der Staatstechniker, als müsste er sich dafür entschuldigen.

Als sie zwischen zwei hellgrünen Sträuchern hindurch traten, winkte Cle und warf zwei graue Polsterwürfel zwischen sich und den seltsamen Gast. „Gute Idee, das mit dem lokalen Raum", rief er den beiden entgegen, „wir haben noch ein paar

Vorschläge dazu, aber erst mal sollte ich euch unseren Besucher vorstellen."

Cle zeigte kurz auf Kiba, ließ ihn aber nicht zu Wort kommen. „Kommt aus Sri Lanka, nennt sich Kiba und weiß anscheinend eine Menge über die Phantome aus Kalifornien", quetschte er Kiki Baoba in einen einzigen Satz.

„Ein kleiner Inselstaat, nicht wahr?", antwortete Lissa routiniert freundlich, „Habe schon davon gelesen. Ihr gehört zu den letzten Türmen, die von Menschen ganz allein regiert werden, soweit ich mich in der Welt noch auskenne."

„Ganz richtig", nickte der Insulaner, „und im Auftrag dieser Regierung bin ich auch hier. Es gibt ... gewisse Hinweise auf eine Bedrohung, etwas passiert in der KI-geführten Welt."

„Und dass unser verrückter Freund ohne Grund entführt wird, hat direkt damit zu tun?" Zweifelnd blinzelte sie den Fremden an. Normalerweise sah man eine latente Bedrohung in den humanokratischen Inselstaaten, nicht andersrum.

„Ja, wir vermuten dieselben Leute dahinter, aber mehr darf ich dazu wirklich nicht sagen", erwiderte Kiba ernst und ruhig.

„Jetzt kommen wir endlich mal zum Thema." An Tinas Fingerspitze erschien die Landkarte eines Turms und dehnte sich aus, bis die untere Kante der Projektion die Grashalme berührte.

„Wenn wir den Schatten bei euch im Terminal haben", erklärte sie, während die 450 Stockwerke der Landkarte sich gleichmäßig anordneten, „sollten wir gleich einen Code festlegen, durch den wir mit ihm reden können, ohne dass sein Überwachungssystem sofort zuschlägt. So eine Karte und einen Stift für Markierungen hinein zu stellen, kann auch nicht schaden."

„Wo genau er sich aufhält, wird er kaum wissen", wandte Kiba gelangweilt ein. Auch Lissa fand die Idee überflüssig. „Ein guter Filter erkennt es, wenn wir einen Lageplan übertragen. Außerdem habe ich euch doch gerade geschrieben, dass wir ihn sowieso orten können."

„Na gut, weg mit der Karte", enttäuscht ließ Cle den

durchsichtigen Turm im Boden versinken, „aber wir haben noch etwas auf Lager."

Ein Haufen bunter Spielzeug-Buchstaben lag jetzt auf dem Rasen, seltsam verformt und in beißenden Fehlfarben.

„Beschreib du es", sagte er zu Tina, „für mich sehen die Dinger total normal aus."

Ein kleines A verbog sich und wechselte von Rosa nach Orange, als Tina mit dem linken Fuß nach einem L trat und zu einer Erklärung ansetzte.

„Ja klar, lach doch! Normaler Text passt sich bekanntlich immer dem Farbschema an, in dem der Betrachter ihn am besten lesen kann. Wenn wir aber Bilder von Buchstaben verwenden ..."

Lissa musste kurz die schmerzenden Augen schließen, als Tina das L in die Hand nahm und der Buchstabe in Sekundenschnelle einen Regenbogen an Farben durchlief.

„... können wir die Oberflächen so programmieren, dass sie den natürlichen lexikalischen Farben stets widersprechen. Kein Hintergrundprogramm kann aus einem so verwirrten Farb-Feedback herauslesen, welcher Text gerade gelesen wird."

Ein Hauch von Depression legte sich für einen Moment über Voneks Gesicht. Er versteckte diesen, indem er auch ein Schriftzeichen aufhob und zu Cle hinüber schaute.

„Für Rihm müsste es funktionieren", bemerkte er leise, beobachtete Cles Gesicht auf der Suche nach einer Reaktion und ließ das Gebilde wieder in den simulierten Morgentau fallen.

„Ein ganz schön brutaler Angriff auf die kognitive Zeichenerkennung", grinste Lissa. „Wenn man so einen Text sieht, dürfte kaum ein Programm aus dem Farbmuster auf die Buchstaben schließen können. Ich probiere es mal eben aus!"

Mit verspielten Fingern sortierte sie die grell bunten Figuren zu einem kurzen Satz, blinzelte bei zu schnellen Farbwechseln. Dann stand sie auf und betrachtete den schrägen Schriftzug ein paar Sekunden lang von oben.

„So, jetzt habe ich fünfmal versucht, den Satz zu kopieren", gab sie schließlich zu, „die automatische Spracherkennung stellt sich aber völlig quer." Kichernd setzte sie sich wieder auf das dunkelgraue Kissen. „Der Widerspruch von Zeichen und gesehener Farbe bringt das ganze Interface durcheinander."

„Sozusagen eine Geheimschrift ohne Verschlüsselung", nickte Tina, „soweit ich ihn kenne, setzt Rihm den vollen Umfang der sekundären Darstellung ein. Wenn man ihm die nicht auch abgeschaltet hat, werden unsere Buchstabenbilder genauso gut funktionieren wie bei dir."

„Dann legen wir in unserem virtuellen Raum also aus diesen Spielzeugen die Aufforderung, eine Antwort zu legen? Willkommen im steganografischen Kindergarten!"

Bei der Vorstellung eines leuchtenden Fehlfarben-Puzzles muss sie plötzlich lachen. Trotzdem streckte sie die linke Hand aus, in deren Innenfläche sich ein Adapter formte

„Dann überspielt mir die Software mal", lächelte sie über den Farbsalat hinweg, „wir bauen sie noch heute ein."

Tina hielt eine Hand hoch, in der sich nun auch ein Anschluss abzeichnete. Doch bevor sie nach Lissas Adapter-Hand greifen und so den Kopiervorgang starten konnte, hielt Kiba ihren Unterarm fest.

„Wäre es nicht sinnvoller, den Raum hier in Neuseeland zu simulieren?"

Alle sahen ihn verwundert an. „Wo ist der Unterschied?" fragte Cle schließlich. „Die gesammelten Verbindungsdaten wertet sowieso Lissa aus, sie hat die meiste Ahnung davon."

„Das dauert viel zu lange", erwiderte der Agent des Inselstaates. „Ich habe schon eine kompakte Liste von Streuungsmustern die überhaupt nur in Frage kommen. Damit knacken wir den Anonymisierer in drei Minuten."

Vier erstaunte Augenpaare blieben daraufhin erst Recht auf ihm haften. „Das sagst du erst jetzt?" Ungläubig ließ Tina die Hand mit dem Adapter sinken. „Her damit, und zwar schnell! Wir kopieren deine Hinweise gleich mit."

„Die Listen liegen auf einem Speicherchip in meiner

Hosentasche", meinte Kiba peinlich berührt, „ich gehe kurz raus und lese sie ein."

„Ohne Passwort liest niemand etwas in mein Terminal ein", stellte Cle klar. „Ich gehe mit raus und kopiere die Liste für dich."

Fünf Finger vollführten eine komplizierte Handgeste, die Schalttafel für Grundfunktionen erschien einen Zentimeter davor. „Ihr könnt ja inzwischen schon den alphabetischen Salat kopieren", sagte er und schaltete sich in die Eingangshalle zurück. Dort atmete er noch einmal tief durch, schloss die Augen und ließ den virtuellen Raum in sich zusammen fallen.

Neben sich in seinem Arbeitszimmer sah er den realen Kiba, wie er, ans Terminal gelehnt, gerade sein geliehenes Stirnband absetzte.

„Weißt du zufällig noch ein paar Details, die zu verraten du vergessen hast?"

Kiba tastete in seiner Hosentasche nach einem winzigen Gegenstand, zählte mit den Fingerspitzen die Punkte auf dem schmalen Streifen ab und drückte den vierten davon ein. Für den Moment tat er noch so, als würde er gleich den angeblichen Speicherchip finden, dann blinkte endlich der Stein in seinem Fingerring auf. Er hielt die freie Hand hoch, um kurz auf die dunkelgrüne Punktschrift zu schauen, die der Ring jetzt in die Luft projizierte.

„Tut mir leid, aber ich muss weg", sagte er, ohne Cle anzuschauen. „Das ist ein Alarm von meinem Piloten. Er ruft mich sofort zu unserem Luftschiff zurück."

Hektisch versprach er noch, sich bald zu melden, während er schon in den Flur eilte und kaum noch hörte, was Cle ihm hinterher rief. An der Wohnungstür, die mit einem Knall hinter ihm zu flog, ließ er den jungen Hacker ahnungslos zurück und hastete die Treppe hinunter, über die Fließbänder zum Süd-Fahrstuhl, zur ersten Flughafen-Ebene und die Hafenhalle entlang.

Vor einem kleinen, silbergrauen Luftschiff machte er Halt.

Der Pilot winkte durch die Frontscheibe, öffnete dann eine Tür an der Seite.

„Da bist du ja endlich", rief der Mann am Steuer. Am Kragen seiner blaugrünen Jacke glänze eine weiße Stickerei, an der seine nervösen Finger herum spielten. Dann fuhr die ruhelose Hand nach oben durch seine schwarzen Locken, als er Kiba auf den zweiten Sitzplatz verwies und die Türverrieglung aktivierte. „Was ist denn da unten so Schlimmes passiert, dass ich dir einen grünen Alarm schicken sollte?"

„Mit diesem Land sind wir fertig", meinte Kiba und ließ sich auf den Sitz neben dem Piloten fallen. „Die Typen aus Kalifornien sind längst nicht mehr hier, aber wir bekommen ihren neuen Aufenthaltsort, wenn wir den Datenverkehr eines anderen Turms anzapfen."

Die innere Luftschleuse schloss sich friedlich hinter ihnen. Kiba starrte ausdruckslos auf die äußere Schleuse, die sich vor dem kleinen Flugzeug langsam auf schob.

„Ich konnte die Beteiligten leider nicht überreden, die erwarteten Verbindungen hierher zu verlegen", berichtete er weiter, „aber das macht überhaupt nichts, wenn wir in ein paar Stunden in Deutschland landen."

„Und die Aufzeichnung", der Pilot drehte sich fragend um, „haben wir wenigstens die bekommen?"

„Eine vollständige Kopie", nickte er bestätigend. „Ein Einheimischer, vor dem wir uns von jetzt an in Acht nehmen sollten, hatte den ganzen Datensatz im Terminal. Schau mal in deinen Posteingang, dort müsste unser Exemplar jetzt liegen."

Ein Singvogel flatterte durch den fröhlich bunten Hinterhof und landete auf einem Busch vor der rechten, mit einer kitschigen Unterwasserwelt bemalten Fassade. Rihm ging geradeaus auf ein Haus zu, auf dessen Außenwand ein gelber Strand gepinselt war.

Auch nach einem halben Tag ist es noch seltsam, ging ihm zum mindestens zehnten Mal durch den Kopf, *daran zu denken, das ich gar nicht hier bin.*

Alles fühlte sich so echt an, als würde er persönlich durch die Seitenstraßen des hübschen kalifornischen Dorfes laufen, den Vogel zwischen den dünnen Zweigen zwitschern hören.

Kühl und glatt lag die Türklinke des hinteren Hauses in seiner Hand. Sein Verstand protestierte gegen dieses Gefühl, das eigentlich Mariko gehörte, seinem mobilen Gegenstück. Aber alle Sinne behaupteten, dass es seine Finger wären, welche das blanke Metall hinunter drückten, um die Haustür aus flimmernd buntem Glas-Mosaik zu öffnen.

Gerade wollte er in den Flur treten, da wurde es schwarz um ihn herum. Im Nebel der Eindruckslosigkeit blitzte etwas Unbestimmtes, dann schalteten seine Sinne um. Er saß wieder in der türlosen Kammer, Charly neben sich.

Der Testleiter rollte gerade eine Folie zusammen, auf der er Rihms Ausflug beobachtet hatte. „Beeindruckend", lächelte Charly, „du machst das erstaunlich gut."

„Was, den Typen da draußen fernsteuern?" Gleichgültig lehnte er sich zurück und träumte davon, in der Mittagspause für ein paar Minuten ins Netz abzutauchen. Vonek wartete bestimmt schon auf seine Antwort. „Das ist genauso, als wäre ich er – bekomme seine Wahrnehmung, und er kriegt meine Bewegungen."

Rihms Chef steckte die Folie in die Hosentasche und ließ eine Tür sichtbar werden. „Heute Nachmittag macht ihr einen Spaziergang durch die Städte", kündigte er daraufhin an, „jetzt muss ich Mariko aber erst mal das Video davon zeigen, was er die letzten vier Stunden überhaupt getan hat."

Im Türrahmen blieb er noch einmal stehen. „Ach ja, eine kurze Bitte", sagte er ruhig und freundlich, „lass tagsüber die Finger vom Netz. Heute Morgen warst du ganz schön unkonzentriert."

Enttäuscht schaute Rihm der Tür beim Verschwinden zu. Im Moment war es in Deutschland neun Uhr abends, eine jetzt hinterlegte Botschaft würde Vonek in ein paar Minuten entdecken. Heute Abend würde dort tiefste Nacht sein, wenn nicht schon wieder Morgen, und der Techniker würde erst einen halben Tag später nach Spuren in Creanima suchen können.

Gerade hatte er sich deprimiert in eine Ecke zurück gezogen, als die Wand sich wieder öffnete und sein mobiles Gegenstück ins Zimmer sprang. Der Teenager trug eine dunkelblaue Hose zu einem hellblauen, offen gelassenen Hemd. Unter seiner dunklen Strickmütze zeigten sich braune Haarspitzen.

„Hier steckst du also", rief Mariko ihm gut gelaunt zu. Dann setzte er sich im Schneidersitz auf den Teppich und schaute sich um, als gäbe es in dem winzigen Raum etwas zu sehen.

„Ich wollte mal den kennen lernen, der statt mir draußen im Dorf war. Wo genau du mit mir warst, ist gar nicht so wichtig", erzählte er lässig, „Charly will mich mit den Aufzeichnungen nur von dir fernhalten. Er meint immer noch, es müsste irgendwie die Ergebnisse verfälschen, wenn wir uns zu gut kennen würden."

„Dein Job scheint dir ja irren Spaß zu machen", kommentierte Rihm gelangweilt.

„Dir nicht?" fragte der Junge im Studentenalter verwundert. „Dabei hast du doch den interessanteren Teil, bist den ganzen Tag lang wach." Wieder schaute er sich im Raum um. „Außerdem hast du ein viel schöneres Zimmer als ich. Ein Bad mit Nebeldusche war für mich nicht drin."

Diesmal glotzte Rihm fragend zurück. „Wovon redest du überhaupt?"

„Von diesem Raum hier, in dem wir gerade sitzen", erwiderte Mariko. „So einen Efeu als lebenden Wandteppich hätte ich auch gerne, sieht wirklich stilvoll aus."

„Wenn du mir jetzt noch verraten würdest, an welcher Wand das Grünzeug wuchert, wäre ich dir aufrichtig dankbar", sagte Rihm und starrte den Besucher wütend an.

Marylin war schlimm genug, wenn sie mit seinen Filtern spielte und Dinge verwandelte, die er gerade noch für halbwegs real gehalten hatte. Aber das ging nun wirklich zu weit. Musste diese Berufsmarionette auch noch damit angeben, die Wahrheit sehen zu können?

Doch offenbar lag dem jungen Mann wenig an Angeberei. Besorgt studierte er Rihms Gesicht, seine lässige Fröhlichkeit war wie weggeblasen. „Ist alles in Ordnung mit dir?" flüsterte er verwirrt. „Du kannst doch sehen, oder? Dieses Zimmer, das Fenster, den Garten ..."

„Darf ich nicht", sagte er nur.

„Was darfst du nicht ... Hey, meinst du, sie blenden alles aus, was du noch nicht verdient hast?" Die Besorgtheit des Studenten machte langsam Platz für unbestimmte Angst.

Rihm zuckte mit den Schultern, starrte ausdruckslos ins Leere. „Weiß nicht, ob ich mir hier irgendwas *verdienen* kann", sagte er leise. „Sie blenden alles aus, was ich nicht *brauche.*"

„Ähm ... und was ... bleibt übrig?"

„Vier Wände und ein Terminal", beschrieb er seine Umgebung, „bei Bedarf entsteht 'ne Tür da drüben", mit dem linken Arm zeigte er auf eine massive Betonwand, „und viermal am Tag wird gegenüber davon das Badezimmer sichtbar, ohne moderne Dusche."

„Aber du weißt doch, wo alles ist, und kannst dich vorwärts tasten!"

„Träum weiter, die Simulation läuft auf allen Kanälen. Meine Beine verhalten sich, als wären dort echte Wände."

Als er das hörte, sprang Mariko auf die Füße. Aufgebracht ging er einen Schritt auf die linke Wand zu, wo sofort die Tür sichtbar wurde.

„Es ist mir absolut schleierhaft, warum du dich auf solche Vertragsbedingungen eingelassen hast", sagte er entrüstet, „jetzt muss ich erst mal mit Charly reden! Ich will mit Menschen zusammen arbeiten, nicht mit weggetretenen Sklaven."

Rihm blieb sitzen und schaute gelangweilt zu ihm hoch. „Haben sie dir eingeredet, dass alle aus reinstem Interesse mitarbeiten würden? Dann erzähle ich dir mal, wie es wirklich läuft. Vertrag? Nie gesehen."

Einen Moment wartete er, bis er sicher war, dass Mariko genau zuhörte, dann fasste er seine letzten verlässlichen

Erinnerungen in Worte. „Stattdessen habe ich gesehen, wie Marylin und zwei Kollegen, die sich bis heute nicht namentlich vorgestellt haben, einen Speicherchip mit verschlüsselten Kram klauten, und zwar aus meiner eigenen Werkstatt. Darum hielten sie es wohl für besser, mich aus dem Verkehr zu ziehen. Und was wäre dafür besser geeignet, als eure wundervolle, großartige Erfindung?"

Nach seiner Erklärung schloss er die Augen und winkte Mariko hinaus. Mehr wusste er nicht zu sagen, außerdem wollte er die letzten Minuten seiner Mittagspause ausnutzen. Die Feldversuche im fremden Körper fühlten sich genauso anstrengend an, als würde er selbst stundenlang durch die Gegend wandern, und nachher würde der nächste Ausflug beginnen.

Eine Weile lauschte er der Stille um ihn herum. Waren es zehn Minuten oder zwanzig? Die groben Beschreibungen, die der ahnungslose Student ausgeplaudert hatte, formten sich hinter Rihms fest geschlossenen Augenlidern zu einem lückenhaften Bild.

Ob er den Chip wohl austricksen konnte, wenn er nur an die Außenwelt glaubte, die er sich gerade vorstellte? Bevor er den ersten Versuch unternehmen konnte, rissen ihn nahende Schritte aus den Gedanken. Mariko war zurück.

„Hallo, aufwachen!" rief der Student aufgeregt. „Aber nicht erschrecken, dein Zimmer sieht jetzt anders aus."

Vorsichtig öffnete Rihm die Augen, warmes Tageslicht blendete ihn. „Was ist das wieder für ein Spielchen?" Mit der linken Hand die Sonne abschirmend schaute er sich um.

Ein breites Fenster füllte fast die ganze gegenüberliegende Wand aus, die auf einmal zwei Meter weiter hinten stand. Rechts von ihm war das Badezimmer sichtbar, doppelt so geräumig wie üblich und hellblau-weiß gekachelt.

Nach einem Moment der Neuorientierung lehnte er sich wieder gelangweilt zurück. „Was soll der Kinderkram?" seufzte er, mehr zu sich selbst als zu Mariko. „Willst mir wohl einreden, ich hätte mir den ersten Realitätspunkt verdient."

„Schau doch wenigstens mal hin", forderte Mariko ihn auf. „Ich war gerade nebenan und hab Charly überredet. Angeblich kannst du jetzt fast alles sehen."

Er setzte sich auf den Boden, sein Gesicht so dicht vor Rihms, dass er seinen Atem spüren konnte. „Die Leute da draußen vertrauen dir noch nicht so richtig. Aber wenn du nur apathisch in der Ecke herum hängst, wird es auch nicht besser, oder?"

Irritiert drehte Rihm den Kopf zur Seite. „Komm mir bitte nicht zu nah, Kleiner!"

Dann schloss er die Augen und starrte in abstrakt gemusterte Dunkelheit, in die das Sonnenlicht rötliche Schattenmuster malte.

„Du glaubst doch nicht im Ernst", sagte er zu der Anwesenheit, die er noch immer in der Nähe spürte, „dass ich das ernst nehme? Jede Veränderung kann genauso gut Einbildung sein. Das muss ich dir hoffentlich nicht mehr erklären."

Eine falsche Wand, ein falsches Fenster, ein echtes Fenster mit gefälschtem Garten davor, oder ein echt fest verschlossenes Fenster mit realem Garten – wo war der Unterschied? Es interessierte ihn nicht mehr, was um ihn herum zu existieren vorgab. Nichts davon musste echter sein als ein langweiliges Computerspiel.

Eine Minute verging, bis ihn Marikos Stimme wieder aus den Gedanken riss. „Das muss ganz schön komisch sein", bemerkte der Student, „wenn man das Implantat nicht abschalten kann."

Er deutete mit dem Zeigefinger auf eine kreisrunde Druckstelle neben seinem linken Auge und redete weiter.

„Ich hab mich geweigert, die Steuerung direkt im Kopf zu tragen. Eigentlich hätte ich so gar nicht mitmachen dürfen. Aber Charly hat keinen anderen Testläufer gefunden, der sich solch ein Ding einpflanzen lassen wollte. Darum darf ich mit einem Sensorset arbeiten."

„Na schön", kommentierte Rihm ohne näheres Interesse,

„wie gesagt, mich hat keiner gefragt. Stell dir mal vor, du wachst in einem Flugzeug auf und stellst fest, dass es keine Wirklichkeit mehr gibt."

Das weiß-gelblich schwingende Summen einer sich öffnenden Tür durchdrang die dunkle Ruhe hinter seinen Augenlidern. *Geh doch*, dachte er nur, ohne auf zu schauen.

Aber Mariko verschwand nicht. Stattdessen hörte er die neulich noch verhasste, heute eher vertraute Stimme des Projektleiters. Überrascht öffnete er die Augen. Im selben Moment sprang Mariko auf die Füße.

„Wie gefällt dir dein neues Zimmer?" fragte Charly künstlich freundlich. „Dein neuer Freund hat Recht, Fenster und Dusche können nicht schaden."

Sein Lächeln verschwand für einen Moment, als er seinen Testläufer kurz ansah. Dann wandte er sich wieder an Rihm.

„Schließlich sollst du nicht länger wie ein Gefangener hier leben. Du bist jetzt ein wichtiger Mitarbeiter im Team. Wir müssen nur sicher gehen, dass du das verstehst. Weißt schon, diese Insulaner können ziemlich gefährlich sein. Niemand kann genau wissen, ob sie dich nicht längst von ihren Märchen überzeugt haben und du insgeheim für die falsche Seite arbeitest."

„Was für Insulaner?" Ahnungslos sah Rihm erst Charly, dann Mariko und schließlich wieder Charly an. „Haben die etwas mit dem Typen zu tun, der mir den verschlüsselten Speicher in die Werkstatt gebracht hat?"

Charly presste die gelb verfärbten Fingerspitzen aneinander, schaute ein paar Sekunden lang aus dem Fenster und überlegte. „Das war einer von ihnen", sagte er endlich, drehte sich wieder um und winkte Rihm in den neuen Teil des Raumes hinüber, wo eine cremefarben gepolsterte Sitzgruppe stand.

„Kommt mal beide rüber", sagte er, „es wird Zeit, dass euch jemand die politischen Querelen erklärt, aus denen wir eigentlich jeden heraushalten möchten."

Mariko reagierte sofort und warf sich in einen niedrigen

Sessel. „Na endlich", rief er, „wann immer ich gefragt hab, was hier überhaupt schief läuft, war angeblich *alles in Ordnung*."

Wieder auf den Füßen, aber noch am selben Fleck, beobachtete Rihm den wohl genauso ahnungslos gehaltenen Kollegen. „Hey Mari, sind die billigen Klappstühle aus Holz oder aus Plastik?" fragte er mit einem zynischen Grinsen im Gesicht.

Warum sollte man ihn in ein gemütliches Wohnzimmer stecken? *Mit der Sitzecke stimmt etwas nicht,* war er fast sicher.

„Klappstühle?" Der Junge wurde schlagartig ernst. Seine Augen hafteten an Charly, der nichts davon bemerkte und verwirrt auf Rihm starrte.

„Hier stehen fünf weiche Sessel um einen Glastisch", zeigte Mariko auf die Einrichtung. „Charly, du hast behauptet, er könne hier drinnen alles sehen."

„Ist schon okay", zuckte Rihm mit den Schultern, ging auch zum Glastisch und ließ sich auf den Sessel neben Mariko fallen. „Ich wollte nur sichergehen, dass man mich nicht wieder veralbert. Natürlich sehe ich dieses nette Mobiliar."

Im Garten vor dem Fenster wurde es langsam dunkler. Die Tagesbeleuchtung war von rechts nach links gewandert und ging nun langsam in das gleiche rötlich-gelbe Abendlicht über, das auch in Neuseeland das Ende eines Tages ankündigte.

Standardisierter Tageslichtverlauf, stellte Rihm fest, als er nach Stunden kurz aus dem Fenster sah.

Die für den Nachmittag eingeplante Übungsrunde fiel aus, denn Charlys Erklärung war ausführlicher, als er zu hoffen gewagt hatte – auch wenn er nicht wusste, wie viel davon man wörtlich glauben durfte. Jedenfalls leuchtete ihm jetzt ein, warum er die ersten Tage lang so streng bewacht worden war. Zum Glück würde damit bald Schluss sein.

Auf seltsame Weise klang es beruhigend für Rihm, dass er nur durch ein paar unglückliche Zusammenhänge in dieses Projekt hinein geraten war. Das bedeutete, niemand hatte etwas speziell gegen ihn.

Viel mehr war es beschissener Zufall, dass der gute Ruf seiner kryptoanalytischen Werkstatt bis zu dem Unbekannten vorgedrungen war, den die irischen Agenten angesprochen haben mussten. Zumindest von einem der Agenten wusste man, dass er für den humanokratischen Inselstaat Irland arbeitete.

„Aber sie sind mindestens zu zweit unterwegs", erzählte Charly leise, wobei seine müden Augen ebenfalls kurz zum Fenster abschweiften. „Marylin vermutet, dass Irland mit Helgoland kooperiert, aber das ist reine Spekulation. Für euch beide macht es jedenfalls keinen Unterschied, ob der zweite Insulaner im Auftrag von Helgoland oder Irland arbeitet."

„So sah er aber gar nicht aus", warf Rihm ein. Das Bild des abendlichen Gartens vor dem Fenster nahm er kaum noch wahr, während er die zehn Minuten im Keller nochmals ablaufen ließ, in denen er den Agenten kurz gesehen hatte.

„Der Typ, der den unlesbaren Speicher bei mir abgeliefert hat, sah mehr nach Äquator-Nähe aus. Schwarze Haare, schwarze Augen, ziemlich dunkle Haut. Gar nicht wie ein Nordmensch."

„Na und, was sagt das schon aus?" meinte der Projektleiter nur. „Es gab eine Menge Migration im vorletzten Jahrhundert. Hast du in der Schule nicht aufgepasst? Erst seit die Türme stehen, steht auch die chaotische Völkerwanderung still."

„Ist ja schon gut, das war doch nur eine spontane Vermutung", musste Rihm einlenken, „von mir aus auch Helgoland, aber was wollen diese politischen Außenseiter überhaupt von uns?"

Natürlich waren sie hinter der Technologie her, die sie gerade einem Härtetest unterzogen, erklärte Charly geduldig. Diese war keine herkömmliche Entwicklung, sie war nicht in der globalen Wissensdatenbank zu finden und auch nicht dafür vorgesehen.

Mariko hörte sich Charlys Bericht brav an, konnte aber sein Grinsen nicht lange unterdrücken. Bald saß er kopfschüttelnd im Sessel, ein schmerzhaft verzerrtes Lächeln auf dem Gesicht.

„Findet ihr nicht auch, dass wir eine absolut kranke Situation geschaffen haben?" sprach er es schließlich laut aus.

„Wir sollen den ganzen Kram mit der Identitätsübernahme geheim halten, damit gewisse menschengeführte Regierungen sie nicht gegen uns verwenden, stimmt's? Und in Folge jagen genau diese Länder der Technik hinterher, weil sie befürchten, man wolle sie gegen sie einsetzen. Ist die Welt verrückt, oder bin ich es?"

„Vielleicht beide", seufzte Rihm, der nichts daran lustig fand. „Darf ich eigentlich auch erfahren, wer die Entwicklung dieser Schnittstellen in Auftrag gegeben hat? Jemand muss doch einen Nutzen darin gesehen haben. Sonst wäre euer Projekt nicht geheim gehalten, sondern einfach verboten worden."

Ein paar Sekunden herrschte Stille in dem schon so gut wie dunklen Raum, aus denen erst eine Minute wurde, dann fast zwei.

„Die KI hat sich das allein ausgedacht", gestand Charly schließlich ein. Er starrte in die kaum noch erkennbaren Spiegelbilder im Glastisch, als suchte er darin nach einem versteckten Schatten, einem Gesicht für seinen Auftraggeber.

Wieder legte sich Stille über den Raum, jeder dachte sich seinen Teil. Rihm war dankbar für die ruhigen Minuten in tiefer Dunkelheit. Vor seinem inneren Auge lichtete sich endlich der konfuse Nebel und enthüllte Verknüpfungen bis in die höchsten Ebenen der Verwaltung. Das hieß, in die untersten Stockwerke des Kalifornien-Turms.

Das Gefüge hinter den verrückten Testreihen reichte also bis in den Untergrund, wo *na.Kalifa* ihren geheimnisvollen Plan verfolgte. Aber was veranlasste die regierende KI dazu?

Ohne Input taten die künstlichen Denkprogramme nichts, und dieser konnte nur von einem Beamten der Verwaltung stammen – oder von einer anderen KI, der Regierung eines zweiten Landes.

Das Netzwerk der Regierungen arbeitete lückenlos abgeschirmt von allen denkbaren Datenquellen. Nur

Mitgliedern der jeweiligen Verwaltung war es möglich, mit der KI ihres Landes zu kommunizieren. Zwischen den Regierungscomputern herrschte allerdings reger Austausch, die künstlichen Geister sprachen sich über alles ab, das Menschen nicht einmal einfallen würde.

Doch in dem perfekt funktionierenden Gewebe aus faserigen, verwobenen Bitströmen, der sichtbar gemacht zu flimmerndem Filz verschwimmen würde, gab es gewisse Inseln.

Einige wenige Staaten schlossen sich selbst aus der automatisierten Union aus. Sie hatten verschiedene, verrückte Systeme entwickelt, nach denen die Menschen ihr Land allein regierten, ohne die Hilfe einer Intelligenz, die es als Ganzes überschauen könnte.

Auch wenn sie bisher friedlich mit dem Rest der Welt kooperierten, blieben sie immer ein instabiler Faktor für die gesamte Menschheit. Sie waren ein vermeidbares Problem.

Langsam, aber sicher ahnte Rihm, dass jemand – Mensch, KI oder ein Team aus beiden – eine so effektive wie einfache Strategie gegen das latente Bedrohungspotential entdeckt hatte.

„Irland liegt gar nicht so falsch", flüsterten seine Lippen wie von selbst in die Nacht.

„Wie bitte, hast du doch die Seiten gewechselt?" kam ein Zischen von Mariko zurück.

„Vergiss es, ich hab nur laut gedacht."

Einen Moment später fühlte er sich dennoch genötigt, die Bemerkung zu erklären. Also fasste er alles in Worte, was er verstanden zu haben glaubte.

„Diese komischen Inseln gingen uns in letzter Zeit doch alle auf den Keks mit ihren Sonderwünschen, ganz besonders uns Interface-Entwicklern. Kaum haben die KIs einen neuen Standard ausgehandelt, auf den man sich verlassen könnte, weigert sich einer ihn zu übernehmen.

Dort entscheiden Leute, die überflüssigerweise den reibungslosen Ablauf der Außenpolitik ausbremsen. Was liegt also näher, als den ganzen Haufen ferngesteuert zu reformieren? Eine humanokratische Insel nach der anderen sollte man unterwandern und die Ablösung der Regierung durch eine vernünftige KI in die Wege leiten."

Etwas raschelte auf dem Tisch. Als unsichtbar in die Wände eingebaute Lampen sich einschalteten und augenfreundlich langsam die Beleuchtung hochfuhren, sah er die Folie, die Charly gerade glatt strich.

„Soweit der Grundgedanke hinter allem", nickte der Projektleiter zustimmend. „Bis dorthin haben auch die *komischen Inseln* gedacht, darum haben wir jetzt ihre Agenten am Hals."

Mit zwei Fingern schob er das Blatt über den Tisch zu Rihm. „Neulich haben wir ausprobiert, wie leicht sich das Einreise-Kontrollsystem von Neuseeland austricksen lässt. Mariko war im Turm angemeldet und hat einen Kollegen ohne Einreiseerlaubnis per Senderchip quasi mitgenommen. Das Ganze wurde aufgezeichnet und verschlüsselt gespeichert – auf einem mobilen Chip, damit niemand das Protokoll via Netz aus dem Bordcomputer unseres Flugzeugs stehlen konnte."

In einer Atempause schaute er auf die beschriftete Folie hinab, dann wieder zu Rihm, wobei er seinem Blick unsicher auswich.

„Sie bekamen den mobilen Speicher, auch wenn sie nicht viel damit anfangen konnten. Wir ließen unseren Beamten *na.Kalifa* um Rat fragen und bekamen schnell eine Anweisung zurück. Genau diese hier."

Der Text lief etwas zu schnell durch die Folie. Rihm musste ihn zweimal vorbei ziehen lassen, um alles ganz genau zu lesen. Dann endlich verstand er, warum er hier war.

Die KI von Kalifornien, die kilometerweit unter seinen Füßen in parallelen Prozessen über alle Belange des Landes entschied, hatte sich durch den Zwischenfall in Neuseeland nicht aus der programmierten Ruhe bringen lassen. Ein mögliches Beweisstück ist weg, na und? Sorgt dafür, dass niemand es behält! Der Gegner schließt Verträge mit Bewohnern KI-regierter Türme, na und ...

„Ihr solltet also *sicherstellen, dass die kontaktierten Personen nicht mit gefährlichem Gedankengut infiziert wurden und keine bedenklichen Informationen zurück bleiben*", fasste er den Inhalt zusammen. „Ging daneben, nicht wahr?"

Von hinten näherten sich Schritte. Ganz auf den Text fixiert hatte er gar nicht bemerkt, dass eine vierte Person den Raum betreten hatte. Als er hoch schaute, stand Marylin zwischen ihm und dem ganz still gewordenen Studenten. Einen kurzen Moment schien sie seinem Blick auszuweichen, dann setzte sie ihr übliches Lächeln auf und beschäftigte ihre Finger damit, die Folie aufzurollen.

„Völlig daneben ging es nun auch wieder nicht", sagte ihre professionell ruhige Stimme. „Du unterstützt die Humanokraten garantiert nicht mehr, und ich bin so gut wie sicher, dass sie es nie geschafft haben, dir ihre kranke Weltanschauung einzureden. Auch die Aufzeichnung war schneller wieder in Sicherheit, als jemand den passenden Schlüssel entwenden konnte."

Von der folgenden Stille unangenehm berührt setzte sie sich zwischen den Sesseln auf den Teppich, alle zehn Fingerspitzen nervös aneinander gepresst.

„Weißt du, seit dem Ausflug nach Neuseeland läuft alles irgendwie außer Kontrolle", fuhr sie leiser fort. „Dass wir dich für ein paar Tage aus dem Verkehr gezogen haben, war eine reine Panik-Reaktion. Kalifa weiß noch nichts davon."

„Was soll das heißen", Charly sprang auf, seine angespannten Finger gruben sich in die weich gepolsterte Lehne, „die Regierung weiß noch gar nichts von unserem neuen Kollegen?"

„Du hast richtig gehört, ich gebe erst Freitag einen Statusbericht ab", bestätigte sie betont ruhig, „dann klingt er einfach positiver. Stell dir mal vor, ich hätte gestern gemeldet, dass ich einen Fremden ins Team geholt und mit unserem Neural-Implantat quasi gefesselt hätte. So einen Skandal können wir uns nicht leisten.

Aber jetzt können wir weitergeben, dass die Befürchtungen über versteckte Helfer in KI-Staaten nichts als heiße Luft sind und wir außerdem einen neues Talent entdeckt haben. Der schwarze Schatten ist einfach spitze, kein anderer konnte so schnell mit der Personen-Fernsteuerung umgehen."

„Hey, meinst du mich damit?" entfuhr es Rihm, ohne dass er vorher nachgedacht hätte, „normalerweise dürfen mich nur gute Freunde so nennen."

Doch die Frau mit dem bunt schillernden Lidschatten war nicht beleidigt. Sie sah eher traurig aus, als käme sie sich schrecklich unverstanden vor.

Mariko antwortete für sie. „Aber ich darf es doch sagen, oder?"

Diesmal überlegte Rihm etwas besser, bevor er wieder etwas sagte. Hatte ihn die falsche Wirklichkeit des Chips denn nicht vor sich selbst geschützt? Was hätte er alles anrichten können, wäre er ahnungslos aus seinem Zimmer geflüchtet? Wirklich eingesperrt war er niemals gewesen, das jederzeit sichtbare Terminal ließ ihn schließlich ins unverfälschte Netz hinaus.

„Wenn ich nur einen Tag länger an dem verschlüsselten Speicher herum geforscht hätte", dachte er laut nach, „hätte ich bestimmt nach seiner Herkunft gefahndet. Für die Insel-Agenten wäre ich dann vielleicht nicht mehr der harmlose Spinner gewesen, und ich möchte gar nicht wissen, wo ich heute wäre. Richtig herum betrachtet hab ich echt Glück gehabt, dass ich bei euch gelandet bin."

„Na also", rief Charly fröhlich aus, „und ab heute gehörst du endlich richtig dazu – wenn Marylin nichts dagegen hat."

„Ach was, welchen Sinn hätte es, ihm noch länger Stubenarrest zu erteilen?" gab Marylin ihre Zustimmung.

Daraufhin trat Charly einen Schritt vor und reichte ihm die Hand. „Komm mit, wir zeigen dir das ganze Haus. Die Türen siehst du jetzt alle."

„Danke für das Angebot, ähm ... könnten wir das auf morgen verschieben?" Unsicher stand Rihm auf und drückte Charlys

Hand. „Ich würde vorher gern ein paar Leuten Bescheid sagen, dass sie sich keine Sorgen machen müssen. Hab nämlich ein paar Bekannte, die mich bestimmt schon vermissen."

Kaum hatten seine neuen Kollegen ihn in Ruhe gelassen, nahm er das Datenstirnband vom nun endlich vollständig vorhandenen Terminal und meldete sich mit seiner echten Benutzerkennung im Netz an.

Die Memos an seine weniger guten Bekannten waren schnell geschrieben, nur für Cle und Tina nahm er sich etwas Zeit. Wie sollte er verständlich machen, dass sie die verschlüsselte Kopie auf keinen Fall weitergeben oder davon erzählen sollten, ohne ihnen zu viel vom geheimen Projekt zu verraten?

Als er endlich eine halbwegs treffende Formulierung gefunden hatte, machte er sich auf den Weg nach Creanima, um nachzuschauen, ob Vonek schon eine Antwort in der unfertigen Kristallscheibe hinterlassen hatte. Um Zeit zu sparen, übersprang er heute die Eingangshalle, wechselte sofort ins Märchenschloss und dort in den Entwurfsmodus.

Das Modell lag noch immer auf der Ablage, aber ein paar Zentimeter weiter links als letztes Mal. Aufgeregt hielt er die Scheibe ins Licht und vergrößerte die Ansicht, bis er die innere Struktur des Kristalls erkennen konnte. Tatsächlich, der Text hatte sich geändert!

Noch während er die fremde Handschrift entzifferte, erschien davor ein anderes Objekt. Zwischen ihm und der Scheibe, direkt vor seiner Nasenspitze, materialisierte sich ein blau-violett singender Verweis, der einen kühlen Duft von Zimt und Teer verströmte.

Wer den wohl hier hinterlegt hat, fragte er sich erstaunt. Die einfachste Art, das herauszufinden, war nur einen Gedankenimpuls entfernt.

Kurz darauf öffnete er den Verweis und folgte ihm in einen seltsamen Raum. Aussagelos graue Wände bildeten ein Achteck um ihn herum, seine Füße standen auf matt reflektierendem Kunststoff.

In einer Ecke fiel ihm ein Haufen bunter Gegenstände auf. Gespannt ging er näher an den Farbensturm heran, bis er in den grellen Mustern Buchstaben erkannte, deren Fehlfarben ihm brutal in die Augen stachen.

Sofort musste er wieder weg sehen, damit ihm nicht schwindlig wurde. Was war das für ein seltsames Spielchen? Vorsichtig angelte er mit dem Fuß einen Buchstaben heraus und schob ihn auf dem grauen Boden ein paar Meter von den anderen weg. Es war eindeutig ein großes S, aber nichts daran war hellgrün. Die Form des Schriftzeichens rebellierte in seinem Kopf gegen seine falsche Farbe, welche rhythmisch wechselte, aber niemals passte.

Wozu sollten solche Buchstabenbilder gut sein? Rihm konnte sich kaum vorstellen, dass jemand einen damit geschriebenen Text lesen könnte, ohne von dem schrägen Leuchten Kopfschmerzen zu bekommen. *So was kann man bestimmt nicht einmal zwischenspeichern*, dachte er, und probierte es aus.

Sein Terminal kopierte das S als Bild in die grafische Ablage, doch die Textablage blieb leer. Die Kombination von Farbe und Form bildete in seinem Verstand nicht schnell genug einen Zusammenhang. Das Rot rief „A", während die Schlangenlinie „S" schrie, was für das Betriebssystem zu zweideutig für eine klare Interpretation war.

Ein genial einfaches Spiel mit den Sinnen, stellte er beeindruckt fest, *und ein nett gemeinter Ersatz fürs Kryptografie-Modul.*

Vonek musste es von Lissa haben, oder von Tina. Er selbst hätte es jedenfalls nicht testen können. Soviel meinte Rihm über das für ihn immer noch schwer vorstellbare Phänomen *Halbsichtigkeit* verstanden zu haben.

Das bedeutete … sie alle suchten ihn schon! Es war höchste Zeit, dass er sich meldete, um Entwarnung zu geben.

„Wenigstens brauchen wir hier keine gottverdammte Einreisegenehmigung", seufzte der Pilot und spielte wieder an seinem Kragen mit der weißen Stickerei herum.

Ruhig, viel zu ruhig für seine flatternden Nerven, zogen die dicken Wände der Luftschleuse vor den Fenstern vorbei. Einmal in Deutschland angekommen, mussten er und Kiki nur noch herausfinden, wo diese Frau wohnte, die die kalifornische Marionette in einen lokal simulierten Raum locken wollte.

Wie hieß sie noch? Den Namen kannte er noch gar nicht. Den Datenverkehr ihrer Wohnung abzufangen, würde eine leichte Übung sein.

„Wen suchen wir überhaupt?" fragte er über die Schulter.

„Konnte mich nur kurz auf ihr Bürgerprofil konzentrieren", antwortete Kiba, „das Mädel, das angeblich alles besser kann als Cle, heißt Lissa-Alexa und arbeitet für die globale Universität."

„Und der Typ mit dem sie zusammen aufgetaucht ist?" fragte er weiter. „Du hast doch gesagt, da wären zwei Gäste im Raum gewesen."

„Willst du das wirklich wissen, Andy?" Auf einmal war Kiki froh darüber, dass sein Partner im Pilotensitz ihn nicht sehen konnte.

„Natürlich will ich das wissen", stellte Andy genervt klar. So viel unnötige Unsicherheit ging ihm immer sofort gegen den Strich.

„Mit dem hat man die erste Verbindung zur Bürokratie ins Boot geholt."

Vorsichtig fügte er eine Atempause ein, um Andys Reaktion einzuschätzen. Erst dann wagte er eine konkrete Aussage.

„Der Haustechniker von Deutschland, technischer Administrator von praktisch allem hier."

„Na also, sag das doch gleich", deutete Andy ein Nicken an, während er das Luftschiff langsam und sorgfältig auf den automatisch zugewiesenen Parkplatz steuerte. „Und nun lass uns einfach hoffen, dass die Tante von der Uni ihn nur als persönlichen Bekannten dabei hatte!"

Mit einem lauten Ruck setzte das Flugzeug auf, als der Pilot sich den Input-Sensor eine Sekunde zu früh von der Stirn riss.

„Mal eben so diese Lissa von der Uni ausfindig machen und die Datenleitung ihrer Wohnung anzapfen, haben wir das wirklich noch vor, ja?!"

Der Flughafen registrierte routiniert ihre Ankunft und band den Bordcomputer ins Hausnetz ein. Doch Andy ließ die Türen noch verriegelt, um seine wütende Predigt vollständig loszuwerden.

„Dort unten in der Basis sitzt jemand mit allen nur denkbaren Zugriffsrechten und mischt mit an einer Raumsimulation, die nur dazu da ist, Verbindungsdaten zu sammeln. Meinst du nicht auch, dass so kleine Störungen wie Umleitungen auffallen könnten?"

Die ganze Idee nützte jetzt nichts mehr. Er konnte zwar nicht sicher sagen, weshalb die Basis ihre Finger im Spiel hatte. Aber solange auch nur die Möglichkeit bestand, dass die Verwaltung eines KI-Staates mit ihrer Ankunft rechnete – was war ein Haustechniker anderes, als ein Befehlsempfänger der Verwaltung? – wollte er auf keinen Fall auch noch mit *illegalen Aktivitäten* auffallen.

„Und nun?" rief er aufgeregt und drehte sich endlich zu seinem Gesprächspartner um. „Wie kommen wir anders an die exakten Verbindungsdaten und den Aufenthaltsort des Chips?"

„So, wie es von Anfang an möglich gewesen wäre", meinte Kiba leise, „wir spielen weiter Theater und fragen einfach danach. Noch sind doch alle auf unserer Seite, wenn während des Flugs nichts passiert ist. Nur verfälschen können wir dann natürlich nichts."

„Na toll! Sag mal, kapierst du überhaupt die neue Situation?"

Am Rande seiner grundsätzlich knapp bemessenen Geduld trommelte Andy mit den Fingern gegen ein Fenster, während er sich mit dem anderen Ellenbogen auf der Armlehne abstützte. Diese verdammten Hacker waren an sich schon eine Plage. Kiba war ihnen aus reinem Pech über den Weg gelaufen, das ließ sich nicht mehr ändern.

„Am Anfang hast du noch alles richtig gemacht", erklärte Andy dem anderen Agenten, „hast sie davon abgehalten, sofort die Verwaltung zu informieren, so dass wir nicht auch noch als Zeugen bei der Polizei aussagen mussten. Das wäre wohl auch das Ende gewesen."

Um den vielen Leuten in der Hafenhalle nicht aufzufallen, ließ er die vordere Tür aufspringen, bevor er weiter redete. „Danach war es auch noch total okay. Hab dich im Hafen gesehen, wie du mit den kaputten Typen im Gefolge versucht hast, die Kalifornier noch vor Ort zu erwischen. Dass du später die kopierte Aufzeichnung von ihnen bekommen hast, zähle ich mehr zu *Glückssache* als zu *Leistung*."

Perfekt gereinigte Luft strömte durch den weit offen stehenden Ausstieg in die Kabine. Der Pilot musste jetzt leiser sprechen, damit nicht alle Passanten unfreiwillig mithörten.

„Aber was sollte unsere plötzliche Flucht aus Neuseeland, warum sind wir heute hier?"

Bei einem flüchtigen Blick in die Hafenhalle sah er eine Gruppe beurlaubter Matrosen vorbei gehen. Seine Stimme senkte sich zu einem zischenden Flüstern.

„Hättest du die Profile genauer gelesen, wärst du gar nicht erst auf die Idee gekommen, ihnen die Verbindungsdaten abzuschauen und durch Quatsch zu ersetzen, damit wir ungestört einen neuen Versuch direkt in Kalifornien starten können. Wir hätten brav gewartet, bis Lissa ihr Ergebnis bekannt gibt, und hätten dann Rettungsteam gespielt, was uns ebenfalls direkt zum Chip geführt hätte. Hätte, hätte, hätte!"

„Komm schon, nicht so aufregen", sagte Kiba leise und versuchte zu lächeln, „wer sagt denn, dass dieser Admin seine dienstlichen Privilegien einsetzen kann? Er schien wirklich nur 'ne private Bekanntschaft mit dem entführten Bastler zu haben, sonst nichts. Die Verwaltung hat keine Ahnung, soviel kannst du mir glauben."

„Was macht das für einen Unterschied?" Andy stand schwerfällig auf und sperrte mit einem Winken die Steuerkonsole. „Schon einmal einen Haustechniker gesehen, der sich an seine Vorschriften hält? Die machen doch alle, was sie wollen. Und ihr Staat schaut gerne weg, weil es Jahre dauern kann, fähigen Ersatz zu finden.

Niemand will diesen Job. Wer mag schon Jahrzehnte in der Basis verbringen, während sich das Leben hier oben abspielt? Gäbe es mehr technikbesessene Soziopathen ... komm mit, wir steigen erst mal aus."

Still gingen sie zusammen die Halle hinunter zum nächsten Fahrstuhl. Andy fluchte in Gedanken darüber, dass die Bordcomputer ausländischer Flugzeuge nur beschränkten Zugriff aufs Einwohnerverzeichnis bekamen. Nur deshalb mussten sie den Hafen verlassen und direkt bei einem Kontaktbeamten der Verwaltung nach der Adresse einer gewissen Lissa-Alexa von der Universität fragen.

Zwischen abwärts fahrenden Menschen drangen Fetzen verschiedenster Gespräche an seine Ohren. Manche davon weckten seine Aufmerksamkeit.

„Spannende neue Installation in der Stadt", war so ein Fragment. „Ist was von der Uni, wir kriegen den ersten überhaupt", musste zum gleichen Dialog gehören. Ganz von selbst begann Andy zu lauschen.

Schnell bekam er mit, dass ein Informatiker und Software-Forscher eine Art mobilen Netzzugang entwickelt hatte, der hier und heute probeweise installiert wurde.

Das kann nur Lissa sein, nahm er spontan an, *kein Wunder, dass sie eine gute Beziehung zum Staatstechniker hat.*

Was Andy über die Experimente am Datennetz mithören konnte, klang nach tiefen Eingriffen in die Infrastruktur. Schließlich zupfte er seinen Kollegen am Ärmel.

„Hast du das mitbekommen?" flüsterte er beiläufig. „Vielleicht müssen wir gar nicht auf dem Amt um Auskunft betteln. Lass uns in S72 aussteigen."

Die Gebäude der Stadt reichten fast bis an den Fahrstuhl heran. Als sie im Stockwerk der Stadt S72 aus dem langsam leerer werdenden Fahrstuhl stiegen, mussten sie nur eine höchstens zwanzig Schritte breite Grünfläche überqueren.

Schon fanden sie sich zwischen bunt bemalten Fassaden wieder.

„Angeblich ist die sogenannte Hotspot-Baustelle nicht zu übersehen", zitierte Andy den fremden Passagier, „nun ja, das hat ein Einheimischer gesagt, der sich hier auskennt."

„Du meinst also, wir finden sie auf ihrer Baustelle?" Skeptisch durch die warm golden beleuchtete Gegend schauend meldete Kiba sich wieder zu Wort. „Wie spät ist es hier eigentlich gerade? Wahrscheinlich kannst du sie heute nicht mal mehr anrufen."

Künstliches Abendlicht füllte die Straße und spiegelte sich in den breiten Fenstern der Häuser.

„Schau mal, da vorne ist eine Info-Säule", bemerkte Andy und zeigte zum linken Gehsteig. Kurz darauf ließ er sich einen Umgebungsplan anzeigen. Der Weg zur Baustelle malte sich als blaue Linie hinein. „Ach ja, es ist erst später Nachmittag, kurz vor fünf. Die Tage sind hier kürzer, Winterlicht eben."

Die Baustelle war ein Magnet für Schaulustige. Kleine Kinder standen am Zaun und ließen sich von geduldigen Eltern erklären, was hinter dem Gitter entstand. In einem Straßencafé, das direkt davor lag, war kein einziger freier Tisch mehr zu sehen.

Zuerst schauten die beiden sich auf dem Platz um. Die abgesperrte Fläche sah gar nicht so spektakulär aus. Ein paar Quadratmeter Straßenbelag waren aufgerissen, so dass Kabel und Rohre offen lagen. Zwei unförmige Roboter auf Rollen schraubten daran herum und schlossen seltsame Säulen an.

Um den breiten Bildschirm, der anscheinend beschrieb was hier vorging, scharte sich ein Haufen Fünfzehnjähriger. Von weiter hinten konnte man nichts lesen. Also gingen sie zunächst am Zaun entlang auf ein Zelt zu, vor dem drei Monteure auf blinkende Messgeräten starrten.

Ein Schild am Drahtgitter erklärte den einfachen Bürgern: *Justierung der Signalstärke unter Normalbedingungen.*

Auf dieser Seite der Installation war es deutlich ruhiger, nur wenige Spaziergänger schauten den Arbeitern zu. Dennoch fiel Andy ein älteres Paar auf, das auf alles, außer auf die eigenen Füße zu achten schien.

Gleich kommen wir mal mit den Einwohnern ins Gespräch, dachte er und trat der grauhaarigen Dame scheinbar versehentlich in den Weg.

Wie erwartet lief sie ihn um und entschuldigte sich sofort. „Oh, das tut mir leid, ich habe sie gar nicht gesehen", rief sie erschrocken und schaute dann erst hin, wem sie auf die Schuhe getreten hatte.

„Ist alles in Ordnung mit ihrem Fuß?" fragte sie fürsorglich nach. „Das hier ist einfach zu spannend. Sie sind schon über die Laborversuche hinweg. Bestimmt ist es nur noch eine Frage von Wochen, bis dieser Aufbau in Betrieb geht."

„Schon gut, schon gut", winkte Andy lachend ab, „das kann jedem mal passieren. Aber dieser Netzzugang, der braucht doch bestimmt eine Menge Energie. Ob der wohl eine eigene Verkabelung hat?"

Er musste kein Interesse vorspielen. Was er bis jetzt mitbekommen hatte, klang tatsächlich mitreißend.

Nun antwortete ihr Mann, der die Frage lustig zu finden schien. „Ach, Sie gehören wohl auch zu den Leuten, die nur einmal pro Monat in die Zeitung schauen", bemerkte er fröhlich und schaute die beiden Fremden neugierig an. „Neulich erst hab ich gelesen, dass diese zehn Sender", er zeigte nach hinten zu den dünnen Säulen, „die ganz normale Infrastruktur mitbenutzen, ohne extra verlegte Leitungen."

Na also, freute Andy sich, *das Gespräch kommt sofort aufs richtige Thema.* „Die Basis hat echt noch einen Weg gefunden, die vorhandenen Netze so zu verdichten, dass sie genug Kapazität für so einen Aufbau erreichen?"

Um die Sache mit den Zeitungen gerade zu biegen, fügte er schnell noch eine Bemerkung hinzu. „Wir sind nur für ein paar Tage in Deutschland. In unseren Nachrichten stand mal eine Randnotiz über mobile Simulationen, darum wollten wir uns das kurz anschauen."

„Transporter-Matrosen seid ihr, richtig?" fragte die Frau mit einem verständnisvollen Nicken. „Leute wie ihr kommen in letzter Zeit immer öfter hier her. Es lohnt sich schon richtig, den Nachmittag auf der Straße zu verbringen, so viele interessante Gäste trifft man hier. Und was die Infrastruktur angeht – wir hatten keinen einzigen Stromausfall in den letzten sieben Jahren."

„Im Industriegebiet 42-West soll es mal einen gegeben haben", korrigierte ihr Mann. Die Dame warf ihm einen schiefen Blick zu und redete weiter. „Ja, irgendwo in einer anderen Stadt, aber auch das ist schon ein paar Jahre her. Wenn man sich dagegen vorstellt, was vorher hier und da so schief gegangen ist!"

„Vorher, vor was denn?" hakte Andy nach. „Wurde der Turm in großem Stil renoviert?"

Das wäre äußerst ungewöhnlich. Wenn etwas im Lande marode war, wurde es sofort ausgebessert. Aber das Paar schien gern zu erzählen, also stellte er sich weiterhin blöd.

„Irgendwas geht immer mal kaputt", sagte die Frau, die jetzt gar nicht mehr auf die Arbeiter hinterm Zaun achtete, „aber bevor der alte Mirko sich zurückgezogen hatte, da haben wir noch etwas davon mitbekommen. Vor gut sieben Jahren war dann Personalwechsel in der Basis."

„Am Anfang hatte ich noch so meine Bedenken, weil man alle Verantwortung einem noch nicht mal Zwanzigjährigen in die Schuhe schob. Seit der Neue sich eingewöhnt hat, wird aber alles schneller repariert, als man es feststellen kann", kommentierte der alte Mann und zeigte zur großen Informationstafel, vor der die Schülergruppe gerade verschwand, „abgesehen von einem Wasserwerk. Das hat er erst mal für zwei Wochen stillgelegt und erneuern lassen, hatte wohl zu viele Macken pro Monat."

„Und das bekommt ihr alles einfach so mit?" staunte Andy, während er Kiki zum endlich frei gewordenen Bildschirm schickte.

„Wenn man aufmerksam ist, kann man viel mitbekommen", lächelte die alte Dame, „wir haben übrigens den ganzen Turm besucht, kennen jedes Stockwerk. Ausflüge sind unsere einzige Beschäftigung. Jetzt mag ich euch aber nicht länger aufhalten, Matrosen haben ja nie viel Zeit."

„Ähm, ja, danke für das nette Gespräch", sagte Andy schnell, bevor er sich wieder seinem Mitarbeiter aus Helgoland anschloss.

„Wir können also vom schlimmsten Fall ausgehen", seufzte er und beobachtete ein Video, das seinen Zuschauern bunte Visionen in den Kopf malen sollte. „Hey, das hört sich irgendwie irre an! Gleichzeitige Anwesenheit in Außenwelt und Netz ... Bewusstseinsspaltung, sozusagen. Wenn das mal keine Nebenwirkungen hat ..."

Auf einmal musste Kiki ihn aus seinen Träumen reissen. „Ja, fantastisch, aber früher oder später gibt es das überall", sagte der Mann mit den schwarzen Augen und stupste Andy mit dem Ellenbogen an. „Den schlimmsten Fall hab ich schon begriffen. Die Verwaltung unter diesem Turm hat es vor gut sieben Jahren erst geschafft, einen neues, verrücktes Genie für den Posten in der Basis zu finden. Der kann sich garantiert Einiges herausnehmen, ohne gefeuert zu werden. Irre mit Ahnung gibt es schließlich nicht so viele."

Dann schaltete er den Film ab und ließ dafür anzeigen, wer die Köpfe hinter dem Projekt waren. Fast eine Minute lang hielt sich die Informationstafel mit Hardware-Entwicklern und Neurologen auf, die irgendwo im Labyrinth der Universität neue Konzepte der Datenübertragung erfunden hatten, so dass zwei Sinneswelten im Kopf des Benutzers sich nicht überlagerten.

Erst ganz am Ende zeigte das Video, wie sich alle neuartigen Komponenten verschiedenster Erfinder zusammenfügten. Der Hintergrund färbte sich pastellgrün; dazu erklärte eine sachliche Stimme überflüssigerweise, dass die bisher rein experimentellen Technologien an sich nutzlos waren, bis es vor Kurzem jemand geschafft hatte, sie kompakt und brauchbar in eine Anwendung zu integrieren.

„Na endlich, da ist sie ja", flüsterte Kiki, als Lissas Name fiel.

Was der Film als Nächstes erzählte, gefiel ihm aber ganz und gar nicht.

Zuerst folgte wenige Sätze über Lissas Leben – sie hatte sich mehrmals über diesen Teil beschwert, aber die Designer des Videos weigerten sich, die Sequenz heraus zu schneiden – eine Weltkarte zeigte Norwegen, zwei Raumstationen der Universität, und blendete schließlich Deutschland ein. Kamerafahrt am silbern schimmernden Turm hinab, Stopp zwei Stockwerke unter der Erdoberfläche.

Schon seit über fünf Jahren, plapperte die Lehrerstimme, *fördert unser Land die Abteilung Neuroinformatik und stellt Teile der nur noch selten ausgelasteten Basis einer Software-Forscherin zur Verfügung. Dadurch sind wir immer als Erste dabei, wenn es um neue Möglichkeiten geht.*

Verdammter Mist, hätte Andy beinahe geschrien. Doch er riss sich gerade noch zusammen und beließ es dabei, dem Bildschirm einen Kratzer zu verpassen.

Das Video quatsche ungehört weiter über das längst etablierte Panorama-Interface mit bis zu sieben Dimensionen, dessen erster Prototyp einst hier entstanden war, präsentierte einen kurzen Abriss über das aus ethischen Bedenken wieder fallen gelassene Gedanken-Interconnect – auch diese Sequenz stand auf Lissas Streichliste die sie jeden Montag aufs Neue bei den Designern einreichte – und was virtuelle Kunstwerke wie Creanima aus den vorab veröffentlichten Teilen gemacht hatten.

„Nun gut, sie sitzen also beide perfekt abgeschirmt im Keller", fasste Andy schließlich zusammen, die zitternden Fingerspitzen fest aneinander gepresst, „aber vielleicht können wir dort anrufen und dein Spiel vom hilfsbereiten Kumpel weiter spinnen. Dich kennen sie ja schon."

Erst jetzt bemerkten sie, dass hinter ihnen ein junges Mädchen den Film mitverfolgt hatte. Sie war ungefähr vierzehn Jahre alt und hätte gut in die Schulklasse gepasst, die sich gerade erst verzogen hatte. Als die Informationstafel verstummte und wieder zum Begrüßungsbild umschaltete, trat sie zwischen die beiden Männer und grinste breit.

„Ist schon ein unheimliches Gefühl", sagte eine helle, freche Stimme, „das ganze Land in den Händen von zwei komischen Typen. Andere Türme haben wenigstens nur einen davon." Leise kichernd schaltete sie den Film wieder ein. „Andererseits war es schon immer so, scheint also eine gute Lösung zu sein."

„Gehen wir lieber", flüsterte Andy und wandte sich ab.

„Ja klar, geht doch", sagte das Mädchen, die Augen am Bildschirm, ohne sich umzudrehen. „Anrufen könnt ihr aber vergessen. Die Monteure haben einen direkten Draht zur Basis, ansonsten kann man sich höchstens von der Hausverwaltung weiterleiten lassen."

Da kam ein zweites Mädchen hinter der Tafel hervor, sie war etwas älter. Andy ordnete sie auf den ersten Blick grob zwischen achtzehn und zwanzig ein. Eine kurze Mähne aus dichten, dunkelroten Locken umrahmte ihr blasses Gesicht, an ihrer Jacke blitzte ein Abzeichen der Universität: *Erstes Semester, Informatik.*

„Hab ich eben etwas von komischen Typen gehört, du kleiner Touristenschreck?" fragte sie hochnäsig und schaute auf das jüngere Mädchen herab.

„Was bin ich froh, dass du seit letztem Sommer nicht mehr an meiner Schule bist", kommentierte der *Touristenschreck* laut und weithin hörbar.

Die Studentin schnaubte verächtlich, ignorierte dann das Schulmädchen und führte die Fremden ein paar Meter weg

„Lasst euch von der da nichts erzählen", sagte sie ganz ruhig. „In keiner Basis arbeiten Irre; wer das behauptet, ist nur neidisch. Jedes Genie hat eine Macke und wenn Letztere darin besteht, dass man am liebsten allein lebt, ist man der ideale Kandidat für einen verantwortungsvollen Job im Untergrund."

„Gut zusammengefasst", lächelte Andy anerkennend. „Weißt du auch, wie wir am einfachsten noch heute mit Lissa-Alexa sprechen können? Es ist ziemlich wichtig."

„Nun ja, das könnte ich arrangieren", überlegte sie unsicher, „aber ich darf es nicht! Die Telefonzelle ist da drüben, viel

Spaß mit dem Amt."

„Hey, was soll das heißen, du darfst nicht?" fragte Andy freundlich lachend nach. „Wie kommt es, dass du überhaupt könntest?"

„Zur ersten Frage: Die beiden da unten bringen mich um, wenn ich unnötige Anrufe unterstütze. Störungen kann dort niemand gebrauchen." Mit verschränkten Armen lehnte sie am Zaun und blies sich eine rote Locke aus dem schneeweißen Gesicht. „Zur Zweiten: Ich kenne Lissa schon länger, bin Testperson erster Wahl für ihre Interface-Prototypen."

Wieder machte sich der strahlende Stolz breit, mit dem sie gerade erst die freche Schülerin angeschnauzt hatte. Andy war nicht so recht beeindruckt.

Hast dir bestimmt schon zehnmal die Nerven verbrannt, vermutete er, sparte sich aber einen Kommentar.

Doch sie ahnte schon, woran der Fremde dachte. Mit einem beleidigten Kopfschütteln kam sie einem dummen Spruch routiniert zuvor.

„Ja, ich habe schon einige Systemfehler hinter mir, und wiederhole gern noch einmal die Tatsachen: Sowohl Zugriffsfehler als auch die sogenannte Null-Wahrnehmung gehen ohne Spätfolgen vorüber."

Sie zeigte ihren Touristen noch die Telefonzelle. Dann rannte sie so plötzlich davon, wie sie aufgetaucht war, als ein Monteur ihr von der Baustelle aus zuwinkte.

„Mensch, Lara", sagte der Arbeiter, „hast du wiedermal zwei Nullen aufgeklärt?"

„War mal wieder nötig", grinste Lara durch das Drahtgitter. „Werde ich heute eigentlich noch gebraucht oder kann ich nach Hause gehen?"

Er sah auf die Uhr, die einen von neun Info-Steinen in seinem bunten Armband ausmachte. „In ein paar Stunden geht es richtig los. Lissa hat uns für heute Abend das mobile Endgerät versprochen."

„Dann sehen wir uns, wenn die Beleuchtung auf Nachtblau umschaltet", strahlte sie den Monteur an, bevor sie sich umdrehte und wie ein schmaler Schatten in einer Seitengasse verschwand.

Auf dem Weg fragte sie sich, ob sie mit vierzehn Jahren genauso schlimm gewesen war, wie die Zicke von vorhin. *Absolut ausgeschlossen,* entschied sie.

Vor fünf Jahren und zwei Monaten, die Zahlen wusste sie genau, hatte sie gerade ihren ersten neuralen Absturz überstanden – mit Lissa in der Basis, bei ihrem ersten Praktikum und dem ersten Experiment. Heute war das Panorama-Interface nicht nur stabil, es war der Standard.

Nur wenige Meter abseits diskutierten ein irischer und ein helgoländischer Sonderagent mit einer Beamten, die einen Grund hören wollte, um die Basis von der Arbeit abzuhalten. Nach mehreren Minuten funktionierten Kikis Ausreden endlich, sie wurden durchgeschaltet und warteten eine Weile auf Antwort.

Im blendenden Labyrinth aus weißen und transparenten Rohren, dem Kernstück der Klimakontrolle, surrte eine Anfrage in Voneks Armband. Ohne die kleinen, silbrigen Roboter mit ihren Regenbogenflügeln aus den Augen zu lassen tippte er den vibrierenden Info-Stein an, halb durchsichtig baute sich eine Projektion in der Luft auf.

Im diffusen Flimmern wurde ein Gesicht erkennbar – Vonek hielt den Atem an und starrte auf den Hintergrund. „Kiba, endlich meldest du dich wieder", rief er und erkundete weiter die unscharfen Fragmente hinter ihm, „sag mal ... sehe ich richtig, dass du gerade bei uns in Deutschland bist?"

„Musste weg", flüsterte Kiba so kurz angebunden, dass klar war, wie er es begründen wollte: Überhaupt nicht. „Auch hier werde ich nicht lange bleiben. Habt ihr schon irgendwas darüber herausgefunden, wo die Kalifornier sich aufhalten?"

„Nicht, dass ich wüsste", erwiderte Vonek genauso knapp. Die lästigen Geheimnisse gingen ihm auf die Nerven, das sollte jeder unmissverständlich heraushören. „Wohin fliegst du als Nächstes?"

„Kommt drauf an, was deine Kollegin berechnet", meinte der Mann im grauen Anzug, „ich rufe später nochmal an. Muss ich dann wieder erst mit Bürokraten kämpfen?"

„Nicht nötig, ich trage dich gleich in die Positivliste ein, dann kannst du jedes Telefon ganz normal nach mir fragen." Damit schloss er die Verbindung und schaute weiter seinen Silberfliegen zu, die mit geschickten Greifern eine Dichtung aufschraubten.

Enttäuscht beobachtete Lissa die Meldungen im Netzwerk-Protokoll – beziehungsweise deren Ausbleiben. Rihm hatte sich die ganze Nacht und den folgenden Morgen lang nicht blicken lassen. Jetzt war gerade der Mittag vorbei, ohne dass ihr Terminal Alarm geschlagen hätte.

Sie versuchte schon den ganzen Tag, sich auf die Suche nach einem versteckten Fehler in der Zugangsautomatik der Hotspots zu konzentrieren. Aber ständig erwischte sie sich dabei, wie sie aufs Verbindungsprotokoll hinab blinzelte, das am unteren Rand durch ihr Blickfeld lief.

Noch vor zwei Tagen hätte sie nichts von den neuen Installationen in den Städte-Etagen ablenken können. Nur wenige hundert Meter über ihrem Rechenzentrum entstand gerade der Prototyp einer Vision, die schon seit Jahren in ihrem Kopf spukte.

Wieder ein kurzer Blick nach unten – keine Aktivität im Raum mit den Buchstabenbildern.

Seit Lissa die Schnittstellen-Programmierung beherrschte, war sie stets in irgendeiner Weise damit beschäftigt, Grenzen aufzulösen. Sowohl die letzten Monate ihres Studiums an der globalen Universität, als auch die ersten Monate hier im Keller hatten ganz im Zeichen des mehrdimensionalen Neural-Interface gestanden.

Es wurde fertig, es wurde erweitert, es wurde verbessert, bis andere Entwickler es vollständig übernahmen. Endlich hatte sie wieder Zeit für die nächste Stufe ihres großen Traums, die Bruchstelle zwischen Außenwelt und Netz verschwinden zu lassen.

Mitten in der Stadt, neben Ausflugszielen im Grünen, an Straßen und Dorfplätzen würden sie eines Tages vollkommen normal sein: Öffentliche Portale ins allgegenwärtige Netz. Im Grunde war es nur eine Frage der Organisation, zusätzlich zu den üblichen Hausanschlüssen auch offene Zugänge aufzubauen. Aber Lissas Traum ging noch weiter. Die Drähte mussten weg.

Das wird der reine Wahnsinn, dachte sie still, das unveränderte Protokoll endlich ignorierend.

Vier Tage hatte sie damit verbracht, alle neun Elektroden und einen Transponder für die Funkverbindung in die Hülle eines gewöhnlichen Gedächtnis-Upgrades zu integrieren. Mobile Upgrades waren die Menschen gewohnt, eine solche Verpackung sollte ihnen die Umstellung erleichtern.

Vier Tage lästige Handarbeit hatten sich gelohnt – oder auch nicht, das würde sich gleich herausstellen. Ob ihr mobiles Datenstirnband wohl zuverlässig war, oder sich nur von einer Störung zur nächsten hangelte?

Gleich wird es sich zeigen. Mit vor Aufregung fast zitternden Fingern schickte sie das Terminal in den Wartemodus, streifte ihr normales Datenstirnband ab und schob zwei glatte, weiße Würfel auf dem Schreibtisch ordentlich nebeneinander. Sender und Empfänger, deren Kabel zusammen liefen und ein paar Zentimeter weiter hinten in der Tischplatte verschwanden.

Als alle Prototypen aufgebaut und verkabelt waren, ordnete sie die kühl glänzenden Sensoren der mobilen Schnittstelle sorgfältig auf ihrer Stirn an. Gedächtnis-Upgrades waren Wissenskrücken fürs gemeine Volk; sie selbst hatte vor ungefähr acht Jahren zum letzten Mal eines verwendet, so dass ihr die Konstruktion etwas gewöhnungsbedürftig vorkam.

Na dann, los! Das provisorische Interface lauschte ihrem Gedankenstrom und erkannte sofort, dass es den lokalen

Arbeitsplatz anzeigen sollte. In einer parallelen Wirklichkeit, wie vor einem zweiten Augenpaar, erkannte Lissa die Eingangshalle, ganz so, wie sie jeden Tag aussah.

Quer über den Fußboden liefen nach wie vor Meldungen über die letzten Aktivitäten, dieselben wie vorhin, nichts Neues vom Schatten.

Welche Entfernung kann das Ding wohl vertragen? Sie stand auf und trat einen Schritt zurück. Das Bild blieb stabil. Davon ermutigt ging sie langsam zwei Meter vom Sender weg, bis zu der gelben Stahltür, die zur zentralen Klimakontrolle führte.

Einen Moment dachte sie an Vonek, der hinter der Tür, im verschachtelten Labyrinth aus schneeweißen Röhren, zwei abgenutzte Temperaturfühler austauschte.

Eine Aufgabe für Roboter, fand sie, aber diese verdammten Viecher waren einfach noch nicht zuverlässig genug, um sie ohne Überwachung an die Luftversorgung des ganzen Landes heran zu lassen.

Glücklich darüber, heute einen spannenderen Tag als er zu verbringen, drehte sie sich um. Die Eingangshalle flimmerte, verschwand für einen Augenblick, wurde dann aber sofort wieder sichtbar. *Schnelle Bewegungen,* notierte sie beiläufig, *sollten die Leute bis auf Weiteres lieber vermeiden.*

Sogar als sie das leise Summen des Netzwerkknotens neben sich hören konnte, der größten Schaltstelle für Deutschlands Datenverkehr, sah sie in der simulierten Parallelwelt die fehlerfreie Eingangshalle um sich herum. Wieder fiel ihr Blick kurz auf das Protokoll am Boden. Es hatte sich verändert, alle Meldungen waren neu. Mit jeder Sekunde verdrängten Aktualisierungen den letzten Text.

Endlich hatte doch noch jemand den aktiven Verweis in Creanima gefunden und geöffnet. Nach mehr als einem halben Tag hatte sie kaum noch damit gerechnet.

Dann lass mal sehen, wen wir erwischt haben, dachte sie aufgeregt und schloss die Augen, um die Simulation deutlicher sehen zu können.

Mit einem routinierten, halb unbewusst gesendeten

Gedankenbefehl öffnete sie ein Sichtfenster in ihren geheimen Raum, wo tatsächlich jemand in Rihms schattenhafter Erscheinung mit den Buchstabenbildern beschäftigt war. Bevor der Besucher sie bemerkte, fragte sie schnell sein Benutzerprofil ab.

Wie bläulich schimmernde Kristalle aus purer Luft stand die halb transparente Tabelle neben ihr in der Halle. Ihre Titelzeile zeigte eine Kennung, mit der Lissa am allerwenigsten gerechnet hätte. Der Schatten war als er selbst angemeldet.

Schnell überwand sie ihre Überraschung und schaute wieder in den grauen, achteckigen Raum, gerade in dem Moment, als auch ihr Gast aufschaute. Rihm hatte das helle Viereck des Sichtfensters gesehen, ließ die kindischen Buchstaben liegen und setzte ein dazu passendes Grinsen auf.

„Hallo Lissa", rief er ihr entgegen, „ich hab gleich erwartet, dass du hinter diesem ... Spielplatz steckst."

„Einfach, verständlich und funktioniert sogar", kommentierte sie den *Spielplatz*, „aber was heißt das da: *Falscher Alarm*?"

Gegen die Fehlfarben blinzelnd zeigte sie mit dem Finger auf den grauen Boden, wo eine Kette von Bildern zwei Worte formte. Kurz darauf schloss sie das Fenster, ließ die Halle hinter sich und wechselte in den Geheimraum.

Ihr scheinbar fotorealistisches Abbild erschien einen knappen Meter neben Rihm, strich sich ein paar dunkle Haarsträhnen aus der Stirn und schaute fragend auf die graue Fläche vor dem grell flimmernden Text.

Rihm wusste offenbar nicht so recht, was er sagen sollte. Er lachte verlegen und schob die Buchstaben schließlich mit den linken Fuß beiseite. „Fehlalarm, sonst nichts", sagte er, „inzwischen hab ich kapiert, bei wem ich gelandet bin. Man hat mich gerettet, vor irgendwelchen irländischen Agenten. Ich hab was gesehen, von dem ich besser die Finger gelassen hätte."

Etwas Unbestimmtes kam Lissa seltsam vor. Warum erst das abhörsichere Gehabe? „Dein letztes Lebenszeichen sah mehr danach aus, als wenn du noch auf Rettung wartest", fragte sie ungläubig nach. „Du steckst irgendwo in Kalifornien, ist dir das wirklich klar? Die neuseeländische Verwaltung hat erst gestern registriert, dass du deinen Turm verlassen hast. Keine Abmeldung, keine Ausreisegenehmigung, nichts!"

Wieder musste Rihm kurz nachdenken, bevor er antwortete. „Ja, weißt du, ich musste für ein paar Tage abtauchen. Die Typen von der Insel hätten mich sonst sofort gefunden. Erst heute kann ich es mir wieder leisten, unter meinem echten Namen aufzutreten."

Du erzählst doch nur, was man dir eingetrichtert hat, hätte Lissa ihm beinahe vorgeworfen. So plausibel seine Erklärung auch klang – was ihr Hardware-fixierter Mitbewohner vorgestern erzählt hatte, ließ sich nicht schlüssig darin unterbringen.

„Voneks verschlüsselter Raum ...", fing sie an.

„... ein dummer Systemfehler", fiel Rihm ihr sofort ins Wort. „Ich hab hier kein so gutes Terminal wie daheim. War nicht darauf vorbereitet, dass das eine oder andere Modul kurz vorm Zusammenbruch steht." Wieder suchte er kurz nach Worten. „Leider bin ich nicht gerade in der besten Gegend Nordamerikas gelandet", fügte er schulterzuckend hinzu.

Wie sollte sie aus dieser Person hilfreiche Informationen heraus bekommen?

Lautlos zeichnete das Verbindungsprotokoll hunderte Datensätze auf. Ein nur für sie spürbarer, grünlich vibrierender Nelkenduft deutete an, dass ihr Analyse-Skript bei voller Auslastung lief und sich stetig näher an den realen Aufenthaltsort ihres Gegenübers heran arbeitete. Wenn es so weiter ging, würde das Programm am Ende erfolgreicher sein, als sie selbst.

„Warte mal einen Moment", sagte sie schließlich, wobei sie ein Minimum an Entschlossenheit in ihre Stimme zwang. „Dein Insulaner ... ich glaube, den hat jetzt Cle am Hals. Ich rufe ihn sofort an, und dann klärst du uns alle mal auf, was hier passiert."

„Hab ihnen schon geschrieben, vor ein paar Minuten", wandte Rihm ein, aber Lissa ließ sich davon nicht beruhigen.

„Das macht es nicht gerade einfacher", fluchte sie, eine Hand vor der neu geöffneten Verbindungsanfrage, einer mitten in der Luft schillernden, fußballgroßen Pyramide.

Insgeheim hoffte Lissa, dass Kiba die Nachrichten längst mitgelesen hatte. Rihms einfallslose Ausreden hallten in ihrem Kopf wider, welcher sich weigerte, auch nur eine davon zu akzeptieren. Irgendwer musste ihm die halben, aussagelosen Erklärungen beigebracht haben. Aber sie sparte sich die Frage danach, mit was man ihm gedroht hatte, falls er nicht schnell genug alle seine Bekannten beruhigen würde.

Nachdem sie fast fünf Minuten still vor der Anfrage-Pyramide gewartet hatte, verwandelte diese sich in einen vorn offenen Würfel, aus dem Tinas virtuell hellwaches Gesicht blinzelte.

„Weißt du überhaupt, wie spät es hier ... Mensch, Rihm, du bist ja auch da!" Sofort löste sich der Würfel wieder auf, keine Sekunde später stand das Mädchen ebenfalls im dunkelgrauen Raum. „Hab gerade dein Memo gelesen. Verdammt, warum meldest du dich erst jetzt?"

Hinter dem Rücken hielt sie eine Hand zu einer erstarrten Steuerungsgeste geformt: Sortierung rückwärts – *ich glaube ihm genau das Gegenteil.* Lissa, die schräg hinter ihr stand, erkannte das Zeichen und war derselben Meinung.

„Tut mir echt leid, dass ihr euch tagelang Sorgen gemacht habt", entschuldigte Rihm sich und hielt dabei Tinas freie Hand fest. „Früher durfte ich aber wirklich nichts verraten."

„Ist schon okay", nickte sie und zog ihre Hand vorsichtig zurück. „Wir schicken jemanden, um dich abzuholen. Schon nächste Woche bist du wieder hier."

Wieder dachte Rihm einen Moment nach. Seine Augen wanderten zu den Buchstabenbildern hinüber, die in einem farbenfroh leuchtenden Haufen in der Ecke lagen.

„Dass wir es lassen sollen, weil da drüben in Kalifornien alles in Ordnung ist, könntest du einfach so sagen", bemerkte Tina vorsichtig, als Rihm nicht antwortete.

Zehn Sekunden lang herrschte Stille in der Simulation. Dann plötzlich drehte Rihm sich um, dass sein Schattenumhang nur so flog, ging zwei Schritte auf die Wand zu und verschwand. Sprachlos blieben die beiden Frauen zurück.

Noch bevor sie aussprechbare Worte fand, ließ Lissa das Verbindungsprotokoll der letzten Minuten anzeigen. In der Leere der grauen Kammer stiegen grüne und hellblaue Zeilen aus dem Boden auf, ordneten sich wie eine Wand zwischen ihr und Tina auf und füllten die Luft mit sanften Klängen.

„Verdammt nochmal! Musstest du das eben sagen?" Wütend schrie sie das Mädchen an, das für sie immer noch nicht mehr als *Cles Freundin* war.

Wieso hatte er nicht selbst herkommen können? Nun hatte diese weltfremde Zicke, die nur in Programm-Strukturen dachte, alles verdorben.

„Du hast ihn auf Gedanken gebracht, die man ihm garantiert verboten hat."

Nach Richtung einfärben, befahl sie dem Programm; gehorsam leuchteten alle eingehenden Übertragungen in warmen Farbtönen hervor. Während die obere Hälfte der Textwand gleichmäßig blaugrün und orange gestreift erschien, strahlte sie von unten bis auf Kniehöhe in feurigem Rot.

Tina hielt dem Atem an, musste sich kurz an einer glasig grünen Textzeile festhalten und setzte sich schließlich vor dem roten Abschnitt hin. Ihr Blick blieb an der Zeile haften, die zufällig vor ihrer Nase stand, so dass eine feine Flötenmelodie nur für sie hörbar wurde. Der aufgezeichnete Datenverkehr gab seine Metadaten preis.

„Das hier ist Teil eines Bytestroms", flüsterte Tina halb abwesend, mit einem Finger das eisig glühende Schriftzeichen abtastend, „der mit höchster Priorität gesendet wurde."

„Allerdings", nickte Lissa abfällig zu ihr herab, „und genau eine Sekunde nach der Übertragung ist der Empfänger auf einmal davon gestürmt. Klarer Fall, nicht wahr?"

Sie bückte sich und blendete mit dem linken Zeigefinger die

Zeile aus, die Tinchen immer noch anstarrte. Dann winkte sie durch die Lücke, bis das Mädchen hinsah.

„Hallo, klarer Fall? Das kann nur ein direkter Befehl gewesen sein. Von dem mysteriösen Meister, der ihn auch sein Alles-in-Ordnung-Märchen erzählen lässt."

„Oder von einem Dienstprogramm", erwiderte Tina und schüttelte sich eine braune Locke aus dem Gesicht, die sich unter ihrer Strickmütze hervor kringelte, welche sich von den farblosen Wänden genauso rot wie die Textzeilen abhob. „Sie lassen ihn überwachen, vielleicht voll automatisch. Sobald er vorhat, etwas Falsches zu sagen, ruft es ihn zurück."

Nelkenduft. Das Analyse-Skript arbeitete noch. Lissa vergewisserte sich noch einmal, dass die Anzahl möglicher Ursprungsorte geringer wurde, starrte dann wieder ins leere Grau.

„Tinchen, dieses Memo", fragte sie nach ein paar erzwungen ruhigen Atemzügen, „stand irgendwas darin, das er hier nicht erwähnt hat? Ein winziger Wink, wer ihn weswegen *gerettet* hat?"

„Nicht direkt ... aber da ist etwas, das wir eventuell überprüfen könnten."

„Und das wäre? Zeig mal her den Brief!"

Ohne lange zu überlegen ließ Tina ein Fenster neben sich auftauchen, rief darin ihren Posteingang auf und öffnete die kurze Nachricht.

„Ist an Cle und mich gleichzeitig adressiert", ihr Finger zeigte auf die Adresszeilen, sank dann tiefer und blieb mitten im Text stehen. „Hier steht es: Angeblich arbeitet er neuerdings an irgendeiner abgefahrenen Technologie mit, die von *na.Kalifa* persönlich abgesegnet wurde."

„Eine KI plant selbstständig eine Neuentwicklung?"

„Seltsam, ja, aber hier steht es so. Wenn man mit der KI reden könnte ..."

„Mit Kalifornien? Keine Chance", winkte Lissa ab, „das ginge nur indirekt über eine blockierende Bürokratie, die uns wahrscheinlich gar nicht zu Wort kommen ließe. Aber,

Moment mal, *eu.Siegfried* könnte das ..."

„Die deutsche KI? Natürlich, sie sind alle untereinander vernetzt. Aber wie können wir überhaupt mit einer regierenden Intelligenz reden, ohne uns durch die entsprechende Verwaltung zu diskutieren?"

„Vermisstenanzeige?" fragte Lissa gelangweilt. „Die habt ihr doch bestimmt schon gestellt, oder? Gib dieses Memo als wichtigen Hinweis bei eurer Verwaltung ab, die wird sich schon darum kümmern."

Während sie den letzten Satz beendete, verschwand plötzlich der Nelkenduft aus ihrer Nase, gleichzeitig spürte sie einen kühlen Wind von schräg rechts.

„Die Standort-Analyse ist fertig und hat ein sinnvolles Ergebnis", rief sie aufgeregt.

Tina sprang auf die Füße und lief um das Protokoll herum. „Dann lass mal sehen!"

Ein dreidimensionales Modell von Kalifornien materialisierte sich zwischen ihnen. Die Außenwände fehlten, so dass alle fünfhundert Stockwerke offen lagen. Eines davon vergrößerte sich, verdrängte die anderen nach oben und unten. Es war eines der oberen hundert, eine relativ dicht besiedelte Dorf-Etage, und sechs Punkte pulsierten darin.

„Die fünf blassen Markierungen sind wahrscheinlich nur Rauschen", erklärte Lissa konzentriert über die Projektion gebeugt, „sein wahrscheinlichster Aufenthaltsort ist in diesem Gebäude, unter der tiefblauen Kugel."

Der Modellturm fokussierte das wasserblau markierte Dorf und verkleinerte den sichtbaren Kartenausschnitt, bis jedes einzelne Haus erkennbar wurde. „Wenn nicht genau dort, dann zumindest in diesem Stockwerk ... was meintest du eigentlich vorhin, wer soll ihn abholen?"

Vier oder fünf Sekunden überlegte Tina, bevor sie unsicher antwortete. „Nun ja, Julie ist gerade in Erdnähe, sie würde einen kleinen Umweg fliegen. Wir haben sie vor gut zwei Stunden schon gefragt."

„Juliette?" rief Lissa aus und ließ sich auf den plötzlich

weichen Boden fallen. „Das war doch diese kleine Maschinistin, von der der alte Zhan sich seinerzeit eingebildet hat, sie hätte sein Schiff auch allein im Griff."

„Ähm ... hast du etwas gegen sie?"

„Hör mal, ich habe immer viel von Zhan gehalten, ehrlich. Aber auch wenn er Julie sein Schiff inklusive Besatzung vererbt hat, braucht das Mädel noch ein paar Jahre Erfahrung, bevor ich sie ernst nehme. Und überhaupt, ihr Team ... diese Leute können gut fliegen, aber sonst nicht gerade viel."

„Du würdest sie also nicht allein dort hinein schicken." Tina schaute verlegen auf das nordamerikanische Dorf. „Kennst du denn jemand Besseres? Falls Rihm nicht mehr im Netz auftaucht, muss jemand real zu ihm, und ... du weißt doch, warum Julie immer einen Zwischenstopp in Neuseeland einlegt, wenn sie in der Nähe ist."

Diese Andeutung und ihr wissendes Zwinkern sagten genug, dass auch die verärgerte Lissa wieder grinsen musste.

„Aber klar doch", fiel ihr endlich ein, „Cle hat mir mal davon erzählt, dass sie dem Schatten immer wieder eine freie Stelle auf dem Raumschiff anbietet. Sie versucht nach wie vor ihn mitzunehmen, seit er vor fünf Jahren einmal für'n zweiwöchiges Praktikum an Bord war."

„So ist es", bestätigte Tina, „und damals war sie noch ein kleiner Lehrling. Heute gehört ihr der ganze Transporter, für den Bordrechner könnte sie jeden beliebigen Informatiker einstellen. Aber nein, sie hofft immer noch, Rihm überreden zu können."

„Und du bist sicher", fasste Lissa zusammen, „dass eine Transporter-Pilotin mit zu kurz geratener Ausbildung in der Lage wäre, einen entführten Hacker zu befreien, der eventuell so viel Desinformation im Kopf hat, dass er gar nicht fort möchte. Wirklich?"

„Okay, du magst sie also nicht. Musst du auch nicht." Tina betrachtete weiterhin die winzigen Häuser. „Trotzdem kann ich mir schwer vorstellen, dass jemand anderes den Auftrag so ernst nehmen würde wie sie."

„Natürlich. Den eingesperrten Schatten retten, was für eine einmalige Chance. Sie würde es versuchen, klar – aber mit welcher Erfolgsaussicht?"

Langsam wieder müde werdend, stützte Tina sich mit beiden Händen auf dem Modell ab.

„Das führt doch zu gar nichts", murmelte sie vor sich hin, „ich gehe lieber mal zum Amt und gebe den Brief ab. Vielleicht nimmt mich ja jemand ernst."

Damit verschwand sie aus dem grauen Raum und ließ Lissa mit dem schillernden Modell allein zurück.

„Na dann, viel Glück", rief die Programmiererin ihr hinterher, bevor sie sich ebenfalls abmeldete und mit den Fingern nach ihrem Interface-Stirnband griff. Die Reaktion der Verwaltung war vorhersehbar: Egal, ob wirklich etwas dran war, man würde die Geschichte von der KI nach außen in jedem Fall als Erfindung bezeichnen.

Hoppla, ich bin ja ganz woanders, stellte sie erstaunt fest, als sie den Netzwerk-Knoten neben sich sah. Das mobile Gerät hatte größere Stabilität bewiesen, als sie für den ersten Test erwartet hatte.

Vorsichtig öffnete sie den Verschluss des umgebauten Gedächtnis-Upgrades und legte es zurück ins Regal über dem Terminal. Kurz darauf überlegte sie es sich anders und trug das Upgrade in den hinteren Teil des Kellers, wo fünf arbeitslose Roboter-Fliegen in ihrem Fach lagen.

Die Klappe vor dem Roboter-Stall, einem Einbauschrank in der Wand, war nur angelehnt, weil vierzig Fliegen gerade unterwegs waren. Zwei der Übrigen lagen mit verbrannten Flügeln in einer Wolke von Reparatur-Staub. Eines der letzten brauchbaren Geräte folgte ihrem Fingerzeig, flatterte aus seiner Ladestation heraus und blieb vor Lissa mitten in der Luft stehen.

Sie hielt dem kleinen, silbernen Ding ihren Prototypen hin, bis die kleinen Greifer ihn fest und sicher hielten, öffnete dann die Luke zum Transportschacht. „Bring das zu meiner Baustelle S72, an der Kreuzung Parkallee/Finkenstraße", gab sie der Fliege routiniert ihre Anweisungen, „die Monteure sollen es unter realistischen Bedingungen ausprobieren."

Als der kleine Helfer mit seinen schwirrenden Regenbogenflügeln in Richtung Erdoberfläche verschwunden war, hielt sie es für das Beste, erst mal Klarheit in den Filz verworrener Gedanken zu bringen, der sich seit gestern angesammelt hatte.

Zurück am Terminal kletterte sie auf den Tisch, um an das höchste Regalbrett zu kommen. Dort lag noch immer der Projektor, den sie vor Jahren einmal unbenutzt im Lager gefunden hatte. Solange sie ihn noch ab und zu hervor kramte, zwang sie nichts dazu, ihn zurück zu geben.

Ungeschickt stellte sie sich auf die Zehenspitzen und schubste die kühle, spiegelglatte Kugel vom Brett. Im freien Fall zog das Gerät die Standfüße ein, rollte dann anderthalb Meter über den Boden, bis es den etwas breiteren Platz zwischen Netzwerkknoten zur Rechten und Klimakontrolle zur Linken erkannte und seine Spinnenbeine wieder ausfuhr. Eine helle Ebene flackerte senkrecht über dem runden Projektor auf.

Wer hatte überhaupt mit dem Chaos zu tun, in das die Bastler vom anderen Ende der Erde sie hinein zogen? *An erster Stelle geht es natürlich um Rihm,* dachte sie und zeichnete mit dem Finger einen schwarzen Kreis auf die projizierte Fläche. *Dann sind da Cle und Tinchen, die meinten, meine Hilfe zu brauchen ...* zwei orange Kreise ordneten sich über dem Schwarzen an.

Wo sollte sie Juliette hin malen? Sie hatte angeblich zuerst gemerkt, dass der Schatten überhaupt fehlte. Sofern es nach Tinchen ging, sollte sie sich auch noch richtig einmischen. *Dann eben zwischen Orange und Schwarz.* Ihr Finger zeichnete einen dunkelgrünen Kreis für die Pilotin.

Gesichtslose Figuren, die geheimnisvollen Kalifornier, bekamen hellgraue Flecken auf Lissas Beziehungslandkarte, und zwar auf der noch freien Seite des schwarzen Kreises. Dann war da noch die künstliche Intelligenz, Regierung des nordamerikanischen Staates, *na.Kalifa.* Eine unnahbare Kreatur – sie wählte eine goldene Schraffur und zeichnete die KI als Rechteck hinter die grauen Unbekannten.

Fehlte jemand? *Ja, natürlich!* Endlich fiel ihr der seltsame Fremde aus Sri Lanka wieder ein. *Wo er wohl wirklich herkommen mag,* fragte sie sich. *Der Typ weiß jedenfalls einiges, das er nicht sagen will.* In Violett zeichnete sie ihn schließlich neben Julie, zwischen Neuseeland und Kalifornien. *Eine KI links, eine Insel rechts ... Oh Mann, ich hasse Politik!*

Leise seufzte sie angesichts der bunten Punkte und ließ die Namen darauf anzeigen, um nicht den Überblick zu verlieren. Während sie auf ihre grobe Skizze starrte, flog plötzlich das Tor zur Klimakontrolle auf und ein silbern blitzender Schwarm fliegender Roboter schwirrte daraus hervor.

„Schönen Abend! Alles okay?" rief Vonek durch die offene Doppeltür. Als die Maschinen sich hintereinander in ihr Fach in der Wand verzogen, setzte er sich neben sie auf den Boden und las die Namen auf der Zeichnung. „Gibt es was Neues vom Schatten?"

„Nicht viel", antwortete Lissa und lächelte auf sein vom Wind der Lüftungsanlage zerzaustes, rotes Haar hinunter. „Wir haben jetzt, wie erwartet, seinen Aufenthaltsort. Ein Dorf in Kalifornien. Ansonsten weiß ich nicht, ob er geistig verwirrt ist, jemand ihm zurecht gelegte Erklärungen eintrichtert", sie setzte sich ebenfalls auf den Boden, „oder ob tatsächlich das Gewebe der Regierungen etwas Verrücktes plant."

„Kalifa?" fragte Vonek ungläubig und drehte einen kaputten Filter zwischen den Fingern. „Wieso steht sie in deinem Bild hinter Rihms Entführern, diskutieren wir neuerdings Verschwörungstheorien?"

Also erzählte sie alles von Rihms Memo, von der Szene im virtuellen Raum und merkte zuletzt auch an, dass *na.Kalifa* zumindest bestätigen könnte, dass die Regierungen von dem wussten, was der kleine Schatten nicht sagen durfte.

„Vergiss Kalifa", winkte der Techniker ab. „Wenn dieses Projekt so geheim ist, wird sie keiner nicht ohnehin schon eingeweihten Behörde etwas sagen. Programme können perfekt lügen, wenn sie darauf programmiert sind."

„Erstmal abwarten, was Tina aus ihrer Verwaltung heraus bekommt." Lissa stützte das Kinn in die Hände und die Ellenbogen auf die Knie, schob das goldene Viereck mit einer Fußspitze nach rechts. „Wenn die KIs mitbekommen, dass etwas zu Unbeteiligten durchgesickert ist, ändern sich die Ausgangsdaten. Man kann kaum vorhersagen, wie sie reagieren werden."

„Das klingt ganz schön sicher", verwundert schaute Vonek seine Kollegin an, „woher weißt du auf einmal, dass die Geschichte von Kalifa wahr ist?"

„Woher wissen wir, dass sie erfunden ist?" fragte Lissa zurück. „Nur eine andere KI kann Kalifa fragen ... und das Ergebnis eventuell sogar an uns weitergeben."

„Na gut, wir können ja mal eine Anfrage bei der Verwaltung stellen", lenkte Vonek schließlich ein, „mal sehen, mit was Kalifa unseren Siegfried abwimmelt, falls die Beamten überhaupt eine sinnvolle Antwort bekommen."

Geistig abwesend blickte Lissa durch die helle, halb transparente Zeichenfläche hindurch. Selbst wenn *eu.Siegfried* mit *na.Kalifa* reden würde, ein einfacher Kontaktbeamter dürfte wohl kaum die unverschlüsselte Antwort bekommen. Sie mussten selbst fragen, direkt bei *eu.Siegfried*, nicht mit Umweg über die offiziellen Büros.

„Bist du vollends übergeschnappt?" war Voneks erste Reaktion, nachdem sie die Idee ausgesprochen hatte. „Ich kann doch nicht einfach so, ohne Anweisung einer Behörde, Eingabedaten ins Regierungsnetz schicken. Davon ginge zwar nicht gleich die Welt unter, aber du weißt doch selbst, wie ernst deren Abschirmung genommen wird."

„Kommen wir denn anders an eine brauchbare Bestätigung für Rihms verrückte Behauptung?" Sie schaltete den Projektor ab, nur um ihre Hände zu beschäftigen.

Natürlich hatte sie zu viel verlangt. Warum sollte Vonek sich über alle Dienstanweisungen hinwegsetzen und seine unbeschränkten Zugriffsrechte auf den deutschen Turm ausnutzen, um Angelegenheiten zu regeln, die allein Sache von Neuseeland und Kalifornien waren?

„Ich verliere diesen Arbeitsplatz, wenn jemand etwas mitbekommt", erklärte Vonek unnötigerweise. Ruhelos ging er in der Halle auf und ab. „Zurück in die Welt der Menschen? Nein danke, nicht für einen unwichtigen Typen aus deinem Hacker-Club."

„Ist ja schon gut ..." wollte Lissa sich für den falschen Vorschlag entschuldigen.

„... aber um mysteriöse Verstrickungen anderer Türme aufzudecken, vielleicht schon eher ..." überlegte Vonek leiser weiter. „Trotzdem bräuchten wir eine wasserdichte Ausrede, um runter in die Sicherheitszone zu gehen und Siegfrieds Ersatzanschluss zu aktivieren."

„Ich hab da schon eine Idee", sagte sie schnell, bevor Vonek es sich wieder anders überlegen konnte.

„Hey, hab ich etwa gesagt, dass ich es mache?" Mitten in der Halle blieb er stehen und drehte sich zu Lissa um. „Muss nochmal in Ruhe drüber nachdenken. Warten wir doch ab, ob Cle und seine Kleine etwas aus ihren Beamten heraus bekommen."

Im ganzen Land schlug die abendliche Winter-Beleuchtung langsam in weiches Blau um. Lissa schaltete den Keller wieder taghell und schob den Projektor in eine freie Ecke.

„Ach ja, hab ich heute etwas verpasst?" fragte sie dabei, ohne eine interessante Antwort zu erwarten.

Nachdem die bunte Zeichnung gespeichert und fort war, fiel Vonek das kurze Gespräch mit dem Insulaner wieder ein. „Ein Detail wollte ich vorhin noch anmerken, aber die Geschichte von *na.Kalifa* hat es auf einmal unwichtig erscheinen lassen."

Endlich erzählte er von dem Anruf, den Lissa bei Tina im grauen Raum verpasst hatte. Sie verzog das Gesicht bei dem Gedanken daran, dass der Fremde mit tausend Geheimnissen heute nochmal anrufen würde.

Was bildete er sich überhaupt ein? Wer keine Antworten

geben wollte, hatte gefälligst auch keine Fragen zu stellen, erst Recht nicht hier in ihrem Turm.

„Wir wissen nichts, solange er nicht verrät, was er damit anfangen würde. Okay?" Das war alles, was sie sich für das erwartete Gespräch vornahm.

„Natürlich", bestätige Vonek ihren Grundsatz. „Hast du heute eigentlich noch was zu tun? Ich bin mit allen Aufträgen fertig."

Lissa schaute verträumt zum Terminal an der Wand, drehte sich dann zum Küchenblock um, der die vordere Wand ihrer beiden Schlafzimmer bildete.

„Ich hab noch ein paar Arbeiter auf der Baustelle", antwortete sie, „die probieren heute noch mit Lara das mobile Stirnband aus. Darauf freut sie sich schon die ganze Zeit."

„Bis die ersten Ergebnisse da sind", fügte sie hinzu, als sie an den dunkelblauen Trennwänden vorbeiging, „können wir in Ruhe 'ne Packung Gemüse auftauen."

Was hatte dieser angeblich von Sri Lanka beauftragte Typ überhaupt vor? Dass er ausgerechnet hier auftauchte, war mehr als seltsam. Was immer sich da draußen auch abspielen mochte, Lissas Vertrauen war verflogen. Ohne den eindeutigen Rat einer KI würde sie mit niemandem über irgendetwas sprechen.

Sehr spät am Abend, gerade hatte sie Lara nach Hause geschickt und ihre fantastisch erfolgreichen Berichte in der Projekt-Datenbank veröffentlicht, surrte ein Anruf in Voneks Armband. Wieder nahm er die Verbindung an und ließ Kiba vor sich flimmern.

„Hallo Kumpel Kiba", rief er der Projektion zu, „weißt du was? Wir würden gern wissen, was du mit dem Wissen anfangen würdest, wenn du wüsstest, ob und was wir wissen."

Demonstrativ lehnte er sich auf dem hölzernen Küchenstuhl zurück und legte beide Füße auf den niedrigen Wohnzimmertisch. Ihm gegenüber, für Kiba unsichtbar, rollte Lissa sich auf seinem Sofa zusammen und zwinkerte ihm ein *Richtig so!* zu.

In ihrem Zimmer, auf der anderen Seite der Trennwand, standen nur die nötigsten Möbel. Lissa hatte sich nie um eine vollständige Einrichtung gekümmert, weil sie die wenigen freien Stunden sowieso meistens hier oder im Netz verbrachte.

Für einen Moment schaute Kiba etwas verwirrt drein, bevor er sein Rette-die-Lage-Lächeln aufsetzte. „Hab ich in den letzten Stunden etwas verpasst?" fragte er vorsichtig. „Möchte mich doch nur mal nach der Lage erkundigen."

„Klar doch, das würden wir auch gerne!" Der Haustechniker versuchte, Kibas Gesichtsausdruck zu imitieren. Dabei ließ er den Blick noch einmal zu Lissa abschweifen, was für die Kamera so aussah, als würde er seinen Gesprächspartner fixieren.

„Also erzähl doch mal", brachte er es schließlich auf den Punkt, „in welchem Land tauchst du demnächst auf? Wo Rihm steckt, brauchst du nicht zu wissen. Wir haben schon jemanden, der dort hin fliegt."

„Ach ja, und wen?"

„Kann ich nicht sagen. Wir melden uns vielleicht später nochmal bei dir." Damit beende Vonek das Gespräch.

Die Programmiererin auf dem Sofa strahlte ihn kurz an. „Gut gemacht, einfach perfekt!" Dann setzte sie sich auf und legte ebenfalls die Füße auf den Tisch. „Nur *eu.Siegfried* kann uns sagen, wem wir noch vertrauen dürfen", seufzte sie müde und ließ den Kopf ins Polster sinken. „Sorgen wir wenigstens dafür, dass Kiba und sein Pilot nicht abhauen, bevor wir Siegfrieds Entscheidung schwarz auf weiß haben?"

„Falls sich herausstellt, dass wir tatsächlich Daten an Leute weitergeben sollen, die nicht verraten, was genau sie damit vorhaben?"

Er war nicht sicher, ob so etwas möglich war. Aber da niemand die Gedankengänge einer vernetzten künstlichen Intelligenz vorhersagen konnte, stimmte er schließlich zu.

„Wenn noch jemand im Büro ist, regele ich das gleich", versprach er, „wir lassen den Flughafen überwachen, damit der Anrufer von heute Nachmittag nicht ausreisen kann.

Verdächtig genug hat er sich ja bereits gemacht."

Natürlich war niemand mehr im Dienst, nur Vonek selbst hatte rund um die Uhr verfügbar zu sein. Also hinterließ er eine rot markierte Notiz auf dem Anrufbeantworter.

„Wie lautet nun deine Ausrede, mit der wir ohne Genehmigung mit Siegfried reden können?" erkundigte er sich anschließend.

„Ausrede? Ich hab 'nen Störfall parat." Plötzlich wieder hellwach zog sie die Beine an und schlang die Arme um die Knie. So auf dem Sofa kauernd beschrieb sie ihre wilde Idee.

„Wir hatten doch heute ein paar Fehler in der Klimakontrolle, nicht wahr? Nun ja, dabei haben die Sensoren etwas übersehen. Im Regierungsbunker fällt darum die Kühlung aus. Das Notsystem springt zwar sofort an, aber um sicherzustellen, dass alles okay ist, müssen wir Siegfrieds primäre Schnittstelle kurz überprüfen."

„Ein besserer Vorwand fällt mir heute Nacht auch nicht mehr ein", kommentierte Vonek den Vorschlag, wobei er verzweifelt versuchte, ein gemeines Grinsen zu unterdrücken. „Aber ... am Ende stellt sich doch hoffentlich heraus, dass alles in Ordnung ist, oder?"

„Natürlich bleibt alles heile, das Klima arbeitet ja auch einwandfrei", fügte Lissa beruhigend hinzu, „es sind nur die Sensoren, die falschen Alarm schlagen. Ein mehr oder weniger alter Programmfehler, den ich gleich morgen offiziell feststellen und beheben kann."

Im sommerlich grünen Gartenlabyrinth von Creanima, irgendwo zwischen einer gelbe Melodien summenden Rosenhecke und den fünf Fischteichen, wanderte Rihm durch simuliertes Grün und versuchte verzweifelt, etwas Ordnung in das Chaos seiner Gedanken zu bringen. Die letzten Stunden waren so kurz gewesen, und doch schien mehr passiert zu sein, als an den letzten zwei Tagen zusammen.

Er wusste nicht mal sicher, ob er sich darüber ärgern oder freuen sollte, dass Marylin ihn so plötzlich aus dem Gespräch mit Tina und Lissa heraus gerufen hatte. Als er das Sensorset abgestreift hatte, da hatte sie seltsam besorgt neben ihm auf dem Boden gekniet, eine Warnung des Subsystems für Benutzersicherheit neben sich in der Luft flackernd. Ob etwas passiert sei, hatte sie gefragt, das System hätte Aufregung jenseits des normalen Limits protokolliert.

Doch sie hatte sich beruhigen lassen, wenn auch nur, weil Rihm ihr die letzten Minuten verschwiegen hatte. Er selbst wäre dabei fast am Ende seiner schwachen Schauspielkunst angelangt, von Ruhe konnte keine Rede sein. Nur eine Minute mehr, nur eine Minute und vielleicht hätten sie ihm geglaubt, dass es keinen Anlass für sinnlose Rettungsabenteuer gab.

Warum hatte er seine Nerven niemals genug unter Kontrolle, um die verdammte Benutzersicherheit unter der Alarmgrenze zu halten? Zuhause, an seinem eigenen Terminal, war dieses Subsystem schon lange ausgeschaltet. Zuhause ... genau daran hatte Tina ihn erinnert, kurz bevor Marylin ihn zurück geholt hatte.

Nicht schon wieder... bevor sich die Szene in seinem Gedächtnis wiederholen konnte, warf er sich in die weiche Moorwiese am Ufer des nächsten Teiches, starrte in die blaugrün schillernden Wolken und Regenbögen über sich, bis die Stimme des Mädchens in seinem Kopf völlig verstummte.

Aber war es nun ein Glücksfall, dass das Gespräch beendet worden war, bevor er etwas Falsches gesagt hatte? Oder konnte Tina verrückt genug sein, tatsächlich jemanden hier her zu schicken? Sie hatte etwas davon gesagt, doch das konnte unmöglich so gemeint gewesen sein. Sein Brief war doch eindeutig formuliert gewesen. Die KI-Regierungen wussten von allem. Es sollte so sein.

Die feuchte Erde zwischen den Kräutern und Gräsern bildete Krümel unter seinen Fingernägeln. Kühl und vertraut kroch das Gefühl von Moor und Moos seine Hände hinauf, während alle Pflanzen rau und körnig nach Kamille zu duften schienen. Dies war der Ort, an den er immer zurückkehrte, wenn die Aussichtsplattform von S52 zu weit weg war.

Im reißenden Sturm der Plattform, wo Wolken den Blick auf die Erdoberfläche vernebelten, außerhalb der schützenden Hülle des Turms, konnte er die Welt drinnen am besten vergessen. Heute und bis auf unbestimmte Zeit saß er aber fest, und zwar in einem niedlichen Dorf in Kalifornien, das ihm bei seiner Ankunft noch als Hinterhof in einer Stadt erschienen war. Noch vor Kurzem hatte man ihn schamlos angelogen.

Hatte Charly nicht versichert, er würde den Weg vom Flughafen ins Haus nur gefiltert sehen, nicht total neu erfunden? Heute hieß es, alle Filter wären endlich abgeschaltet. Woran sollte er erkennen, ob es diesmal stimmte? Auf der Aussichtsplattform wäre jetzt einer der unzähligen Momente gewesen, in denen er sich wiedermal fragte, warum er nicht einfach hinunter sprang.

Heute konnte er sich unmöglich noch einmal an Tina wenden, Marylin würde sonst nach Gründen fragen. Cle kam genauso wenig in Frage, denn über den gemeinsamen Wohnungsanschluss konnte man die beiden einander zuordnen. Noch ein solches Gespräch, das mit einem Alarm in der Benutzersicherheit endete, und sein gesamter Bekanntenkreis könnte ernste Schwierigkeiten bekommen. Er wollte sie aus allem heraus halten, doch das ging momentan nur, indem er die Klappe hielt und darauf hoffte, dass sie keinen Blödsinn anstellten.

Umgeben von der Simulation aus Gräsern und Erde fielen ihm langsam die Augen zu. Ein nicht gerade kurzer Tag war vergangen. Bevor er einschlief fiel im gerade noch ein, dass er im Netz war. Tagelang andauernde Bewusstseinsstörungen konnte er nicht auch noch gebrauchen, also stand er widerwillig auf, meldete sich aus Creanima ab und beendete die Verbindung.

Der äußere Raum war unverändert. Müde ging er zur Sitzecke hinüber und rollte sich auf dem Sessel zusammen, auf dem vorhin noch Mariko gesessen hatte. Wo mochte der Student wohl über Nacht bleiben? Wahrscheinlich nebenan, in einem ähnlichen Zimmer. Nicht wichtig, für heute.

„Lass uns nicht sofort losrennen." Lissa schaute den Sekunden in ihrem Armband zu. „Mitten in der Nacht wäre eine zu schnelle Reaktion unglaubwürdig." Noch ein Blinken … und noch eine Sekunde. „Na gut, jetzt haben wir die Lage begriffen und gehen die Welt retten."

Vor ungefähr zwanzig Sekunden hatte ein Schaltkreis in den Tiefen des Lüftungslabyrinths seinen Alarm durch alle Fasern des Sensornetzes geschickt, das sich wie ein Nervensystem durch alle Ebenen des Turms zog: Ausfall der Kältezufuhr im untersten Stockwerk, das Fundament lief mit Notversorgung.

Niemand besuchte jemals die künstliche Intelligenz. Lissa platzte fast vor Aufregung, als sie den technischen Administrator am Ärmel packe und mit ihm durch die offen stehende Stahltür stolperte, die das Rechenzentrum vom Kraftwerk trennte. Dort führte eine breite Treppe hinab zu den Fusionskammern, die auf einer Ebene mit dem zentralen Wasserwerk lagen.

Doch in dieser Nacht ließen sie die lautlos unter ihren Füßen arbeitende Infrastruktur links liegen und erreichten wenige Schritte weiter eine massive, weiße Wand. Leise raschelnd, wie dünne Tapete, rollte die helle Fläche sich vor Voneks Fingerspitzen auf – freigeschaltet vom automatischen Alarm eines auf Hilfe wartenden Subsystems.

Im grellen Licht schneeweißer Leuchtdioden, die im gewellten Profil der Decke versteckt ein zartes Schattenmuster zeichneten, schwang sich eine schlichte, schnörkellose Rampe in weitem Bogen um die Fusionskammern herum, hinunter ins so gut wie unberührte Fundament des Landes.

Kreisrund bergab wurde der Gang gleichmäßig breiter, bis er das Ausmaß der eisig blauen Kammer erreicht hatte, in die er nahtlos überging.

Fließende Architektur, stellte Lissa fest, *hier hatte jemand zu viel Sinn für Dramatik.*

Ein blendender Blitz durchzuckte die Zelle, spiegelte sich in der silbern glänzenden Doppeltür vor ihnen und war schon wieder verschwunden. Von der unerwarteten Blockade verunsichert trat sie einen Schritt zurück. Aber Vonek gab ihr ein Zeichen, kurz stehen zu bleiben, kniff die Augen zu und ging auf das glitzernde Portal zu.

„Das Spektrometer", sagte er lächelnd. Wieder blitzte es schmerzhaft hell. „Es macht nur kurz 'ne Analyse, ob wir mit unseren Datensätzen übereinstimmen. Komm her, du bist dran!"

Gegen die Helligkeit blinzelnd versuchte sie ein paar Schritte vorwärts, trat durch das Blitzlicht hindurch und mitten in das Tor, das sich nur Millisekunden nach dem letzten Blitz geöffnet hatte. Vonek lächelte wieder und fegte mit der flachen Hand eine kühlende Stickstoffwolke weg, die in den Flur hinaus quoll. Dann ging er ebenfalls durch die Doppeltür, die sich hinter ihm mit einem sanften Zischen verschloss.

Er sagte nichts dazu, wie Lissa sich anstellte. Es lag schließlich nur an ihrer bekannten Hochsensibilität. Jedes Detail in diesem flirrenden Untergrund musste für die Informatikerin dreimal so intensiv erscheinen wie für ihn.

In kleinen Momenten wie diesem freute er sich insgeheim über das seltene Phänomen, das ihn zwanzig Jahre lang aus dem Netz ausgesperrt hatte. Halbsichtigkeit ging mit überdurchschnittlich belastbaren Sinnen einher, was durchaus auch Vorteile haben konnte.

Im festen Glauben an einen Ausfall der Temperaturkontrolle hatte die Notfallversorgung den ganzen Halbkreis der Halle mit flüssigem Stickstoff geflutet, welcher nun in Nebelschwaden um die beiden herum wirbelte. Auch hier im Fundament hatte ein Architekt seinerzeit mit der Stimmung gespielt.

Es dauerte einen Moment, bis die Augen der zwei Techniker sich an die plötzliche Dämmerung gewöhnten. *eu.Siegfrieds* Thronsaal versprühte den Charme einer verlassenen Fabrikhalle: Ein Ort an dem Menschen im Normalfall nicht gebraucht wurden.

Die runde Wand rechts von ihnen war völlig leer, rau und grau bog sich die Betonfassade um die Halle. In den genauso nackten Boden waren gut sichtbare Markierungen eingelassen. Gelbe Pfeile aus Leuchtdioden zeigten den Weg zur Schnittstelle an, umrahmt von zwei weißen Linien, die durch den Nebel glimmend einen Pfad andeuteten.

Eiseskälte kroch unter ihre schlichte Arbeitskleidung, als Klimakontrolle und Notsystem gemeinsam um die Wette zu kühlen schienen. So schnell es ihre frierenden Knie zuließen, folgten Lissa und Vonek den warm gelben Leuchtpfeilen um einen zwei Meter hohen, hellgrauen Zylinder herum, der die Stickstoffwolken versprühte. Hier war der Nebel am dichtesten. Dass es auch am kältesten war, spürte schon niemand mehr.

Am unteren Rand strömte kein Kühlmittel aus der Anlage. Mit der rechten Hand tastete Vonek sich vorwärts zu einem Hebel, dem manuellen Backup-Schalter. Kurz darauf mischte sich der letzte Nebelschwaden mit dem allgegenwärtigen Grau und die Ersatzkühlung schaltete sich endlich ab.

Das warme Schimmern der gelben Wegmarken führte halb um den – nun nicht mehr dampfenden – Zylinder herum in die zweite Ecke des Halbkreises, wo die runde Wand auf die Gerade traf. In der gegenüberliegenden Ecke hatten sie vor wenigen Minuten das Fundament betreten.

Farblos und unscheinbar ragte ein glatter Quader aus dem schmucklosen Beton hervor, ungefähr einen Meter hoch und ebenso tief, nicht breiter als ein gewöhnlicher Schreibtisch. An der Vorderseite – auf Augenhöhe, sofern man auf dem Boden kniete – zeigte sich der stumpfe, matte Glanz eines kleinen Bildschirms. Direkt darüber waren winzige Löcher in den hellen Kunststoff gefräst. Spracheingabe. Auf menschliche Gedanken war keine KI programmiert.

Damit begann der schwierige Teil. Ganz mit der Frage beschäftigt, ob sie überhaupt hierher kommen durften, hatte sich noch keiner der beiden eine eindeutige Formulierung überlegt.

Dennoch strich Vonek vorsichtig mit einer Fingerspitze über den dunklen Schirm. Hellgrün auf Schwarz leuchtete ein Schriftzug auf:

Warte auf Eingabe.

Eine knappe Statusmeldung, kühl und präzise, über alle menschlichen Mehrdeutigkeiten erhaben. Klares Licht in der Dunkelheit, das seinen eigenen Umriss an keinem Punkt überstrahlte. So ehrlich funktionierten die höchsten Instanzen der Weltregierung.

Warte auf Eingabe.

Geduldig, ohne jedes Zeitgefühl, stand *eu.Siegfrieds* Frontend-Prozess in Bereitschaft, während irgendwo dahinter eine unbekannte Anzahl interner und internationaler Vorgänge parallel ablief.

Vonek drehte sich zu Lissa um und wartete ab, ob sie zuerst etwas sagen würde. Doch sie tat dasselbe, die Stille schien beinahe greifbar.

„Dir fällt bestimmt ein besserer Text ein", flüsterte er über die Schulter, als könnte sonst jemand mithören.

„Hätte ich denn Zugriffsrechte?" fragte sie hastig zurück, bevor sie von der trocken-kalten Wolke, die sie dabei einatmete, husten musste.

Die hatte sie natürlich nicht. „Hab ich fast vergessen", seufzte Vonek, kauerte sich im Schneidersitz vor die Schnittstelle und erkundigte sich anstandshalber nach dem Systemzustand.

„Siegfried, hat der Störfall Schäden hinterlassen?"

Autorisation per Stimmenmuster ... erfolgreich.

Keine Schäden festgestellt.

Natürlich hatte er nach einem nur simulierten Schaden mit keinerlei Problemen gerechnet. Eine normale Test-Anfrage würde aber so beginnen, also musste dieser Einstieg sein, bevor er zur wirklichen Frage kam.

Wie ging es von hier aus weiter? Noch einmal drehte er sich zu Lissa um. Sie beobachtete die rot glimmenden Sekunden in ihrem Armband, verfolgte ihren vorhin improvisierten

Countdown. Drei, zwei, eins ... der gelbe Stein neben der Uhr blinkte zweimal.

„Programm beendet", sagte sie und schaute endlich wieder auf. „Die Klimakontrolle gibt ab sofort wieder zu, dass sie in Ordnung ist."

Bei dieser Bemerkung fiel Vonek auf, dass der eisige Nebel bis auf ein paar Wölkchen schon wieder in der Lüftung verschwunden war. Lissas Störfall-Simulation arbeitete absolut störungsfrei.

„Dann testen wir kurz, ob Siegfried noch vernünftig antwortet", grinste er erleichtert und wandte sich dann wieder dem Bildschirm zu.

„Lass uns prüfen, ob deine Verbindungen ins Regierungsnetzwerk intakt sind", sagte er mit erzwungen ruhiger Stimme zu den grünen Statusmeldungen. „Was kannst du über eine Arbeitsgruppe herausfinden, die von Kalifornien geleitet und vor Inselstaaten abgeschirmt wird?"

Ein- und Ausgabeparameter zu ungenau.

Wie sollte eine Kreatur, die auf Entscheidungen und Verhandlungen optimiert war, ein schlichtes *was weißt du alles* beantworten? Egal, die Information war dort drinnen, also musste sie sich auch abfragen lassen.

„Siegfried, gib mir Projektantrag und Protokoll aus. Zusätzliche Eingabeparameter: Die Mitarbeiter sind mobil und halten sich heute im Dorf na.ca.V54 auf."

Recherche läuft.

In der hiesigen Datenbank war wenig über so ein Projekt bekannt, sollte das heißen. In makellos grüner Schrift folgten in Abständen von halben bis ganzen Sekunden weitere Meldungen, während *eu.Siegfried* seine emotionslose Außenpolitik betrieb und in fremden Ländern Daten anforderte.

Kontaktiere na.Kalifa.

Verarbeite Antwort.

Warte auf eu.Shakespeare.

„England hat auch seine Finger im Spiel?" Lissa starrte auf

die letzte Zeile und rückte etwas näher heran. „Kein Wunder, die haben das humanokratische Irland regelrecht in Sichtweite."

Warte auf na.Kalifa.

Verarbeite Antwort.

Formatiere Ergebnis.

Die KI gab ihnen gerade genug Zeit, die letzte Statusmeldung zu lesen, bevor die unbestechlich sachlichen Zeilen verschwanden. An deren Stelle schienen jetzt zwei Würfel hinter der Scheibe zu schweben, Projektantrag und Protokoll, bereit zum Kopieren.

Hier und heute konnten sie jedoch nichts kopieren. Eine Testanfrage brachte ein korrektes Ergebnis und war danach irrelevant. Es gab keine glaubwürdige Begründung dafür, die Daten mitzunehmen.

Doch auch daran hatte Lissa gedacht, als sie ihren verrückten, aber bisher funktionierenden Plan aus dem Nichts gezaubert hatte. Vorsichtig, fast liebevoll zog sie die Roboter-Fliege aus einer Tasche ihres blassgelben Arbeitsanzugs.

Leise surrend schwebte die niedliche Maschine vor ihrer Nase, auf der Unterseite trug sie einen roten Punkt. Mit diesem Aufkleber hatte Vonek einst die Fliege markiert, die seine ersten Programmierversuche ertragen musste. Inzwischen war sie zur Testplattform für diverse Spielereien verkommen, nur die Endlosschleife beim Tee kochen hatte seit sechs Jahren niemand behoben.

Dem Finger seiner Meisterin folgend schwirrte der Roboter vor *eu.Siegfrieds* betont schlicht gehaltenem Bildschirm und wartete, beide Kameraaugen fest auf die Fläche gerichtet.

„Na los", drängte Lissa, „lass ihn alles sequentiell abspulen."

Während Vonek die KI aufforderte, alle Ergebnisse zu Text konvertiert anzuzeigen, während Seite für Seite sich durch das makellos entspiegelte Rechteck schob, während die silberne Fliege alles aufzeichnete, ging Lissa eine verdammte Frage nicht aus dem Sinn: Warum hatte *eu.Siegfried* kein einziges Mal *au.Kiwi* kontaktiert?

Die Vermisstenanzeige aus Neuseeland musste doch mit dem soeben gefundenen Projekt in Verbindung stehen. Regierungsprogramme logen nicht, genauso wenig behielten sie Daten voreinander zurück. Konnte es denn sein, dass *na.Kalifa* nicht alles wusste, was ihr menschliches Team anstellte? Das würde Betrug an der Weltregierung bedeuten – ein Risikofaktor, den man hin und wieder den Inseln nachsagte.

Die andere Möglichkeit war ihr deutlich lieber: Kalifornien hatte bereits genug Informationen, so dass kein Grund vorlag, erneut alle Quellen abzufragen. Leider kam ihr diese Erklärung zu einfach vor.

„Performance-Check", flüsterte sie ihrem Kollegen zu. „Wie schnell fügt er die Verknüpfungen zwischen dem Projekt und global gesuchten Personen zusammen?"

Kaum hatte Vonek die Frage sauber formuliert, schaltete Siegfried wieder auf grüne Statusmeldungen um.

Sammle Suchmeldungen.

Kontaktiere na.Kalifa.

Die Anzeige stockte fast vier Sekunden lang.

Antwort verzögert.

Ursache: na.Kalifa wartet auf aktuellen Bericht ihres Turms.

Vorläufiges Ergebnis,

basierend auf möglicherweise veralteten Daten:

Keine Verknüpfungen vorhanden.

Unendlich geduldig schrieb die Roboter-Fliege auch diese Aussagen mit.

In der Wohnung gegenüber des Botanischen Instituts wäre helllichter Tag gewesen, wenn jemand aus dem Fenster geschaut hätte. Cle und Tina trafen sich mittags in ihrem virtuellen Garten, wo ewiger Mai herrschte. Beiden fiel es schwer, sich auf irgendetwas zu konzentrieren, das sich nicht um die kurze Begegnung mit Rihm drehte.

„Glaubst du, er meldet sich noch einmal in der Öffentlichkeit", fragte sie unsicher, „vielleicht wieder über einen schwer erkennbaren Code, wie mit der Kristallscheibe?"

„Du kennst ihn schon länger als ich", erwiderte Cle nur.

„Mag sein, aber du kennst ihn besser", vermutete sie und spielte ruhelos mit den Grashalmen.

Damit lag sie nicht ganz falsch. Je länger sie Rihm kannte, desto weniger verstand sie ihn. Noch während ihrer gemeinsamen Schulzeit hatte sie es aufgegeben, jemals zu erfahren, was in seinem Kopf vorging, wenn er nicht gerade komplizierte Algorithmen rekonstruierte. Was passierte hinter diesen dunklen Augen, wenn sie gerade nicht auf halb entzifferte Chiffren oder kaputte Feinmechanik starrten?

Rihms Welt musste verzerrt und düster aussehen, doch meistens war ihm nichts anzumerken. Nur manchmal zeigten sich seine seltsamen Launen, etwa wenn ein Parkwächter ihn kurz vor Mitternacht von der Aussichtsplattform scheuchen musste, oder wenn er stundenlang nicht auf Anrufe reagierte. Wahrscheinlich war seine Wirklichkeit nicht gerade eine, an die man sich lange klammern würde.

Cle schien gerade dasselbe zu denken. „Könnte sein, dass sie es schon geschafft haben", sagte er ziellos in die simulierte Frühlingsluft hinein. „Bevor du jemandem zuverlässig ein neues Weltbild verpassen kannst, musst du das alte zerstören. Viel Widerstand wird er wohl kaum geleistet haben."

„Soviel zum schlimmsten Fall." Seufzend zupfte Tina einen Grashalm nach dem anderen aus der Erde.

„Hab ich etwas gesagt?" Er zuckte zusammen und schaute seine Freundin überrascht an.

„Ja, du hast laut nachgedacht", bestätigte sie und musste kurz lächeln, „über dasselbe wie ich."

War denn schon Morgen? Von Geräuschen und Stimmen geweckt, öffnete Rihm die noch immer brennenden Augen und stand schwerfällig auf. Lockere Gespräche schallten aus der Küche herüber, zwei offene Türen und einen kurzen Flur entfernt.

Gelbliches Licht fiel durch das Fenster und füllte das ganze

Zimmer aus. War es nicht gestern noch nach Süden ausgerichtet gewesen? Demnach musste fast Mittag sein. Langsam auch geistig aufwachend verließ er den Raum und schaute durch die Küchentür, wo er das ganze Team versammelt vorfand.

„Da bist du ja, komm rein", rief Mariko ihm entgegen, sobald er ihn sah. Die ganze Küche schaute ihn an, so dass er sich kaum noch traute, durch den Türrahmen zu treten.

„Gestern Nacht warst du dermaßen kaputt", lächelte Marylin ihr Standard-Lachen, „da dachten wir, heute musst du mal ausschlafen."

Sie saß an einem Tisch aus hellem Holz und tippte mit lackierten Fingernägeln auf eine Folie, die ein dünnes Kabel mit einem Sensor hinter ihrem linken Ohr verband. „Die paar Stunden konnte ich gut gebrauchen, um unseren Statusbericht fertig zu bekommen."

„Warum heute schon?" Auf einmal erinnerte Rihm sich an den vergangenen Abend. „Du wolltest den Bericht doch erst am Freitag einreichen."

„Ja, das hatten wir eigentlich vor", sagte die alterslose Frau und gab das Lächeln wieder auf, „aber Kalifa lässt nicht locker. Die Regierung will den Status noch heute Vormittag haben. Früh um neun kam eine eindeutige Aufforderung herein."

Daraufhin packte Mariko ihn am Ärmel und zog ihn zur anderen Seite der Küche hinüber. „Hol dir erst mal etwas zu essen", meinte er gut gelaunt, „Mary braucht noch einen Moment mit dem Papierkram."

Während er Haferflocken und Sojamilch für Rihm aus einem Schrank kramte, griff er sich eine handvoll trockene Cornflakes, die er dann knirschend knabberte, als er vom kommenden Nachmittag redete.

„Charly hat noch ein paar Feinjustierungen an meinem Sensorset vorgenommen", erzählte er mit Maisflocken raschelnd, „damit ich nicht wieder mitten im Lauf aufwache. Das ist mir gestern nämlich passiert. Hast du nur nicht gemerkt, weil der Sender einfach weiter gelaufen ist.

Spätestens morgen machen wir garantiert den Einreise-Test oben im Flughafen. Da musst du die Stimmen-Analyse austricksen, also dich unverzerrt mit meiner Stimme anmelden. Charly meint, du wirst so an die zehn Versuche brauchen, kannst deine Persönlichkeit noch nicht ausreichend zurückstellen."

Wenig später ließ der nette Student sich vom frisch justierten Sensorset in den vertrauten Tiefschlaf schicken. Rihm übernahm seine Identität für einen erneuten Belastungstest, einen Besuch in der quirligen Innenstadt von S49.

Viele Meter unter ihren Füßen bahnte sich eine asynchrone Rückmeldung ihren Weg durch Kabelstränge im Fundament. Weit entfernt und ebenso tief unter der Erde blinkte eine längst nicht mehr bemerkte Statusmeldung in kühlem Hellgrün auf schwarzem Grund auf.

Eine Verknüpfung festgestellt.

Doch niemand war mehr dort, um den Text zu lesen.

Kontaktiere au.Kiwi.

Die Regierungen regelten ihre Angelegenheiten. Voll automatisch und sachgemäß durchsuchten sie bald ihre Einwohnerkarteien. Dass man beschlossen hatte, die menschlichen Mitarbeiter mittelfristig gegen weniger risikofreudige Personen auszutauschen, mussten diese erst erfahren, wenn das neue Team feststand.

Tief unter dem Luftgleiter zogen die zerklüfteten, gefrorenen Spitzen der Alpen vorbei. Dünne Wolkenfetzen streichelten seine silbern glänzende Hülle und zauberten Eiskristalle auf die Frontscheibe. Auf der anderen Seite der Scheibe versuchte Kiki Baoba seit fast einer halben Stunde, aus seinem Kollegen heraus zu bekommen, was er denn genau vorhatte.

Nicht einmal einen ganzen Tag hatten sie im deutschen Turm verbracht. Es musste kurz nach Mitternacht gewesen sein, als Andy kommentarlos zurück zum Hafen gestürmt war. Vielleicht auch später, jedenfalls noch lange vor

Tagesanbruch. Ganz offensichtlich war er noch immer wütend darüber, dass sie überhaupt dort gelandet waren.

Kikis Idee war Mist gewesen, soviel sah er selber ein. Irgendjemand hatte die zwei Typen im Keller gewarnt, vielleicht war sogar eine offizielle Nachrichtensperre verhängt worden. Egal, jedenfalls war dort über den Aufenthaltsort der Kalifornier nichts zu erfahren. Aber wer hätte das vorhersehen sollen? Anscheinend wollte der Pilot vor der wolkenvernebelten Frontscheibe jetzt aus Prinzip eingeschnappt sein.

„Wenn wir uns nun auch noch untereinander streiten", fing er von Neuem an, „wo soll das dann hinführen? Bring mich lieber gleich nach Hause und lass dir einen anderen Partner zuteilen."

Andy schaute sich kurz um, bewunderte dann wieder das grau-weiße Gebirge in der Tiefe und schüttelte den Kopf. „Ist schon okay, dein kleiner Zwischenstopp war wie eine Pause. Die konnte ich schon lange mal wieder gebrauchen."

Na toll. Das sagte absolut gar nichts über den gesetzten Kurs aus. „Dürfte ich dann mal etwas über deine neueste Idee erfahren?" fragte er entnervt. „Erzähl mir bitte nicht, dass wir direkt nach Kalifornien fliegen und darauf warten, dass uns jemand einfach so über den Weg läuft."

„Besserer Vorschlag?" sagte Andy nur und deutete mit dem Zeigefinger auf ein paar Tasten der Steuerkonsole.

Das Flugzeug erkannte seine Handgesten und projizierte eine Karte in die Kabine. Lage-Codes verschiedener Ortschaften waren darauf verzeichnet, manche davon mit roten Kringeln.

„Das kam vorhin aus Helgoland rein", erkläre er knapp, „hab vergessen, es dir zu zeigen. In den markierten Bereichen haben unsere Leute wiederholt seltsame Aktivitäten beobachtet. Es dürfte reichen, wenn wir uns auf diese Gegenden konzentrieren."

„Seltsame Aktivitäten, was denn für welche?"

„Na, was schon? Leute, die lachhaft viele Versuche

brauchen, bis ein Stimmensensor sie identifiziert. So ein Typ, der ganz alleine sinnlos um den Block fährt. Seltsame Aktivitäten eben – statistisch öfter, als an anderen Stellen dieses komischen Landes."

Das warme Abendlicht, das aus dem Garten herein fiel, färbte sich schon violett und blau, als Rihm endlich eine Gelegenheit fand, ein Memo zu öffnen das schon seit dem frühen Nachmittag in seinem Posteingang lag. Er konnte es kaum erwarten, endlich Marikos Simulation abzustreifen – und das, was seitdem vorgab, die Realität zu sein.

Noch immer brannten seine Augen von der trockenen, desinfizierten Hafenluft, obwohl er doch gar nicht dort oben gewesen war. Die leise, an Überzeugungskraft verlierende Stimme seines Verstandes versuchte zu schreien, dass er den ganzen Tag hier in diesem Haus verbracht hatte. Aber sein Körper, in dem die Stimme gefangen war, wollte nicht zuhören.

Gleichmäßig neutral-weiße Beleuchtung jenseits des Standards für Wohn- und Gartenebenen, zischende Schleusen und geschäftige Menschen – den ganzen Nachmittag war er mittendrin gewesen, hatte die trockene Luft gerochen und den konstanten, leichten Wind gespürt, von dem ihm nach vier Stunden schon die Augen brannten, als wäre er solch ein Klima nicht gewohnt.

Dabei war er es doch gewohnt. Zählten die Piloten und Maschinisten nicht seit Jahren zu seinen besten Kunden, trieb er sich nicht regelmäßig im Hafen herum?

Aber Mariko nicht. Der Testläufer kannte Flughäfen nur von seinem kurzen Abstecher nach Neuseeland, der noch keine ganze Woche her war. Die oberen Stockwerke der Türme wären fremde Welten für seine Augen gewesen, und per Funk fest gekoppelt übertrug sich sein Schmerz direkt auf Rihm, ungedämpft und faszinierend natürlich.

Das Memo. Es wartete. Vor dem Stimmentraining am Flughafen hatte er nur kurz registriert, dass es dort war, und es auf den Abend verschoben. Der unbekannte Absender. Ein Behördenkürzel, ungewohnt offiziell. Von seiner eigenen, unbegründeten Trägheit genervt, schaltete er den Überlagerungsmodus ab und ließ sich ganz in die Simulation fallen. In eine unverfälschbare Datenwirklichkeit, die alle körperlichen Nebensächlichkeiten der Außenwelt achtlos ausblendete.

Schwarz auf diffusem Nebel löste sich das Memo aus dem Chaos des Nachrichtenspeichers heraus und blieb vor ihm stehen – reiner Text, ohne komprimiertes Gedankenpaket. Überrascht schaute er noch einmal auf den Absender. Es war eine Signatur der Verwaltung; ein Beamter in den Büros unter Kalifornien hatte das Memo abgeschickt, doch der Inhalt stammte nicht von ihm.

Direkte Weiterleitung eines Regierungsbeschlusses.
Die künstliche Intelligenz benötigt für internationale Angelegenheiten kurzfristig Ihre Rückmeldung.

Soweit die Überschrift. Die darauf folgenden Zeilen las er zweimal, dreimal ... fünfmal musste er die KI-Anfrage lesen, bis die Botschaft auch im letzten Winkel seines Hirns angekommen war. Nur den letzten Satz begriff er sofort:

Bitte bewahren Sie unbedingt Stillschweigen über Ihre Antwort, bis na.Kalifa ihre endgültige Entscheidung übermittelt.

Das konnte nur ein Irrtum sein, eine verrückte Verwechslung. Trotzdem schloss er die Textnachricht sofort, um eine Kopie davon in sein Backup-Archiv zu bringen. Dass so etwas überhaupt möglich war!

Mit der Kopie in der Hand konzentrierte er sich auf den Sicherungsservice, ein Verweis erschien vor seinem Gesicht und kurz darauf stand er auf staubigem Asphalt vor einer verkommenen Lagerhalle.

Neben der unscheinbar schmalen Eingangstür hob er die Hand, schrieb sein Kennwort in den Schmutz einer Fensterscheibe und wieder verschwand der Platz um ihn herum. Die sauberen Regale seiner informationellen Abstellkammer reihten sich links und rechts auf, schattenlos überschaubar im warmen Licht ohne erkennbare Quelle.

Einer Schublade, die bereits viele schräge Kuriositäten verwahrte, vertraute er nun auch noch die Kopie des Memos an. Sie sortierte sich ein, Rihm schloss das Verzeichnis und meldete sich wieder ab.

Das muss ich Cle zeigen, dachte er lächelnd, *sobald ich darf.* Oder sollte er so was etwa ernst nehmen?

Natürlich kam das Team, mit dem er seit ein paar Tagen arbeitete, dem er seit gestern endlich richtig angehörte, auch ihm nicht gerade vorsichtig vor. Genau genommen war es eine ziemlich kranke Idee gewesen, ihn einfach mit hierher zu bringen, nur weil er aus dem gestohlenen Testprotokoll eventuell irgendwas hätte herauslesen können.

Aber gleich die halbe Projektleitung ersetzen? Am Ende war doch alles gut ausgegangen. Ihm gefiel diese verspielte, lebensnahe Forschungsarbeit so gut, dass er Charly und Marylin schon fast verziehen hatte – die paar Trugbilder an den ersten Tagen, na und, die waren eben notwendig gewesen.

Die KI nahm alles zu ernst. Umstrukturierung! Doch spätestens morgen würde er eine Antwort formulieren müssen.

In der Eingangshalle seines Terminals setzte er sich auf den dunkel schimmernden Glasboden und dachte noch einmal über alles nach. Noch einmal öffnete das Memo, um sich zu vergewissern, dass er nichts überlesen hatte. Aber dort stand es schwarz auf hellgrau.

Alle Mitarbeiter, die sich in letzter Zeit als Risikofaktoren herausgestellt hatten, sollten schon kommende Woche versetzt werden. Darauf folgte eine kurze Liste von Namen: Marylin, Charly, sechs unbekannte Personen. Wer hinter den fremden Namen stand, würde er wahrscheinlich gar nicht mehr herausfinden.

Die noch vertrauenswürdigen Mitarbeiter wollte die Regierung auf leitende Positionen setzen, damit die Jobs, die weniger Einblick ins Projekt erforderten, mit Neueinsteigern aufgefüllt werden konnten.

Vertrauenswürdige Mitarbeiter mit gewissem Einblick ins Projekt. Da blieben nicht viele; und Mariko, der Student, war wegen seinen Abschlussprüfungen und Nebenfächern nur halb belastbar.

Bitte teilen Sie ihrem Kontaktbeamten kurzfristig mit, ob Sie bereit wären, die Leitung des Teams „Test und Nachbesserung" zu übernehmen.

Charlys Position – bald könnte es seine sein. Die Aussagen der KI waren eindeutig formuliert, keine zweite Bedeutung ließ sich hinein interpretieren, dennoch ließ sie einen Punkt völlig offen. Der kurze Text enthielt kein einziges Wort darüber, wo er arbeiten würde. Hier in Kalifornien, wo bereits dieses Gebäude zur Verfügung stand?

Er könnte doch bestimmt auch zurück fliegen und zu Hause in Neuseeland einen neuen, garantiert noch nicht aufgefallenen Stützpunkt einrichten. Wahrscheinlich hing es davon ab, wo auf der Welt die neuen Hilfskräfte ausgewählt wurden.

Wiedermal erwischte er sich selbst dabei, wie er davon träumte, dass die KIs sich endlich umfassend absprechen würden – und wie er auf einen endgültigen *geh nach Hause* Befehl wartete. Vielleicht war es *na.Kalifa* auch egal, an welchem Ort etwas passierte. Was wussten unterirdische Großrechner schon von der Oberwelt?

Im Echtzeit-Raum des Forums war eine Menge los. Programmierer vom ganzen Planeten und den nahe gelegenen Raumstationen trafen sich hier am Abend, Mittag, Morgen oder was auch immer in ihren Zeitzonen gerade herrschen mochte. Mittendrin stand Tina herum und hielt nach bekannten Gesichtern Ausschau. Eigentlich war sie nur gekommen, um ein paar am schwarzen Brett postierte Fragen zu beantworten, schließlich hatte das Forum auch ihr in den letzten Wochen oft weiter geholfen.

Nun hatte sie es doch wieder nicht lassen können, in der großen Halle vorbei zu schauen. Der Raum war wie ein nächtlicher Partykeller gezeichnet, mit Neon-Kunst an allen Wänden und wilden Projektionen unter der Decke, welche in grellen Klangfarben spielten, die in keiner Weise zum optischen Anblick passen wollten. Insgesamt ein ziemlich schräges, wohl absichtlich etwas altmodisches Design. Größtenteils von Amateuren entworfen, die normalerweise die Programme hinter den omnimedialen Kulissen schrieben.

Um dem Neon-Keller einen endgültigen Stilbruch zu verpassen, öffnete sich eine Seite des Echtzeit-Raums zu einem breiten Balkon. Tina bahnte sich einen Weg durch die fröhlich diskutierenden Grüppchen und an zwei zankenden Angebern vorbei zu genau dieser Fensterseite.

Vorsichtig tastete sie mit den Fingerspitzen durch die offene Tür, doch heute war einmal kein kindischer Quatsch-Verweis dort versteckt. Stattdessen erkannte sie jemanden hinten am Geländer. Lächelnd lief sie auf den Balkon hinaus und auf die winkende Gestalt zu.

„Hallo Tsil", rief sie der ganz in Grasgrün gekleideten Figur zu, „diesen Grün-Tick gewöhnst du wandernde Wiese dir nie ab, oder?"

Immerhin zeigte Tsil schon ein menschliches Gesicht. Ganz früher, als sie sich kennengelernt hatten, war Eintönigkeit gerade ein vorübergehender Modetrend gewesen. Damals hatte man im Netz von Tsil selten mehr gesehen, als eine texturlose, grasgrüne, humanoide Form. Heute hatte sich die Grafik-Mode freilich geändert, doch Tsil war dieser ätzenden Lieblingsfarbe treu geblieben.

„Tinchen, ist ja unglaublich! Bist du öfter hier?" Von der Stimme einer alten Schulfreundin nicht wenig überrascht, wirbelte Grün herum und schielte an ihr vorbei, ob vielleicht gleich noch ein Bekannter käme.

„Nun ja, ziemlich oft", antwortete sie, „eigentlich fast jeden Tag. Dich hab ich aber noch nie hier getroffen."

„Gehe sonst in ein anderes Forum", erklärte die altmodisch zur Einrichtung passende Gestalt, „bin heute nur hier, weil ich auf Cle warte. Den kennst du doch noch, oder? War auch in unserer Klasse. Der mit der Wahrnehmungsstörung."

„Klar kenne ich Cle, wir wohnen seit letztem Jahr zusammen." Unwillkürlich kichernd brachte sie Tsil auf den neuesten Stand. „Wusste gar nicht, dass ihr gelegentlich noch Kontakt habt."

„Hatten wir bis vorhin auch nicht. Ich hab ihm nur geschrieben, weil ich so ein seltsames Memo von der Verwaltung bekommen hab, wo auch sein Name mit drin stand."

„Von der Verwaltung? Was stand denn drin?"

„Tja, ähm … ich fürchte, das darf ich nicht jedem sagen." Die grüne Hand machte eine Geste, die den gesamten Balkon umfassen sollte. „Jedenfalls hat er dann geantwortet, dass wir uns gleich hier treffen sollen. Hast du etwa auch dieses Schreiben bekommen?"

„Ich? Nicht, dass ich wüsste", erwiderte Tina und versuchte dabei, einen Anflug von Verwirrung abzuwehren. Nachrichten aus der Verwaltung, geheimnisvoller Kram der Cle und Tsil wieder zusammen führte? Als sie sich kurz umdrehte, fiel ihr ein silbergraues Flimmern auf. Cle verließ gerade das Zimmer und kam direkt auf sie zu. Damit waren die alten Interface-Hacker fast wieder komplett.

„Du auch hier?" Erstaunt blieb Cle stehen und betrachtete seine Freundin. „Hast du auch so ein Behörden-Memo bekommen?"

„Bin rein zufällig hier", versicherte sie lächelnd, „aber vielleicht bekomme ich ja noch Post. Darf ich wenigstens mithören, was hier vorgeht?"

Tina staute nicht schlecht, als sie die zwei Texte zu sehen bekam. Ihre Vermisstenanzeige war wohl schon geschlossen worden. Und diese *Kalifornier*, die den Schatten entführt hatten, standen anscheinend kurz vor der Versetzung in den Innendienst. Sonst nichts. Ein kleiner Tadel in der Akte, ein deutlich langweiligerer Job. Doch am Ende, in den letzten der präzise formulierten KI-Sätze, stand eine Bitte um kurzfristige Rückmeldung.

Viel Zeit zum Lesen ließ man ihr nicht. Aufgeregt griff Cle in die Luft, zog einen Rollladen herunter und schuf damit einen vor Passanten geschützten Teilraum. „Die Weltregierung muss einen Programmfehler haben", fasste er dann seinen ersten Eindruck zusammen. „Da gerät ein hoch geheimes Projekt aus den Fugen, ein unbeteiligter Ausländer wird entführt, die Verantwortlichen werden gefeuert und ... und ausgerechnet wir sollen zwei davon ersetzen?!"

„Ich werde jedenfalls ablehnen", meinte Tsil und lehnte sich stur aufs rostige Balkongeländer.

„Würde ich im Prinzip auch", stimmte Cle zu. Im Obstgarten unter ihnen zwitscherte das virtuelle Modell einer Nachtigall. „Andererseits ... das Netzwerk der KIs hat so entschieden. Es ist doch gerade dafür da – um Dinge zu begreifen, wenn Menschen allein nicht durchblicken. Und außerdem ..."

„Was außerdem?" fragten die anderen beiden gleichzeitig.

„Das könnte unsere Chance sein, an den armen Schatten heran zu kommen."

„Hey, damit hat er Recht", rief Tina aus. „Rihm können sie nicht einfach in Kalifornien verschwinden lassen. *au.Kiwi* kann keinen ihrer Bürger ohne förmlichen Antrag in einen anderen Staat übertragen. Jedes Kind weiß doch, dass *Schutz der Einwohner* das erste Programmziel jeder regierenden KI ist."

„Stimmt, und einfach so zurück schicken können sie ihn auch nicht, dafür hat er zu viel mitbekommen", nickte Cle und horchte noch einmal auf die Nachtigall. Er würde mit dem Programmierer sprechen müssen. Der Vogelruf klang doch ein wenig nach Amsel.

„Du willst dich also freiwillig für diesen Wahnsinn melden?" Tsil starrte ihn ungläubig an.

„Bis die Sache mit Rihm geklärt ist, wird uns nicht viel anderes übrig bleiben." Er zuckte mit den Schultern und lehnte sich ebenfalls ans Geländer. „Aber soviel kannst du mir glauben: Sobald wir ihn sicher zurück im Lande haben, kündige ich wieder."

Freitag früh, knapp zehn vor sieben, blinkte die Uhr irgendwo tief unter dem dunklen Glas. Die rot schimmernden Ziffern fielen kurz in Rihms Blickfeld, als er am Kasten mit den Kurznachrichten hinab auf das darunter liegende, halb im Boden versunkene Adressbuch schaute. Sollte er ihr wirklich schreiben? Direkt anrufen konnte er jedenfalls nicht.

Noch gestern Abend hatte er Kalifas Angebot angenommen. Was blieb ihm schon anderes übrig – auf einen anderen Vorgesetzten zu warten und zuzusehen, wie alles unverändert weiterging?

Die breite Ausfahrt, über die er – nein, eigentlich Mariko – jeden Tag den Hof verließ, konnte er nachts nicht finden. Sie wurde noch immer ausgeblendet, anders konnte es nicht sein. Irgendwo in seinen leiseren Gedanken fluchte etwas über die verdammten Märchen, die er so gerne glauben wollte, die sich aber täglich von Neuem als leere Versprechen herausstellten.

Spätestens als er alle Türen im Haus – wirklich alle? – sehen und auch öffnen konnte, hatte er sich glücklich an die Vorstellung geklammert, sich wieder frei bewegen zu können. So schnell war das Landhaus zu einem zweiten Zuhause geworden, doch noch schneller war der Traum heute zerbrochen.

Gerade war er über eine Stunde lang unterwegs gewesen, drinnen durch alle Flure und draußen an allen Mauern entlang, und hatte keine Möglichkeit gefunden, das Grundstück zu verlassen. Die breite Auffahrt zum Hof war einer leerstehenden Reithalle gewichen, in der es nach gammeliger Einstreu und trockenem Staub stank. Nicht mal ein Gartenzaun zum Klettern zeigte sich weit und breit.

Als es hell wurde, hatte er aufgegeben und sich wieder in die

Simulation zurückgezogen, in die einzige Realität die diesen Namen halbwegs verdiente. *Eigentlich ist alles nur noch eine Frage der Zeit*, hatte er sich selbst immer wieder gesagt, denn wenn er die Fernsteuerung für seinen Chip endlich selbst in der Hand hielt ... erst vor wenigen Minuten war die innere Stimme verstummt. Offenbar hatte er noch ein größeres Problem, an das er bis heute gar nicht gedacht hatte: Keine Datenbank wusste, dass er hier war.

Wie in jedem Land, flogen auch aus Kalifornien jeden Tag zwei Passagierflieger ab: Einer nach Norden, der andere nach Süden, im täglichen Wechsel mit dem Ost/West-Paar. Gerade eben hatte er versucht, einen Platz in der Süd-Linie zu buchen, und einen Anschlussflug in der Ost-Linie für die letzten Meilen nach Hause. Anstelle einer Ausreisegenehmigung hatte er jedoch nur einen Systemfehler erhalten:

Eine Person mit dem angegebenen Namen befindet sich nicht im Turm. Bitte korrigieren Sie Ihre Eingabe.

Die Nord-Linie stellte sich genauso quer, auch die West-Linie konnte ihn nicht formal abmelden. Kein Datensatz, kein Ticket, kein Flug: Auf legale Weise konnte er den Turm nicht verlassen.

Natürlich hatte er schon daran gedacht, einfach eine Reise von Neuseeland nach Kalifornien zu buchen, damit offiziell einzureisen, um dann genau korrekt wieder zu verschwinden. Aber wie sollte er die Registriertafeln in zwei Flughäfen nacheinander manipulieren?

Ohne kryptografisches Modul im Terminal war das undenkbar, und selbiges war nach wie vor ausgebaut beziehungsweise vertauscht. Einen zweiten Interface-Absturz wie am ersten Tag wollte er nicht riskieren, nicht bei so geringen Erfolgsaussichten.

Für Tina wäre eine simulierte Ausreise bestimmt eine willkommene Herausforderung, garantiert würde sie sich sofort auf die Zugriffssperren der Luftschleusen stürzen. Auch Cle hätte sicherlich Spaß an einer solchen Fingerübung. Trotzdem wollte Rihm die beiden Bastler nicht zu Unfug anstiften, solange es noch eine einfache, so verdammt nochmal nahe liegende Lösung gab.

Juliette hatte sich schon Monate lang nicht gemeldet, sie müsste bald wieder auf dem Weg zur Erde sein. Sollte er ihr wirklich schreiben? Direkt anrufen konnte er nicht, solange er damit rechnen musste, dass diverse unsichtbare Beobachter in seinem Terminal Wache hielten.

Seit er die heruntergekommene Reithalle entdeckt hatte, vertraute Rihm diesem Netzzugang nicht stärker als vor einer Woche. Der Außenwelt noch weniger, und die Menschen darin zählten nicht mehr als solche.

Keine Identität mehr, dachte er wütend, *da draußen scheint es mich gar nicht zu geben.*

Nur in der Simulation war er noch wirklich, hatte einen Namen, ein Gesicht und viele Bekannte die ihn überall wieder erkannten.

Das Netz war schon immer die bessere Realität, schraubten sich seine Gedanken weiter abwärts, *was kümmert es mich, dass die nervende Außenwelt endlich verschwindet?*

Ja, das war die einzig wichtige Frage. Verschwand der dreidimensionale, ineffizient entworfene, nicht gerade ergonomische Raum wirklich, oder verschwand nur er daraus? Die äußere Wirklichkeit schien den Kontakt zu ihm zu verlieren, während eine projizierte Parallelwelt standhaft zu ihm hielt.

Sollte er ihr wirklich schreiben? Noch während sich eine Entscheidung in den Vordergrund schob, öffnete sich vor ihm ein neues, leeres Gedankenpaket. Ja, er musste.

Im vertrauten Gebiet zwischen Mars und Mondbasis blinkte am frühen Nachmittag ihrer selbst gewählten Bordzeit eine Benachrichtigung auf. Als Juliette den grün leuchtenden Hinweistext bemerkte, riss sie sich vom hypnotisierenden Anblick der Sterne los und zog sich das Sensorset über.

Kurz darauf änderte sie den Terminplan. Nach einem halbtägigen Zwischenstopp auf der Mondbasis, der sich nicht aufschieben ließ, stand eine Verabredung in Japan im Kalender.

„He, Jerry", rief sie über die Schulter zur offenen Tür, hinter der ihr jüngerer Lehrling nutzlos herum saß, „kannst du mal ein paar Erdlinge anrufen?"

Anstatt sich selbst darum zu kümmern, Termine von fünf Tagen zu verlegen, wollte sie möglichst schnell dem seltsam kurz gefassten Info-Paket nachgehen, das Rihm ihr gerade geschickt hatte.

Warum ist er nicht längst hier? fragte sie sich wiedermal, als sie das Stirnband erneut aufsetzte. *Ich hab ihm den freien Posten im Maschinenraum schon hundertmal angeboten.* Auf einen weniger verbalen Gedanken hin öffnete sich eine Direktverbindung. *Man könnte fast glauben, er mag mich nicht.*

Das Adressbuch breitete sich hinter dem leeren Verbindungsfenster aus; sie wählte Cles Eintrag und wartete. Keine zehn Sekunden später lösten sich die geometrischen Muster der Wartemelodie auf, dahinter wurde Cles Nachrichtenzentrale sichtbar. Offensichtlich versuchte er selbst, jemanden zu erreichen. Leider verhinderten die Datenschutz-Richtlinien, dass sie den fremden Adressaten durch ihr eigenes Verbindungsfenster lesen konnte.

Als einen halben Meter neben Cle ein zweites Fenster aufsprang, schob er die wartende Verbindung beiseite und wandte sich der jungen Pilotin zu. „Hallo Julie", sagte er überrascht und schloss mit einem Handzeichen das andere Verbindungsfenster. „Du hast doch nicht auch etwa den Brief bekommen."

„Den Brief von Rihm? Ja, deswegen bin ich hier." Sie wusste nicht so recht, von was für einem Brief Cle redete. Aber es ging um einen, soviel traf zu.

„Endlich mal etwas Positives", erleichtert trat er näher an das Viereck heran, „also nicht so einen von einer Verwaltung. Ach ... vergiss es, nicht weiter wichtig."

Schon verplappert! Peinlich berührt biss er sich auf die

Zunge und war froh darüber, dass seine schwarzweiß gezeichnete Projektion nicht rot im Gesicht werden konnte.

„Was hat der Schatten dir denn geschrieben? Bei uns hat er seit vorgestern kein Lebenszeichen mehr hinterlassen."

„Nicht gerade viel", sie zuckte mit den Schultern und ließ das als dunkelblau glänzende Kugel verpackte Gedankenpaket nachdenklich auf der Handfläche kreisen. „Vielleicht kannst du mir mehr darüber sagen, was er vorhat. Darf ich kurz herüber kommen?"

Cle lächelte über so viel Höflichkeit – andere Leute erschienen einfach so in seinen virtuellen Räumen – und winkte sie herein. Sie kletterte durch das Fenster, Rihms Nachricht auf der linken Hand balancierend, und stand wenig später zwischen Cle und seinen Datenbanken.

„Sofort anrufen soll ich ihn nicht", erklärte sie, was sie sich gerade ins Gedächtnis geladen hatte, „da könnten wir nicht lange genug über jeden Satz nachdenken, meint er. Da lag eine Menge Unsicherheit im Hintergrund; er scheint nicht so ganz zu wissen, was er sagen darf."

Das wunderte Cle nicht im Geringsten. Zwar hatte er Rihm seit langem nicht persönlich getroffen, aber Tina hatte aufs Ausführlichste davon erzählt, was im temporären Raum passiert war.

„Und was wollte er nun von dir?" fragte er ungeduldig. Bis jetzt war er davon ausgegangen, dass Julie nicht mehr wissen konnte, als er und Tina ihr vor zweieinhalb Tagen berichtet hatten. Alles, was sie bis vorgestern gewusst hatten, hatten sie in einem – vielleicht etwas konfusen – Info-Paket an ihr Raumschiff geschickt.

„Angeblich kann er sich nächste Woche zum Hafen durchschlagen, bekommt aber keinen Linienflug", fasste sie kurz zusammen, dann warf sie Cle die dunkelblaue Kugel zu.

Er streckte die rechte Hand aus, fing das Gedankenpaket darin auf und öffnete es. Juliette fuhr sich mit den Fingern durchs schwarze Haar, wartete auf seine Reaktion.

„Eine Identität besorge ich ihm mit Links", begann Cle, doch im nächsten Moment ließen sich die gespeicherten Gedanken in seinem Gedächtnis nieder, verketteten sich zu Sinn ergebenden Tau-Netzen und verschwammen schließlich zu einem unscharfen Gesamtbild.

Stell nicht noch mehr Mist an, schien es zu sagen, *ich stecke schon in genug davon drin.*

„Danke, dass du mich mitlesen lässt", sagte er daraufhin. „Nun möchte er den Job am Bordcomputer wohl doch haben, was?"

Diesen ironischen Kommentar konnte er sich nicht verkneifen, egal wie ernst die Sache war. Schnell verdrängte er die ungerechten Hintergedanken, die daran zweifelten, dass Juliette ihren Passagier tatsächlich in der Heimat absetzen würde, wenn sie ihn erst an Bord hatte.

„Kannst du das Thema mal beiseite lassen?" Beleidigt holte sie sich den Brief zurück und warf ihn durch das noch immer offene Verbindungsfenster. Nachher würde sie ihn einsortieren, zu den vielen anderen Nachrichten von Rihm, die sie alle sauber und ordentlich archiviert hielt.

„Ich möchte nur mal fragen", fuhr sie unverändert fort, „ob ihr in den letzten zwei Tagen etwas Neues erfahren habt. Woher weiß er so genau, dass er es nächste Woche bis zum Hafen schafft, wer hält ihn überhaupt auf?"

„Ist eine lange Geschichte", erwiderte Cle nur, „gehen wir am besten in den Garten."

Seine bis zur Perfektion trainieren Finger vollführten die Raumwechsel-Geste. Umgeben von seiner bisher besten Zeichnung erzählte er ihr dann alles, was er von Lissa über das mysteriöse Projekt erfahren hatte. Schließlich kam er zu der Textnachricht, die er vor wenigen Stunden von *au.Kiwi* persönlich erhalten hatte.

Sollte er ihr die Nachricht zeigen? Die KI forderte Diskretion. *Ihr Siliziumgötter merkt es ja doch nicht,* dachte er und zeigte in die Luft, wo eine flache Miniatur seines Posteingangs erschien.

Zeichen für Zeichen und Zeile für Zeile flog der Text heraus und baute sich vor ihnen über einem grün-bräunlichen Froschteich auf. Schräg modellierte Simulationen von Kröten hüpften frech auf der letzten Zeile herum und fielen platschend ins Wasser, als das Mädchen im Raumschiff zu Ende gelesen hatte und die Buchstaben zurück in den Briefkasten schwebten.

Eine Minute lang starrte sie still auf den sumpfigen Teich, während sich hinter ihren bewegungslosen Augen die Gedanken jagten, Knoten knüpften, bis sie endlich einen Sinn ergaben.

Rihms Entführer wurden von der Regierung vor die Tür gesetzt. Wer würde ihre Arbeit übernehmen? Bestimmt nicht Cle und seine Truppe, die waren weder erfahren noch zuverlässig – so standen zumindest die Tatsachen, die freilich nicht mit den Akten überein stimmen mussten.

Der Schatten selbst schien sich gut benommen zu haben, hatte sogar brav sein Alles-ist-in-Ordnung verbreitet. Im neuen Team rechnete er mit voller Bewegungsfreiheit. Aber eine Beförderung? Nein, diese Vorstellung war zu verrückt.

„Was meinst du?" fragte Cle schließlich. „Weiß er schon, wen das KI-Netzwerk sich ausgesucht hat?"

„Auf jeden Fall ahnt er, wer sein neuer Chef wird", begann sie das grelle Bild in ihrem Kopf vorsichtig in Worte zu fassen. „Kann gut sein, dass er zusammen mit dem ganzen Pack woanders hin versetzt wird."

„Kann auch sein, dass er mehr Verantwortung bekommt", warf Cle ein. Er war sicher, dass die Frachterpilotin genau wusste, worauf er hinaus wollte. „Komm schon, Julie! Ich bin hier doch nicht der Einzige, der unseren kleinen Schatten kennt." Seine ruhelosen Hände spielten mit einem Steinchen, bis er es ins Wasser warf, um die Wellenringe zu beobachten. „Um sich nach oben zu schleimen, hätte er nicht mal schauspielern müssen. Gib ihm eine bessere Welt, schon will er die Wirklichkeit nicht mehr haben."

„Du meinst also, dass *na.Kalifa* ihm den frei werdenden Chefsessel anvertraut?"

Auf einmal erwischte Juliette sich dabei, wie auch sie anfing Kieselsteine in den Froschteich zu werfen. Noch beim Lesen der Projektunterlagen, die Lissa und Vonek ihrer Unterwelt abgetrotzt hatten, war ihr genau diese Idee gekommen.

Rihms ans Absurde grenzende Verachtung für das *miserable Betriebssystem der Außenwelt* machte ihn nicht nur zur idealen Spielfigur der unteren Stockwerke, wo die Verwaltungen und Regierungscomputer lebten. Dasselbe war auch die Grundlage ihrer seltsamen Beziehung.

War sie, Julie, nicht die andere Welt, die Rihm schon immer suchte, mit ihrem Raumschiff und den fast pausenlosen Reisen durchs Sonnensystem? Waren es nicht gerade ihre seit Zhans Zeiten gepflegten Verträge mit der Namariden-Kolonie, mit diesen äußerlich verwirrend putzigen Kopffüßern, die sich das All zwischen den Planeten friedlich mit den Menschen teilten?

Sie glaubte inzwischen, den Grund zu kennen, aus dem er trotzdem nie mitkommen wollte. Bis vor Kurzem hatte es dort draußen keinen letzten Rückzugsort gegeben, keinen Echtzeit-Zugang ins Netz. Ganz in einer einzigen Realität gefangen zu sein, das hätte Rihm keine drei Tage am Stück ausgehalten.

Doch sie gab die Hoffnung nicht auf. Das Hyperraum-Netz erwies sich als erstaunlich stabil, ihr Schiff hatte darüber Netzzugang und ein paar zusätzliche Anschlussstellen wollte sie ja beim nächsten Stopp auf Terra einbauen lassen ...

Lass das Gequatsche! befahl sie sich selbst. Jemand anderes hatte es geschafft, ihm eine dehnbare, verformbare Wirklichkeit zu bieten. Wie hätte Rihm das ablehnen können? Ganz bestimmt gehörte er zu den neuen Mitarbeitern, so gut wie sicher auch in besserer Position.

Doch trotzdem wollte er flüchten. Darauf konnten sich weder Juliette noch Cle einen Reim machen. Irgendein Teil fehlte im Puzzle, das kleine Stückchen Hintergrund, das Rihms Verhalten mit Gründen untermalen sollte. Ein Detail, das ihn aus der neuen Welt vertrieb, in die er gerade erst hinein geflüchtet war.

„Das Implantat", sprach Juliette ihre Vermutung schließlich aus, „fügt sich nahtlos in Wahrnehmung und Motorik ein. So stand es in den Dokumenten, die du mir vorhin gezeigt hast." Sie machte eine kurze Atempause, um den nächsten Satz zu formulieren. „Glaubst du, sie verwenden es auch, um ihn festzuhalten? Man könnte ihm eine Scheinwelt vorspielen, in der es keinen der vier Aufzüge gibt ..."

„... dann säße er in einem Stockwerk fest und käme unmöglich zum Flughafen!" Wie ein Blitz schlug Julies Idee ein. Cle verlor beinahe das Gleichgewicht und stützte sich mit der Hand auf dem feuchten Gras ab. „Verdammt nochmal, damit könntest du Recht haben!"

Für eine Weile herrschte Stille im Garten. Niemand wagte es, die wilde Theorie weiter auszuführen. „Mit wem wolltest du vorhin eigentlich sprechen?" wechselte Juliette schließlich das Thema.

Anstatt zu antworten, winkte Cle eine neue Textnachricht aus seinem Posteingang hervor. Es war wieder eine von der Verwaltung signierte und weitergeleitete Kurznachricht, diesmal bestand sie nur aus wenigen Sätzen. Er zeigte auf die Zeilen in der Luft, ließ einen Namen gelb heraus leuchten

„Gabriel rückt nach", sagte er dazu, „weil Tsil nicht wollte. Sieht ganz so aus, als hätte es jemand gezielt auf meine alte Schulklasse abgesehen."

Als später der virtuelle Raum um sie herum zusammenfiel und nichts als schlichte Außenwelt zurückließ, war Jerry noch immer in ein Ferngespräch vertieft. Sie wartete, während ihr Lehrling mit dem kleinen Bildschirm redete, der das asiatisch wirkende Gesicht einer fremden Frau zeigte.

Nicht das noch, dachte sie bei diesem Anblick, *ausgerechnet eine noch unbekannte Kontaktperson, und wir müssen das ersten Treffen schon verschieben.*

„Alles geklärt?" rief sie durch die Tür, als der Bildschirm endlich dunkel wurde.

„Alles geklärt", strahlte Jerry, der noch neu genug dabei war, um sich über Mini-Erfolge wie erledigtes Organisationstheater zu freuen. „Wir haben jetzt einen Zeitpuffer von vier Tagen. Ach ja ..."

„... ja, du bekommst Landurlaub", kam sie der Frage zuvor, „aber nur, wenn wir nicht alle Vier brauchen."

Geistig war sie nach wie vor ganz auf dem Planeten. Die irdischen Regierungen schienen auf den ersten Blick tatsächlich gezielt Leute aus der Förderklasse für Begabte auszuwählen, in der Rihm zusammen mit Cle und Tinchen seine letzten Schuljahre gefristet hatte.

Aber musste das etwas bedeuten? Sie suchten eben Personen aus Rihms Umfeld, um ein schön einheitliches Team zu bilden. Viel Auswahl hatten sie nicht, denn bis auf die wenigen alten Bekanntschaften hatte er nur flüchtige Kontakte, denen nicht mal ein Computer irgendeine Bedeutung beimessen würde.

Sogleich schloss sie wieder die Augen und ließ sich in die Simulation fallen, um eine Antwort an Rihm zu schreiben.

Kein Problem, wir warten auf dich.

Heute muss der achte Tag sein, fiel Rihm beiläufig ein. Seine zweite Woche in Kalifornien war gerade angebrochen. Nachdenklich lehnte er an dem breiten Gittertor, das die Auffahrt zum Hof versperrte, und wartete auf Mariko, seinen neuen Assistenten.

In den vergangenen drei Tagen waren alle Formalien geregelt worden. Zwei ihm bis dahin unbekannte Kollegen hatten ihm in groben Zügen die Technik erklärt, die sich hinter der quasi-telepathischen Funkverbindung verbarg, und ihn ausführlich in seine neuen Aufgaben eingewiesen. Die entlassene Gruppe war gestern Abend schon abgereist, niemand würde sie hier ernsthaft vermissen.

Verantwortlicher Leiter für Test und Fehlerkorrektur. So lautete die volle Bezeichnung seiner neuen Position. Dieser Gedanke klang verrückt – gerade verrückt genug, um wahr zu sein. Wie er als Testperson selbst die Messungen koordinieren solle, hatte er seine Ausbilder gefragt. Für seine bisherige Aufgabe stand schon ein neuer Kandidat fest, erfuhr er als Antwort, ebenso auch ein Ersatz für Mariko.

Zu seinem größten Erstaunen sollten sich die zwei neuen Leute über hunderte Kilometer hinweg fernsteuern. Der Läufer würde hier im Dorf leben und sich, wie vorher Mariko, quer durch Kalifornien scheuchen lassen. Aber der Denker, der ihn lenken sollte, saß angeblich in einem fernen Land, einem anderen Turm.

Rihm drehte den Kopf und schaute über die Schulter zum Landhaus. Ob man ihm seine Ungeduld ansah? Heute sollte sein großer Tag werden, spätestens im Irrgarten der Beamtenbüros würde er sich absetzen und noch lange vor Einbruch der Dunkelheit den Hafen erreichen. Endlich öffnete sich die Eingangstür und der unerschütterlich gut gelaunte Student kam heraus.

Gemeinsam machten sie sich auf den Weg zur Verwaltung, wo sie die Liste ihrer neuen Mitarbeiter abholen mussten. Da eine KI keinerlei Kontakt zum Hausnetz hatte, konnten alle Regierungsbeschlüsse nur von hochrangigen Beamten kopiert werden. Diesmal konnte man ihnen jedoch nicht einmal die übliche Abschrift schicken, denn *na.Kalifa* hatte ihren Gesprächspartner persönlich an die Konsole zitiert.

Variable Rückfragen sind erforderlich, hieß das in der strengen Sprache der Denkmaschinen. Was konnte die Regierung nur von Rihm wollen? Wahrscheinlich standen mehrere Mitarbeiter zur Auswahl, von denen ein Mensch die Schlimmsten aussortieren durfte.

Natürlich schickte er keinen Stellvertreter. Mit der kurzen, lächelnd hervor gebrachten Erklärung, er wäre schon viel zu lange im Haus und bräuchte mal wieder etwas Bewegung, hatte er seine Schuhe angezogen und wäre fast los gerannt. Doch ein Sekretär im lässigen Trainingsanzug, der sich Tim nannte, hatte ihn aufgehalten. Bei den letzten Experimenten unten in den Städten wären seltsame Beobachter aufgefallen. Allzu großer Zufall müsste im Spiel sein, um dieselben

Passanten auf mehreren Läufen zu treffen.

„Geh auf keinen Fall ohne Begleitung", lautete seine eindeutige Warnung. „Vielleicht kriege ich langsam Verfolgungswahn, aber genau so gut könnte jemand auf diese Liste scharf sein." Um ein Haar wäre daraus ein halber Vortrag geworden, wenn er Tim nicht bei „... und lasst euch nicht von Fremden in Gespräche verwickeln ..." unterbrochen hätte.

Nun hatte er also Mariko im Schlepptau und würde entgegen jeder Warnung alles daran setzen, ihn in eine ablenkende Unterhaltung mit Fremden zu verwickeln. Oder ginge es auch unauffälliger, so dass man ihn nicht sofort suchen würde?

Rihms Gedanken stürmten so laut, dass er gar nicht hörte, worüber er sich die ganze Zeit über mit seinem netten Aushilfsstudenten unterhielt. Er könnte als Erster auf Kalifas Entscheidung schauen – sie dann in die Tasche stecken und einfach behaupten, er solle noch heute zu jemandem in den Gartenstockwerken hoch fahren, Mariko könne in der Zeit schon mal nach Hause gehen.

Während eine riskante Idee die nächste jagte, erreichten sie den Süd-Fahrstuhl und gesellten sich zu den wenigen wartenden Menschen. Der Aufzug öffnete sich, vier kichernd schwatzende Mädchen stiegen aus, gefolgt von einem schwarzen Windhund an dessen Leine ein älterer Herr hing.

Rihms rastlose Überlegungen hielten für einen Moment inne, als er zusah, wie die jungen Frauen sich Reste von Laub und Erde von den Schuhsohlen klopften. Auffällig wenige Leute verließen den Fahrstuhl, sie alle schienen aus Wald und Wiesen zu kommen. War dies vielleicht die letzte Dorfebene vor den Gärten? Endlich in der Kabine angekommen, konnte er einen Blick auf die Schalttafel mit den 450 Stockwerk-Knöpfen werfen, welche seine Vermutung bestätigte.

Es war die letzte Ebene unter dem grünen Land, direkt über diesem begannen die Häfen – hatten nicht fast alle benachbarten Stockwerke gewisse Abkürzungen zueinander?

Er erinnerte sich an das Museum für Architektur in seiner

Heimatstadt. Der eiförmige Bau schien kopfüber von der Decke zu hängen. Aus der darüber liegenden Etage ragte er auf, wie halb im Boden versunken. Man konnte in einer Stadt hinein gehen und das Gebäude in der anderen Stadt wieder verlassen. Dann waren da noch die vielen kleinen Spielereien zwischen den Gärten, in Baumstämmen versteckte Wendeltreppen und steinerne Findlinge mit unsichtbaren Klappen, die klapperige Mini-Aufzüge freigaben, wenn man dagegen trat.

Er hätte nicht sagen können, wie viele Sekunden er verträumt an die Wand gestarrt hatte, als Mariko ihn am Ärmel zupfte. Der Süd-Aufzug war bereits an den Städten vorbei gefallen und hielt gerade in Etage 34. Es war schon der fünfte Stopp in den Verwaltungsstockwerken.

„Ist was?" fragte Mariko neugierig, doch Rihm hatte nur ein „Ach, nichts", dafür übrig. Sollte er etwa erzählen, dass er gerade mal eben in Kindheitserinnerungen von Verstecken im Wald abgeschweift war?

Sofort war Rihm wieder geistig anwesend. Er bemerkte sogar noch, dass einer der Passanten, die mit ihnen hier ausstiegen, bereits mit ihnen eingestiegen war, bevor er auf einem Laufband einen Gang hinunter verschwand.

„Sollte uns der da bekannt vorkommen?", fragte er, nachdem er dem Fremden einen Moment hinterher geschaut hatte.

Sein Begleiter schüttelte den Kopf und folgte ihm zu einem Wegweiser. Darunter lagen Gedächtnis-Upgrades für Besucher aus.

„Kann mich nicht an ihn erinnern."

„Stimmt ja, klar kannst du das nicht", nahm Rihm die Frage zurück, „ich hatte gerade für dich gesehen. Irgendwann vor ein paar Tagen ist uns dieser Typ schon einmal über den Weg gelaufen."

Nun war er aber außer Sicht und konnte sie weder beschatten noch ablenken. Der überbesorgte Tim brauchte sich also keine Sorgen zu machen. Sie nahmen sich zwei

Upgrades, kannten daraufhin den Weg zum Büro des Kontaktbeamten und sprangen auf das richtige Laufband.

Zischend schloss sich die innere Luftschleuse. Sanft, fast lautlos, setzte Andy seinen Luftgleiter auf. „Hast du unseren Leuten hier schon Bescheid gesagt, dass wir da sind?" fragte er er seinen Kollegen.

Kiba schaute von den Hologrammen der Info-Steine in seinem Armband auf. „Stella erwartet uns, sie müsste irgendwo in der Nähe sein."

„Stella hat Zeit für uns?" Mit einem fröhlichen Wink zur Konsole ließ er die Seitentür aufspringen, dann stand er auf und lehnte sich neugierig hinaus.

Insgeheim hatte Andy befürchtet, ein anderer der fünf in Kalifornien stationierten Spione würde sie empfangen. Er mochte sie alle nicht, dieses ganze Schnüfflerpack war irgendwie seltsam, auch wenn er ihre Eigenart nicht konkret in Worte fassen konnte. Stella mit ihren blonden Locken war wenigstens optisch keine Zumutung.

Schließlich erkannte er eine Blondine zwischen dreißig und vierzig Jahren, die den weiß ausgeleuchteten Gang hinauf schlenderte, und winkte ihr zu. Stella lief jetzt schneller, betrat kurz darauf den Parkplatz und zeigte ihren Dienstausweis. Einige Identitätsprüfungen später kletterte sie ins Luftschiff und kam sofort aufs Thema.

„Alles deutet darauf hin, dass das Team sich neu organisiert", begann sie und drückte an ihrem Armband herum, um eine Projektion einzuschalten. Einige detailliert gezeichnete Landkarten flackerten in der Mitte der Dreiergruppe auf.

Ohne auf die Karten zu achten, fuhr sie mit der Zusammenfassung fort. „Wir haben inzwischen eine Person heraus gefiltert, die definitiv zum Experiment gehört. Bei ein paar anderen sind wir uns noch nicht hundertprozentig sicher, aber vielleicht bedeutet es ja etwas, dass sie nach zwei vollen Tagen ohne bemerkenswerte Beobachtungen geschlossen das Land verlassen haben."

Kiba schaute sie ungläubig an. „Heißt das, so gut wie alle Verdächtigen haben sich gestern auf und davon gemacht?"

„Bis auf den einen, bei dem wir schon sicher waren, dass er dazu gehört", nickte Stella. „Das Versuchskaninchen, das sowieso schon lange genug der Öffentlichkeit ausgesetzt war, haben sie hier zurück gelassen. Ich hab ihm Mehmet an die Fersen geheftet, damit uns nicht entgeht, was der Kleine ohne seine Freunde so anstellt."

Endlich zeigte sie doch noch auf ihre flimmernden Landkarten. „Jedesmal, wenn uns der Verdächtige aufgefallen war, ist er irgendwann später in diesem Landhaus verschwunden. Ollek und seine Jungs behalten das Gelände tagsüber im Auge; nachts wären wir auf der Straße leider selbst zu auffällig in diesem verschlafenen Kuhdorf."

Leicht verunsichert betrat Cle die Pizzeria am Stadtrand. Eigentlich hatte er Gabriel irgendwo im Netz treffen wollen, aber der in letzter Zeit etwas übermütige Programmierer brauchte mindestens eine Woche Entzug.

Warum er ihn dann nicht einfach zu Hause besuchen konnte? Selbst nach einem schweren Systemabsturz war Gabriels Forscherdrang ungebrochen. Jetzt wurde eben die Außenwelt neu entdeckt.

Zwischen den vielen echten Menschen fühlte Cle sich unangenehm beobachtet. Zum Glück entdeckte er seinen alten Bekannten schnell und flüchtete in die etwas geschützte Sitzecke, die für sie reserviert war.

„Hallo Gabriel", flüsterte er laut und setzte sich neben ihn. So ein voller Raum und keine isolierten Verbindungen!

„Kannst ruhig laut reden", lachte Gabriel, „uns hört sowieso niemand zu. Hier sind alle mit sich selbst beschäftigt." Er fuhr sich mit der Hand durchs halblange, hellbraune Haar und lehnte dann die Finger ans Fenster. „Siehst du das? Da draußen wurde die Straße gereinigt, die Neonreklame gegenüber spiegelt sich in der letzten Wasserpfütze."

145

Dieses Detail war Cle tatsächlich noch nicht aufgefallen. Fasziniert beobachtete er den rasanten Wechsel psychedelischer Muster, die sich glitzernd auf den winzigen Wellen abzeichneten. Am Rand der Pfütze schimmerte feuchter Sandstein wie ein diffuser Regenbogen.

Nach einer Weile tippte Gabriel ihm auf die Schulter und riss ihn von dem Naturschauspiel los. „So eine Zeit ohne Interface ist echt eine spannende Erfahrung. Die Außenwelt hat wahnwitzige Grafik-Effekte. Man muss nur ziemlich genau hinschauen, denn sie verstecken sich immer an Stellen, an denen andere Leute achtlos vorbei gehen. Und der Klang erst!"

Er ließ eine Fingerspitze auf seinem Wasserglas kreisen, was einen geheimnisvoll vibrierenden, sich weinrot kräuselnden Ton hervorrief. Cle hörte freilich nur das tiefe Summen des Glases, musste aber trotzdem lachen.

„Den alten Trick kenne ich auch noch", rief Cle und griff nach dem zweiten Wasserglas, das ein Kellner auf den Tisch gestellt haben musste, während sein Blick fest am verzerrten Spiegelbild der Leuchtreklame gehaftet hatte. Nach ein paar Versuchen hatte er das Spiel mit der Glasmusik ebenfalls wieder drauf. Doch als die ersten Gäste ihnen entnervte Blicke zuwarfen, stellten sie die Gläser wieder hin.

„Bevor wir auf dieses verrückte Projekt zu sprechen kommen", begann Cle, noch immer in sich hinein kichernd, „wie kommt es, dass du schon wieder so lange offline bist?"

„Selbstversuche und eine Dosis Größenwahn." Gabriel strich sich wieder durchs Haar, legte dabei eine bläulich angelaufene Druckstelle frei. „Ich hab versucht, meine Gedanken schon vor dem Transfer ins Terminal verschlüsseln zu lassen. Die Speicherverwaltung muss ich mir nochmal genau ansehen ... letzten Donnerstag war jedenfalls Überlastungsstörung angesagt, infolgedessen ist die Basis-Messung aus dem Takt geraten. Das hab ich sofort gemerkt, als ich nach dem Überlauf beim Gedächtnis-Schreibzugriff wieder aufgewacht bin und mich abmelden wollte."

„Also so was ähnliches, wie gewissen Praktikantinnen

regelmäßig passiert?"

„Nein, nicht ganz. Aber du hast Recht, es muss etwas ähnliches gewesen sein – wusste gar nicht, dass du noch Kontakt zu Lara hast. Jedenfalls saß ich über neun Stunden im Cyberraum fest, bis der Rettungsdienst mich aus dem Datenchaos heraus hatte und mir die Sensoren abnehmen konnte. Freitag Abend bin ich dann aus der Null-Wahrnehmung aufgewacht und wurde nach Hause entlassen. Aber solange mir noch irgendwas an der Außenwelt lückenhaft vorkommt, darf ich mich nicht wieder einklinken."

Eine kurze Pause hing in der Luft. Gabriel stützte das Kinn in die Hände und schaute Cle künstlich deprimiert an. „Peinlich ist nur, dass so was ausgerechnet mir passieren musste."

„Pech kommt halt vor", meinte Cle achselzuckend; plötzlich erinnerte er sich an seine eigenen Software-Unfälle, was ihn zurück zum Grund der Verabredung brachte. „Du erinnerst dich garantiert noch, wie wir zusammen das emotionspermeable Interface konstruiert haben. Da hat es auch ein paar Mal gefährlich geknallt."

„Ihr habt es konstruiert, Tsil und du. Ich hab es nur ausprobiert und euch gesagt, wo es noch maßlos falsche Gefühle überträgt."

„Ja, ist doch egal. Kurz vorher hatten wir Lissa kennen gelernt und dieses unglaubliche Ding, das sie entwickelt hat, ist mir beim Lesen der Projektbeschreibung schlagartig wieder eingefallen."

„Dir auch?" fragte Gabriel, ohne sich wirklich zu wundern. „Die Parallelen leuchten ja auch greller als Leuchtfeuer. Gedanken-Interconnect, ferngesteuerte Motorik, beidem müssen dieselben Module zugrunde liegen."

Es war damals Lissas ehrgeizigstes Projekt gewesen. Sie wäre beinahe wieder zurück zur Jupiter-Station gegangen, als es *aus medizinischen und ethischen Bedenken* abgebrochen worden war. Schnell hatte sie noch Baupläne von allen funktionsfähigen Einzelteilen auf einige Foren verteilt. Aus den Beschreibungstexten konnte man regelrecht die Tränen in ihren Augen herauslesen.

Das Konzept war so einfach, wie die Umsetzung komplex war. Das ferne Ziel des Interconnects war nicht weniger als die vollständige Übertragung eines Gedankens, lückenlos mit allen daran hängenden Gefühlszuständen und Vorstellungen.

Genau genommen war das unmöglich, aber Lissa war trotzdem schon unglaublich nah dran. Als *das Ende der Sprache* hatte man ihren Prototypen in Creanima schon im Voraus gefeiert. Statt zu reden, sollten die Leute zueinander denken und das sogar zeitversetzt. Denn was in Kabel und Chips passte, konnte man selbstverständlich auch speichern.

Doch das Ende der Sprache fand niemals statt. Es wurde aufgehalten von krankhaft kritischen Psychologen, die im Kopieren harmloser Persönlichkeitsausschnitte sofort eine Gefahr sahen. Im Gegensatz zu herkömmlichen Gedächtnis-Paketen, würden fremde und eigene Gedanken sich streng getrennt überlagern, und die Folgen davon – so die offizielle Begründung – wären unvorhersehbar.

„Noch nie ein gerahmtes Bild betrachtet?" war Lissas liebstes Gegenargument. „Es ist ein in sich geschlossener, begrenzter Eindruck, der in deiner Welt sitzt, ohne sich mit ihr zu vermischen. Bringt eine Aussage des Künstlers rüber. Genau das gleiche."

Später, als der erste Antrag auf sofortige Einstellung bei der deutschen Verwaltung einlief, nannte sie noch einen anderen Vergleich, der das Thema verharmlosen sollte, aber das Gegenteil bewirkte. „Eine Direktverbindung übers Gedanken-Interconnect hat weitaus weniger Auswirkungen als multiple Persönlichkeit, und sogar damit leben viele Leute sehr gut. Man bekommt nur einen sekundenlangen Eindruck des Gegenübers, der sich sogar löschen oder ins primäre Gedächtnis integrieren lässt."

Damit hing der Vergleich mit MPS in der Luft, so dünn und haltlos er auch war. Diffuse Ängste ahnungsloser Kritiker wurden laut, das System könne bei längerer Verbindung die eigene Persönlichkeit der Benutzer verdrängen.

Absoluter Unsinn, wie jeder bei genauer Analyse der Technik erkennen musste. Das Gedanken-Interconnect war ein geniales Kommunikationsmittel, vielleicht das Beste aller Zeiten, was auch die Verwaltung einsehen musste. Letzten Endes erwies es sich als harmlos – aber noch nicht bereit für die Öffentlichkeit.

Grundsätzliche Ablehnung durch die Mehrheit der Bevölkerung, lautete schließlich die Begründung, mit der die Weiterentwicklung gestoppt wurde. Dass diese Mehrheit durch reißerische Presseberichte künstlich verunsichert war, spielte anscheinend keine Rolle mehr.

Damit hatte Lissas liebstes Kind jede Hoffnung verloren, sich jemals als normales Interface für die Massen zu etablieren. Doch in der Bastler-Szene und unter Studenten lebte es weiter, die trotzig veröffentlichten Schaltpläne und Programme fanden viele Freunde im risikofreudigen Untergrund.

Sogar das Kernteam hinter Creanima, das damals noch ein mittelmäßiges, doch stetig wachsendes Kunstprojekt verspielter Raum-Designer war, pickte sich ein paar eindrucksvolle Effekte heraus und vermischte sie mit dem bereits vollständig eingebauten Emotionscode von Cle und Tsil.

„Meinst du, sie haben abgeschrieben?" fragte Cle und versuchte, die Antwort in Gabriels nachdenklichem Gesicht zu erkennen.

„Warum sollten sie alles neu erfinden?" erwiderte er nur.

„Nun, wenigstens haben sie nichts von *uns* kopiert. So, wie ich die Personen-Fernsteuerung – nennen wir es mal so – verstanden habe, überträgt sie reine Sinneseindrücke und motorisches Feedback. Also nichts, mit dem wir uns ernsthaft beschäftigt hätten."

Obwohl so etwas früher oder später zu erwarten gewesen war, ärgerte es Cle, was aus frei verfügbarer Software auch nach Jahren noch entstehen konnte. Lissa die entdeckten

Parallelen mitzuteilen, hielt er dabei für überflüssig.

Wenn sie die Protokolle nicht nur geklaut, sondern auch gelesen hat, war er völlig sicher, *hat sie dasselbe schon längst allein herausgefunden.*

In den Verwaltungsstockwerken gab es weder getrennte Gebäude noch abwechslungsreiche Architektur. Überall trugen identisch aussehende, leise surrende, vierspurige Laufbänder Personal und Besucher durch breite Flure, die trotz der hellen, warm weißen Beleuchtung wie Tunnel wirkten. Über den Köpfen der Fußgänger sauste ab und zu ein Auto hinweg, hier und da schwirrten Roboter-Boten auf ihren rosig schillernden Flügelpaaren die Wände entlang.

Rihm und Mariko waren vier Quergänge vom Büro des Kontaktbeamten entfernt. Höchstens ein paar Minuten lagen noch vor ihnen, als Mariko am schwarzen Ärmel seines neuen Chefs zog und auf ein anderes Laufband zeigte.

„Ist er das nicht schon wieder?"

Rihm schaute sich schnell genug um, so dass er den grau gemusterten Mantel der Mannes noch erkannte. Darüber sah er dieselben kurzen, dunklen Locken und für einen Moment auch das gleiche Gesicht, das ihnen schon vorhin am Aufzug begegnet war.

„Der fährt wohl Schlangenlinien quer durchs Amt", flüsterte er und hielt nach dem nächsten Wechselpunkt Ausschau. Ungefähr alle fünfzehn Meter war eine Lücke in der Leitplanke zwischen den entgegengesetzt rollenden Gehwegen, durch die man auf die andere Seite wechseln konnte.

Natürlich wäre es sinnlos, den Fremden zu verfolgen. Aber diese Gelegenheit war ideal, um an einer Abzweigung zu verschwinden und nie wieder aufzutauchen. Also schwang er sich kurz entschlossen über den Wechselpunkt aufs andere Laufband.

Mariko machte sofort mit und sprang neben ihm aufs Band. „Dann lass uns mal sehen, wohin er geht, wenn wir hinter ihm sind. Folgen kann er uns so ja kaum ..."

„Nicht so laut", zischte Rihm grinsend zurück. „Wir laufen einfach rein zufällig hier lang, okay?"

Der vollkommen farblos gekleidete Mann wechselte an einer Kreuzung in die rechte Querstraße. Mariko zwinkerte Rihm zu und bog ebenfalls nach rechts ab.

„Hat er nicht gerade eben dieses Band betreten?" fragte er verwirrt in die Luft, als er den Fremden plötzlich nicht mehr sah.

Ein paar Atemzüge lang standen sie wortlos auf dem Laufband, bis es an einer öffentlichen Toilette vorbei fuhr. Auf einmal schüttelte Rihm den Kopf und zog den Studenten lächelnd auf den festen Seitenstreifen.

„Darin wird er wohl verschwunden sein", war die einzige plausible Erklärung. „Das darf man doch noch, oder? Nun ja, vielleicht wartet er auch nur drinnen, bis wir vorbei ziehen und wieder vor ihm sind."

„Eben, das darf man noch", nickte Mariko, „und wir haben genauso Zutritt." Neugierig öffnete er die Tür einen Spalt breit.

„Rein oder raus", schubste Rihm ihn von hinten an, „was sollen die Leute denken, wenn ein großer Junge und ein kaum älterer Ausländer wie gebannt durch die Klotür schielen?"

Von diesem deutlichen Hinweis peinlich berührt, schob er sich endlich ganz durch den Spalt. Rihm wartete nicht lange. Kaum hatte sich die Tür hinter seinem neugierigen Freund geschlossen, rannte er das Laufband hinunter, um unzählige Ecken zum West-Fahrstuhl. Hängte dort sein Gedächtnis-Upgrade zurück auf den Ständer und fand erst wieder Ruhe, als sich der Aufzug in Bewegung setzte. Wer sollte ihn von hier an noch aufhalten? Endlich war er so gut wie im Flughafen.

Mariko hörte die Tür mit einem hellen Klicken ins Schloss fallen und ging davon aus, dass Rihm draußen wartete, um sich weitere Peinlichkeiten zu ersparen. Als der Klangteppich von Laufbändern und Passanten ausgesperrt war, hörte er eine Stimme hinter einer Kabinenwand, die hektisch auf jemanden einredete der nicht hier war. Der graue Verfolger schien

Bericht zu erstatten – und zwar über ihn.

„Ja, es war definitiv derselbe Junge", hörte er eine Seite des Telefonats durch die Trennwand gedämpft mit, „aber diesmal zusammen mit einem, den wir noch nie gesehen haben. Sie kamen aus dem Landgut und fuhren direkt in die Verwaltung ... Woher soll ich wissen, zu welchem Amt sie wollen? Ich sage doch, sie haben mich enttarnt ... Verdammt nochmal, ich habe dir doch gerade ein Foto von seinem Begleiter geschickt. Nein, sie haben nicht unterwegs darüber geredet, was sie von welcher Behörde wollen."

Ihm stockte der Atem. Er konnte sich nicht entscheiden, ob er flüchten oder weiter zuhören sollte. Der Spion nahm ihm die Entscheidung ab, indem er das Gespräch beendete und heraus kam. Im ersten Moment sah Mariko das schockierteste Gesicht, das ihm in seinen zwanzig Lebensjahren je begegnet war. Doch der Fremde überwand den Schrecken schnell. Schon packte er den noch immer versteinert dastehenden Studenten an der Schulter.

„Wo ist dein großer Bruder hin?" drang der südländische Akzent des Insulaners durch das Rauschen in seinen Ohren.

Kein Laut von der Tür her – wartete Rihm noch da draußen? Er musste dort stehen. Warum sollte er ihn allein lassen? Mariko starrte in das fein linierte Gesicht des Agenten und brachte keinen Laut hervor.

Stockwerk für Stockwerk zog vorbei; für Rihm schienen sie ineinander zu verlaufen, wie diffuser Nebel unter ihm zu verschwinden. Alle paar Sekunden wechselten die Menschen um ihn herum; namenlose Schatten für seine Augen, die nur an der Anzeige über der Tür hafteten.

117, unbekannte Großstädte. 250, noch mehr davon. 282, ländliche Siedlungen. 349, er hielt den Atem an. Gleich würde der West-Fahrstuhl seine breite Doppeltür auf der Etage öffnen, wo man bald auf ihn warten würde.

Wieder das vertraute Summen, lebendig duftende Luft wehte für einen Augenblick in die nur noch halbvoll besetzte

Kabine. Dann das immer gleiche Zischen und Klicken, als die Türen sich wieder verriegelten. An den wenigen noch folgenden Stopps zeigten sich Gärten, Felder und verschiedene, künstlich natürlich gestaltete Landschaften.

Aus einem Wald wehte ein grünlich-braunes Blatt herein. Es blieb einsam auf dem Boden liegen und wurde platt getreten, als zwei Matrosen in weißem Anzug und rotem Umhang einstiegen. Sie kamen aus der ersten Flughafen-Etage und stiegen in der dritten wieder aus.

Wo auch immer Juliette parkte, es musste eines der oberen Hafen-Stockwerke sein. Die Schleusen hier unten, zwischen 400 und 405, waren der Anzeigetafel zufolge für terrestrische Luftgleiter reserviert. Mittelgroße Schiffe mit einer Reichweite bis zur inneren Grenze des Sonnensystems flogen nur selten irdische Türme an; für sie war das jeweils nördliche Drittel der Ebenen 410 und 411 vorgesehen.

Als das Schild über der Doppeltür 409 zeigte und schließlich noch einmal umsprang, war der Aufzug fast menschenleer. Hier stieg Rihm aus und ging ein paar Schritte in die Halle hinein, um die Projektionen an der Decke besser lesen zu können.

Alle Gefühle der letzten Woche waren wie weggeblasen. Plötzlich machten sie Platz für einen warmen Schleier von Sicherheit, wie ein zweites Zuhause wirkte die Hafen-Umgebung. Natürlich war es nicht sein Hafen, der hoch über Neuseeland auf ihn wartete, aber äußerlich waren sie fast identisch.

Zwei Meter über seinem Kopf hing die Tabelle der letzten Landungen und nächsten Abflüge in reiner, klarer Luft. Julies Raumschiff war nicht dabei. Aber was bedeutete das schon? Ein kurzes Zeichen mit der linken Hand, und neben den sich stetig vorwärts schiebenden Zeilen erschien eine zweite Liste gut lesbar vor seiner Nasenspitze. Wo Fernflieger dominierten, hörte alles nur auf Handgesten.

In der persönlichen Liste ließ er nach Julies Luftschleuse suchen und fand sie im 411. Stockwerk. *Also gehts ein letztes*

Mal dort rein, dachte er und kehrte um. Der Aufzug brachte ihn noch eine Ebene höher, in die Hafenhalle in der Julie schon seit Stunden wartete. Keine Sekunde zu lange wollte er sie jetzt noch warten lassen.

Die abfälligen Blicke schneeweiß uniformierter Raumfahrer routiniert ignorierend, lief er an Wegweisern und Sektionsnummern entlang direkt auf das Schiff zu, das er schon von Weitem erkannte.

Die Idee, sich loszureißen und einfach zu rennen, verwarf Mariko sofort wieder. Selbst wenn er Ersteres schaffen würde, käme er nirgendwo an, ohne den Spion direkt dorthin zu führen. Vorsichtig versuchte er, seine eiskalt gewordenen, kribbelnden Finger zu bewegen.

Der fremde Mann bemerkte das gar nicht und klammerte sein breite Hand weiterhin betäubend fest um seinen Oberarm, während er mit jemandem telefonierte, der so was wie ein Anführer sein musste. Schließlich sah er wieder seinen Gefangenen an und rang sich ein mitleidiges Lächeln ab.

„Ich frage gar nicht erst", seufzte der Geheimagent. „Du verrätst mir sowieso nicht, was ihr von der Verwaltung wolltet." Damit schob er Mariko auf die Tür zu, so dass dieser leicht stolperte, bevor seine Füße gehorchen und sich in Bewegung setzen konnten. „Ein Kollege kümmert sich um deine Begleitung, du wirst ihn schon bald wiedersehen."

Der mehrspurige Bürgersteig war tatsächlich leer und verlassen. Nur eine handvoll Büromenschen in schicken Anzügen fuhr leise diskutierend vorbei. Kein Spur mehr von Rihm. Sofort war Mariko überzeugt, dass der Fremde ihm mit dem letzten Satz nicht nur Angst einjagen wollte. Kaum dass sie sich getrennt hatten, musste der zweite Spion zugegriffen haben.

Mehmet fluchte stumm, behielt sein Gesicht aber gut unter Kontrolle. Hatte Stella nicht eindeutig angeordnet, dass Fatima und Vladimir den anderen Kalifornier an Ort und Stelle festnehmen sollten, so dass sie zu dritt mit zwei Gefangenen zurückkehren konnten? Kiki Baoba, der genau heute persönlich angereist war, würde toben, wenn einer der beiden entkam.

Bestimmt hat der langhaarige Dummkopf versucht zu fliehen, dachte er verärgert und stellte sich vor, wie sie Marikos Begleiter am Ende doch bekamen. Weit konnte er jedenfalls nicht kommen.

Wenige Kilometer darüber, am nördlichen Rand des Hafens, startete ein Mittelklasse-Transporter seine Triebwerke, die ihn geschmeidig auf das äußere Tor der Luftschleuse zu schoben.

„Wir sind heute mit minimaler Besatzung unterwegs", lächelte Juliette entschuldigend. Der kreisrunde, kupferne Navigationssensor glänzte niedlich auf ihrer Stirn. „Ich wollte meine Jungs nicht in Gefahr bringen, darum sind die meisten in Landurlaub auf der Mondbasis."

Eisiger Wind zerrte an dem fürs Vakuum gebauten Frachter, doch durch die dichte Isolierung drang nichts davon ins Innere. Die Pilotin strich sich den dunkelgrünen Umhang über ihrem gewohnten, weißen Anzug glatt. Dann griff sie schweigend nach Rihms Hand und hielt sie fest, bis sie das Schiff dem Autopiloten übergeben konnte.

Weiß, an allen Wänden – raues, mattes Weiß wie Kunstschnee und Eisblumen. So ausdruckslos wie geräuschlos schlossen sie Mariko ein, gingen oben nahtlos in die niedrige Decke über und machten nur am Boden eine Ausnahme, wo blasse Fußabdrücke an den lebendigen Staub der Straßen erinnerten.

Die Luft roch nach gar nichts. Steril gefiltert drang sie in seine Nase und hinterließ nicht die geringste Spur.

Er wusste nicht genau, ob er erst Minuten oder schon Stunden in der vollkommen farblosen Zelle saß, sein Info-Armband hatte man ihm abgenommen. Allzu lange konnte es noch nicht sein, denn er dachte noch nach, suchte noch immer nach einem Fluchtweg.

Wann würde ihn jemand vermissen, in einer Stunde, oder erst in zwei? Wo würde man nach ihm suchen, wenn er sich nicht bemerkbar machen konnte? Fragen kreisten umeinander und gingen in den Kopfschmerzen auf, die stetig schlimmer wurden.

Schließlich ließ er seine Augen zufallen und lauschte an die Wand gelehnt in die Stille hinein. Leise drangen Stimmen durch die kaum erkennbare Rille, an der sich die verschiebbare Wand vorhin geschlossen hatte. Manche davon klangen aufgeregt, bestimmt auch laut. Doch bis zur Unverständlichkeit gedämpft waren sie kaum mehr, als ein vages Murmeln.

Für wen arbeiteten diese Leute, was wollten sie ausgerechnet von ihm? Als das Dröhnen in seinem Schädel jeden klaren Gedanken zu übertönten drohte, gab er die sinnlosen Fragen auf und ließ den konturenlosen Schatten hinter seinen Augenlidern freien Lauf. Wie von selbst begann der Tag, rückwärts an ihm vorbei zu ziehen.

Da war wieder der Moment, als er sich erschrocken umgedreht hatte, nur um zu sehen, wie die eisig weiße Schiebetür sich vor seiner Nase nahtlos verschloss. Dann die Gesichter der Männer, die versucht hatten, ihn über sein Forschungsprojekt auszufragen. Der irische Akzent des einen, die fast schwarzen Augen des anderen. Irland ... war das nicht eine sogenannte politische Insel, ein vom Regierungsnetzwerk abgekoppelter Turm? Etwas klickte in seinem Gedächtnis.

Der Film hinter seiner Stirn kam schnell in Fahrt und raste weiter rückwärts. Sie waren auf dem Weg zum Amt gewesen, um mit *na.Kalifa* zu sprechen. Sie ... er und Rihm, der jetzt wahrscheinlich in einer ähnlichen Zelle mit ähnlichen Bildern zu kämpfen hatte. Warum hatten sie nicht zusammen bleiben können, wie Tim es ihnen heute Morgen noch eingeschärft hatte? Zu zweit wären sie mit dem einen Agenten garantiert fertig geworden.

Seine beschissene Neugier musste Schuld sein. Viel zu sicher hatte er sich gefühlt. Beobachter, Verfolger, woher denn? Gründe fielen ihm immer noch nicht ein, aber soviel war klar: Entweder steckte er mitten in einer wahnwitzigen Verwechslung, oder hinter seinem *praxisbezogenen Nebenjob* lauerte weit mehr, als er bisher wahrhaben wollte.

Plötzlich spürte er eine Kälte, die nur teilweise von außen stammte. Violette Flecken zeichneten sich blass auf seinem Handrücken ab, in der Farbe seiner Fingernägel. Es war tatsächlich unangenehm kalt hier, seine Arme zitterten und wollten nicht stillhalten. Doch erst jetzt fiel es ihm auf.

Aber was war denn so Gefährliches an ihrem *Simplex-Interconnect*? Dass die komplette Entwicklung hinter verschlossenen Türen stattfand, hatte er sich immer damit erklärt, dass einfache Bürger Märchen liebten, so dass jede noch so weit hergeholte Spekulation über mögliche Anwendungen unerträgliche Gerüchte lostreten könnte.

Praktisch war es doch viel mehr ein Werkzeug, um bei Bedarf einen entfernten Experten auf einfache Arbeiter drauf zu schalten. Wenn in den Fabriken zeitkritische Probleme auftraten – vom Unterhaltungswert fremder Aufzeichnungen ganz abgesehen.

Die Ablösung ihrer Vorgänger, der Wirbel um Rihms Ankunft. Noch ein Stück Erinnerung grub sich an die Oberfläche und tauchte in seinen halb betäubten Überlegungen

auf. Endlich erinnerte Mariko sich an eine lange Nacht. Charly hatte mit seinen beiden jüngsten Mitarbeitern am Fenster zum Garten gesessen und sehr viel verrückt-politischen Kram erzählt. Mariko war am Ende ziemlich müde gewesen. Überhaupt hatte er an diesem Tag schon so viel erfahren, dass dieses Gespräch keinen großen Eindruck mehr hinterlassen konnte – oder hatte er es vergessen wollen? Jetzt war es jedenfalls mit einem Schlag wieder da.

Helgoland ... Überwachung ... Stichworte hallten wie verspätetes Echo zwischen losen Bedeutungsfragmenten, die sich nach tagelanger Ignoranz – gezielter Verdrängung? – wieder ineinander fügten und die Aufmerksamkeit einforderten, die ihnen von Anfang an zugestanden hätte. Charly hatte also keine überzogenen Geschichten erzählt. Er hatte es nie glauben wollen, aber von nun an musste er.

Gesichter mischten sich in die Wortfetzen vergangener Unterhaltungen. War es Zufall, dass Jenny vorletzte Woche überraschend einen Studienplatz auf Venus-9 bekommen hatte?

Der kurze Ausflug nach Neuseeland, auf dem sie die Sorgfalt der Einreise-Kontrollen auf die Probe gestellt hatten, war gerade zu Ende gegangen, als sie sich am Flughafen verabschiedet hatte. Ein Bewerber hätte kurzfristig abgesagt, sie könne deshalb nachrücken. Venus-9 war eine beliebte, relativ neue Raumstation und Plätze an der dortigen Hochschule galten als schwer zu bekommen.

Nach der Rückkehr ins kalifornische Landhaus, ohne Jenny, konnten sie zwei oder drei Tage lang nicht arbeiten. Charly hatte mit den Technikern zusammen gesessen und ein paar Optimierungen am Interface vorgenommen; so hatte man es Mariko jedenfalls erzählt. Viel hatte er nicht mitbekommen, denn man hatte ihm zwei Tage Urlaub angeboten, zu denen er nicht Nein sagen konnte. Kaum war er wieder zurück, war auch schon ein Ersatz für Jenny gefunden. Rihm war plötzlich da, kurz bevor Charly die Erklärung heraus gerückt hatte, gegen die sich sein Verstand nach wie vor sträubte.

Inzwischen hatte er begriffen, dass sie Rihm wirklich aus Neuseeland mitgebracht hatten, im vorderen Teil des Flugzeugs, außer Sicht für ihn. Aber war daran etwas grundsätzlich falsch? Seine damaligen Vorgesetzten hatten den neuen Mitarbeiter erst mal beobachtet, um seine Vertrauenswürdigkeit zu testen.

Das war doch normal, da musste jeder durch! Mit dem leichten Schatten eines Lächelns erinnerte Mariko sich an seine ersten drei Tage als Interconnect-Läufer. Unter strenger Beobachtung hatte er die ersten paar Versuche überstanden, die nächsten fanden im verschlossenen Auto statt. Es hatte über eine Woche gedauert, bis Charly genug Vertrauen gefasst hatte, um ihn allein zu Fuß hinaus zu lassen.

Viel zu lange, rief eine Stimme in seinem Hinterkopf. Viel zu lange hatte er unmögliche Erklärungen an den Haaren herbei gezogen, nur um nicht akzeptieren zu müssen, auf was er sich mit diesem Projekt eingelassen hatte.

Jetzt schlug die Realität mit voller Wucht auf ihn ein, ließ das dünne Konstrukt seiner Fantasiewelt zersplittern wie das Glas eines brüchigen Zerrspiegels. Wie hatte er so lange weg schauen können? Man hatte ihm die Wahrheit vors Gesicht gehalten und sogar nächtelang offen und ehrlich erklärt. Doch erst jetzt, als alles zu spät war, ließ er sie an sich heran.

Seine linke Hand begann, nervös mit den Fingern der Rechten zu spielen. Verzweifelt starrte er eine Weile auf seine Fingernägel, von denen einer schon eingerissen war. Ärgerlich steckte er die Hand in die Hosentasche, um sich den Nagel nicht noch, in Gedanken versunken, ganz abzureißen.

Auch dort fanden die ruhelosen Finger etwas zum Spielen: Ein winziges Plättchen, kühl wie Metall und angeraut auf einer Seite. *Das Sensorset!*

Sofort zog er den kupfernen Kreis hervor, betrachtete seinen roten Glanz, dann hielt er inne und ließ ihn wieder in der Tasche verschwinden. Niemand durfte es sehen, man würde es ihm sofort abnehmen. Dabei war es doch sein einziger Kontakt nach draußen, ein kilometerweit reichender Sender ... den seine Leute so gut wie sicher bei ihm vermuten würden.

Eigentlich hatte er gar nicht vorgehabt, das Sensorset mitzunehmen. Sein Nachfolger sollte es morgen erhalten; Mariko hatte nur nach dem letzten Lauf vergessen, es ordentlich weg zu legen. Vorsichtig, noch immer erstaunt über seine glückliche Schlamperei, fuhr er mit den Fingerspitzen über die blanke Seite den Sensors, dann über die raue Rückseite, schließlich holte er es wieder heraus.

Einen Versuch ist es wert ... in der kalten Luft spürte er die Kontaktstelle nicht als kühlen Punkt; da war nur eine sanfte Berührung kurz unterm Haaransatz, als er sich den Sensor gegen die Kopfhaut drückte. Die mikroskopisch kleinen

Widerhaken der rauen Seite hafteten fest, sodass das Plättchen an seinem Platz blieb. Zitternd vor Kälte, Aufregung und der zwecklosen Angst erwischt zu werden, schloss er die Augen und wartete einen Moment.

Um ihr vom Vakuum verwöhntes Raumschiff nicht zu starker Korrosion auszusetzen, steuerte Juliette aufwärts, bis sie die dünnsten Schichten der Atmosphäre erreichte und einen der Türme ansteuerte, die wie silberne Nadeln aus der grünblauen Erde heraus stachen. Das Land, in dem sie ihren Passagier absetzen musste, hatte ziemlich strenge Ein- und Ausreisegesetze.

Rihm hatte noch nicht darüber nachgedacht, ob man sie landen lassen würde – was sollte schon schiefgehen? Wortlos betrachtete er den Glanz auf Julies Haar und in ihren dunklen Augen, die abwechselnd nach außen und in eine nur für sie sichtbare Simulation schauten. Der Bordcomputer zeichnete Karten und Winkel in ihren Kopf, ihr Gesicht blickte dabei im Schiff umher, und sie konnte alles gleichzeitig sehen und auseinander halten. Ihre Aufmerksamkeit auf zwei Welten zu verteilen, schien ihr nicht einmal besondere Konzentration abzuverlangen.

Wie immer, wenn er Julie bei der Arbeit zusehen durfte, erwischte er sich bei der Frage, ob die Sterne denn einfach so weiter leuchteten, wenn sie an ihnen vorbei flog. *Dieses Mädchen überstrahlt doch alles*, flüsterten ein paar Hintergedanken, während das Schiff den Kurs änderte und begann, sich in einer abwärts kreisenden Spiralbahn dem Turm zu nähern, dessen glitzernde Hülle Rihms verschwindend kleine Welt enthielt.

Dass es ein paar Diskussionen mit der Automatik geben würde, war abzusehen. Diese fingen an, als die Pilotin einen Landeplatz anfragte.

Ohne vorherige Anmeldung ist keine Auskunft möglich.

Also meldete sie das Schiff ordentlich als geplanten Flug an und wartete. Ein kleiner, terrestrischer Luftgleiter zog vorbei, kreuzte ihre Flugbahn und bekam ohne Verzögerung eine Schleuse zugeteilt. Offenbar war er förmlich registriert. Julie warf einen besorgten Blick auf den Treibstoffverbrauch.

Für die folgenden 271 Minuten sind alle Landeplätze für ihre Schiffsklasse ausgebucht.

Alle Landeplätze sollten belegt sein? Juliette murmelte etwas von Abschreckungspolitik und Behördenwillkür, schaute noch einmal auf den Treibstoffverbrauch, kurz darauf verschwand Neuseeland tief unter ihnen.

„Drecksland", kommentierte sie ihr spontanes Wendemanöver. „Leider machen es ziemlich viele Türme so. Man muss nur die Ankunftszeiten etwas abändern, schon wird man hingehalten, bis man sich von selbst wieder verzieht. Deren Verwaltungen bilden sich allen Ernstes ein, die Welt wäre exakt planbar."

Ohne auf Rihms Reaktion zu warten, steuerte sie das Schiff hinaus in den luftleeren Raum. „So lange können wir aber nicht in der Atmosphäre bleiben. Luftwiderstand und Schwerkraft machen uns sonst fertig."

In einem energiesparenden Orbit, den das kompakte Fluggerät ganz von selbst beibehielt, gingen sie alle Möglichkeiten durch. Sollten sie die Mondbasis anfliegen, auf der sie sowieso in den nächsten Tagen erwartet wurden, um den Rest der Besatzung wieder abzuholen? Juliette passte die Vorstellung überhaupt nicht, ihren Passagier ohne korrekte Reisedokumente dort einzuschmuggeln.

Eher würde sie in einem anderen Staat untertauchen und Rihms Identität notfalls an den Ämtern vorbei zurecht biegen lassen. Noch einfacher wäre es freilich, von dort aus die ganze Angelegenheit zu klären. Was sollte daran schon gefährlich sein, aus sicherer Entfernung die heimische Verwaltung anzurufen? Währenddessen konnte sie auch einen ordentlichen Landeplatz in Neuseeland buchen.

„Die Länder, die keinerlei Einreise-Formalitäten betreiben, lassen sich leider an einer Menschenhand abzählen", seufzte sie und ließ eine Weltkarte in der plötzlich zur Hälfte verdunkelten Frontscheibe aufleuchten.

„Korea, Kaschmir, Deutschland, Colorado und die Ostsee-Region lassen jeden rein. In allen anderen Ländern hätten wir voraussichtlich ähnliche Probleme wie vorhin. Kaschmir ist aber ein Inselstaat, denen würde ich an deiner Stelle nicht zu nahe kommen."

Zahlenblöcke und Flugbahnen zeichneten sich in die Karte ein. Juliette deutete mit Zeige- und Mittelfinger auf zwei davon. „Wenn wir gleich starten, lässt sich Nordeuropa am schnellsten ansteuern. Damit hätten wir Deutschland oder die Ostsee-Gruppe zur Auswahl."

Die Entscheidung fiel leicht, denn nur in einem der genannten Türme kannte Rihm jemanden. Im nördlichen Doppelturm, der wie zwei kreisrunde Silberfelsen aus der schäumenden Ostsee aufragte, hatte Juliette zwar ein paar flüchtige Kontakte, aber niemanden der ansprechbar sein würde, falls die Verwaltungen Ärger machen sollten.

Die monochromen Ziffern der Küchenuhr verzogen sich noch einmal und formten die nächste Uhrzeit. Tim schaute kurz hin, strich nervös die Folie glatt und schrieb weiter am Zeitplan für die angebrochene Woche. Wieder verschwamm die Uhr zu grauschwarzen Schlieren und bildete daraus neue Ziffern. Es war schon nach fünf.

Wie lange mochte es wohl dauern, ein paar Sätze mit der KI zu wechseln? *Die beiden sind schon viel zu lange fort*, fand er bereits seit dem frühen Nachmittag.

Schließlich rollte er den Speicherzettel zusammen und schaute den untypisch kräftig gebauten Mann neben sich fragend an. Hier in der Küche wirkte er mehr wie ein fehl platzierter Sportler, als wie ein Informatiker.

„Was meinst du, Juan? Rufen wir endlich das Amt an?"

Juan griff nach der Folie mit dem Zeitplan und tippte mit dem breiten Zeigefinger der anderen Hand den Telefon-Stein seines Armbands an. Aus dem Adressbuch, das sich über dem Küchentisch aufbaute, wählte er das Büro eines

Kontaktbeamten. Es dauerte keine Minute, bis die Verbindung angenommen wurde und ein Mitarbeiter der Verwaltung flimmernd in der Luft erschien.

Doch als Juan die Vorgangsnummer nannte, mit der seine beiden Kollegen zur Verwaltung gegangen waren, schaute der Beamte ihn verwundert an.

„Wie lange sie noch brauchen? Ich verstehe nicht ganz. Diese Vorgangsnummer ist noch offen, niemand ist deswegen hier gewesen."

„Was soll das heißen?" rief Juan, plötzlich aufgeregt. „Mein Boss ist heute Vormittag zusammen mit seinem Assistenten zu Ihnen runter gegangen. Wollen Sie mir weismachen, sie wären nie dort angekommen?"

„Beruhigen Sie sich bitte! Ich kann Ihnen nur sagen, was im Datensatz steht. Der Vorgang wird heute Abend vom Status Offen nach Überfällig wechseln, wenn ihr Vorgesetzter nicht vor Dienstschluss noch hier erscheint."

Der Telefonist schien nur darauf zu warten, das lästige Gespräch schnell beenden zu können. Dass vorgeladene Personen einfach nicht erschienen oder ganze Tage zu spät kamen, gehörte zur Routine. Niemand sah darin etwas Auffälliges. Also bedankte Juan sich für die Auskunft und ließ die Projektion wieder verschwinden. Seine Hand zitterte kurz, dann steckte er sie in die Hosentasche, um nicht wütend auf den Tisch zu schlagen.

„Verdammt nochmal! Die Zwei sind nie angekommen und wir hocken hier nur nutzlos herum."

Tim saß still auf seinem Platz, das Gesicht in den Händen vergraben. „Es ist schon Stunden her, dass sie aufgebrochen sind", flüsterte er nach einer Weile. „Schon gleich am Morgen kann ihnen etwas zugestoßen sein, ohne dass wir sie vermisst hätten, bevor ..."

„... bevor jemand alle Spuren vernichtet und sich mit ihrem Insider-Wissen abgesetzt hat." beendete Juan den Satz.

„Mit wessen Wissen?" Tim hob den Kopf gerade weit genug, um Juan ungläubig anzustarren. „Falls du auf die Typen anspielst, die uns beim Abgleich der Aufzeichnungen verdächtig vorkamen: Rihm würde niemals Details ausplaudern, und Mariko erst recht nicht. So labile Charaktere hätte *na.Kalifa* niemals aufgenommen."

„Seit wann verstehen Programme ihre Entwickler?" erwiderte Juan abfällig. „Weißt du eigentlich etwas darüber, wie sie es überhaupt in dieses Projekt geschafft haben? Mir hat man die beiden nur kommentarlos vor die Nase gesetzt."

Als Tim spürte, wie sein giftiger Blick ignoriert wurde, stand er kurzentschlossen auf. „Du bist wohl immer noch sauer, weil du Charlys Stelle haben wolltest." Im Türrahmen drehte er sich noch einmal um. „Hoffentlich hilfst du trotzdem, unsere Jungs wieder zu finden."

Juan stützte sich mit seinen breiten Händen auf der Tischplatte ab und stand schwerfällig auf. „Du hast also schon eine Idee?"

„Was den Kleinen angeht, können wir nur hoffen, dass er sich in Rihms Nähe aufhält. Letzterer hat nach wie vor den Transceiver-Chip im Kopf, den wir mit etwas Glück ansteuern können."

Die Triebwerke waren verstummt, hatten sich nach der Notlandung von selbst abgeschaltet. Gespenstische Stille herrschte im Inneren des Raumschiffs, das nun wie ein Fremdkörper in der Biosphäre des Planeten lag und schweigend den kiloschweren Luftdruck abwehrte.

Durch den festen, glasklaren Kunststoff der Frontscheibe leuchtete ein Schattenspiel, wie es der Sternenhimmel nur selten bieten konnte: Hier unten war Grün die alles beherrschende Farbe, vermengt mit rostig rotbraunen Flecken. Beleidigend fröhliches Hellgrün vom Gras der Lichtung, auf der sie gelandet waren. Darüber ein wahrer Sturm dunklerer Grüntöne, wo uralte Bäume – höher und breiter als in jedem Garten – sich düster, beinahe bedrohlich, vor die Sonne schoben.

Juliette starrte wie versteinert in den undurchdringlichen

Wald, ohne ihn zu sehen. Wie hatte das passieren können? Das Unmögliche war geschehen. Sie hatte ihr Schiff noch nie so lange einer Atmosphäre ausgesetzt, aber daran allein konnte es nicht liegen, die Maschinen waren durchaus auch für Tiefflüge ausgelegt.

Am hintersten Rand ihres Bewusstsein glaubte sie Schritte zu hören, jemand kam aus den inneren Räumen herein. Doch sie drehte sich nicht um. Ihr Blick haftete fest an der eigentümlichen Landschaft, die sie niemals hätte sehen dürfen, nicht von diesem Platz aus. Fast kam es ihr vor, als könne sie den kühlen Wind spüren, der das Mosaik der Blätter an den zarten Zweigen zittern ließ.

Zwei Meter hinter ihr, in der Tür zum Laderaum, von dem ein breiter Gang zum Maschinenraum hinunter führte, standen die letzten beiden Matrosen die sie nicht in den Urlaub geschickt hatte. Martin betrat gerade die Spitze des Raumschiffs. Im winterlichen Tageslicht wirkte sein Gesicht nicht mehr unruhig, eher gefasst, als hätte so etwas früher oder später passieren müssen.

Dahinter schob sich Ilsina in den Raum, das seltsame Mädchen, das Juliette vorletztes Jahr von einem anderen Frachter übernommen hatte: vom fliegenden Elternhaus in den ebenso mobilen Ausbildungsbetrieb. Ilsina war im Weltraum aufgewachsen, kannte nur technisch optimierte Umgebungen und hatte selbst mit siebzehn Jahren noch Probleme mit der Lautsprache, mit der sich alle sesshaften Menschen verständigten.

Was sollte sie sagen? Besser erst mal nichts. Stattdessen prüfte sie den Ladezustand der Notstromversorgung, für fünf Stunden würde sie ausreichen.

Das lässt sich verlängern, dachte sie beim Anblick der sonnigen Flecken, die in der Mitte der Lichtung zu halbwegs hellem Licht verliefen.

Auf einen kurzen Gedanken hin, den der Navigationssensor noch anstandslos auffing, fuhren drei Segel mit Solarzellen aus der Außenhülle: zwei aus den Seiten und eines an einer Säule aus dem Dach, jedes davon ein vier Meter breites Quadrat. Normalerweise benutzte sie die photoelektrischen Plattformen, um in Sonnennähe nebenbei aufzutanken. Heute würden sie zeigen, wozu sie sonst noch gut waren.

Mit einem goldglänzenden Glockenton färbte sich ein Viereck in der Frontscheibe milchig weiß. Darauf zeichnete sich in schwarzer Schrift die Eingangsbestätigung ihres automatisch abgesetzten Notrufs ab.

„Kann ein paar Stunden dauern, bis man uns hier findet", kommentierte sie die standardisierte Meldung, bevor sie die drei Personen hinter sich endlich anschaute.

Ilsina strich sich eine weißblonde Haarsträhne aus dem schmalen Gesicht, während sie vorsichtig näher kam und eine Wolke trockener Blätter bewunderte, die gerade über das Schiff hinweg wirbelte – Herbstlaub.

Von welchem Turm kam die Bestätigung? fragten ihre Finger in interstellarer Zeichensprache, irritierend vorsichtig für ein Weltraum-Naturell wie sie. Der Absturz hatte sie sichtbar mitgenommen.

„Aus Deutschland", erwiderte die Pilotin laut, gleichzeitig wiederholten ihre Hände die Antwort. „Wir sind nur knapp zweihundertfünfzig Kilometer von dort entfernt, auf internationaler Oberfläche."

Wie die meisten Bürger der Raumflotte, die als Staat ohne Boden organisiert war, beherrschte Juliette beide Sprachen fließend. Von Rihm wusste sie, dass er sich große Mühe gab, die dezent elegante Handsprache zu lernen, und dabei auch gut voran kam. Aber Ilsina schien ein Problemfall zu bleiben.

Während jeder terranisch sprechende Mensch nicht darum herum kam, seine Finger zu benutzen – und sich mit der interstellaren Standard-Sprache entsprechend leicht tat – hatte Ilsina schlicht und ergreifend verpasst, den Gebrauch ihrer Stimme zu erlernen. Juliette versuchte, wo immer sie andockten, die schmale Blondine unter Menschen zu bringen, damit sie sich zumindest an den Klang von Terranisch gewöhnte.

Wie lange würden die Robot-Module brauchen, um sie hier unten zu finden, in diesem sumpfigen Dschungel? Sie schätzte schnell ein paar Zahlen ab; in einer halben Stunde würden sie über dem richtigen Wald kreisen, kurz darauf das Peilsignal geortet haben und ihre Lichtung ansteuern. In weniger als einer Stunde war also damit zu rechnen, dass ein flatterndes Netzwerk winziger Diagnose-Drohnen diesen Ort analysierte, um technische Pannen zu beheben – als wenn sie das nicht selbst könnten – oder Listen fehlender Ersatzteile an ihren Turm zu funken.

Juliette atmete tief ein und versuchte, das letzte Bisschen Unruhe abzuschütteln. Sie hatte schon einen Verdacht, was für ein Schaden sie vom Himmel gefegt hatte. Er hätte schon vor Wochen behoben werden können, aber draußen im luftleeren Raum war er nicht weiter wichtig gewesen, denn dort wurden die unteren Steuerdüsen nicht verwendet.

Ein Rohr in diesen so gut wie nie benutzten Anlagen hatte sich letztens staubig-klebrige Verschmutzungen eingefangen, als die Besatzung nur aus Spaß und Neugier versucht hatte, Wassereis in einem vorbeiziehenden Asteroiden frei zu sprengen. Der kosmische Schneeball hatte zufällig ihren Weg gekreuzt und war dadurch zum Spielzeug gelangweilter Aushilfskräfte geworden.

Sie erinnerte sich noch gut, wie sie über das schwarzweiße Kaleidoskop aus Staub, Steinen und Eiskristallen lachen musste, dann aber die Jungs zu einer ausführlichen Prüfung aller Systeme verdonnerte. Natürlich wussten sie alle seitdem von der harmlosen Macke an der linken unteren Steuerdüse.

Aber dass sie gleich zu so einem Leistungsabfall führte, hätte niemand vorhersehen können. Noch ein paar andere, unentdeckte Verschleißerscheinungen mussten im Spiel sein, ebenso die seit der letzten Rundum-Überholung verstrichene Zeit ...

Mit einem immer breiter werdenden Grinsen hörte Martin diesen Vermutungen zu. *Was auch sonst?* sagten seine Finger lautlos. Von der Situation eher amüsiert als betroffen, schaute er Ilsina und Rihm an, die vorne an der Steuerkonsole standen und aussahen, als gäbe es ein gravierendes Problem. Angesichts des festen Bodens unter seinen Füßen redete er dann auf terranisch weiter.

„Hey, kann uns hier unten denn irgendwas passieren? In über zweiundzwanzig Dienstjahren sind mir schon ganz andere Triebwerke kaputt gegangen, an weit abgelegeneren Orten." Gleichzeitig sagten seine Finger etwas anderes: *Stellt euch nicht so an, wir gehen jetzt mal den Schaden begutachten.*

Das kannst du auch alleine, wies Juliette ihn zurecht, *ich prüfe währenddessen die Konsistenz des Untergrunds. Vielleicht können wir aussteigen und die Umgebung kennen lernen.*

Daraufhin verschwanden die Pilotin und ihr erfahrenster Mitarbeiter in den Tiefen des Raumschiffs, er zum Maschinenraum und sie quer durch die Lagerhalle. An der Steuerkonsole, halb unter der zum Dach hin gewölbten Frontscheibe, blieben Ilsina und der inoffizielle Passagier zurück.

Rihm hatte das praktisch stumme Mädchen schon kurz gesehen, als er das letzte Mal den Bordcomputer aktualisiert hatte. Ilsina hatte ein paar Meter hinter ihm gestanden und zugeschaut, bis ein Kollege sie überreden konnte, ihn nach draußen in den Turm zu begleiten.

Unter uns liegt ein ganzes fremdes Land, da willst du doch nicht hier warten, wo du schon alles kennst, hatte er aus den Augenwinkeln jemanden sagen gesehen. Daraufhin war Ilsina hinaus in den Hafen gegangen, bevor er auch nur ein einziges Wort mit ihr gewechselt hatte. Und nun stand dieses geisterhafte Mädchen neben ihm, kreidebleich von der weißen Standardkleidung übers hellblonde Haar bis zum unmenschlich blassen Gesicht. Beide warteten anscheinend darauf, dass der Andere die Stille füllte.

Doch die plötzliche Notlandung hatte seinen Kopf leer gefegt, wie durch dichten Nebel suchten seine Gedanken nach Klarheit, oder zumindest ein wenig Einsicht. War seine Flucht hier beendet, oder würde er in Deutschland sicher sein? Die naive Idee, vorübergehend unterzutauchen, konnte er jedenfalls vergessen. Im Moment gab es nichts weiter zu tun, als abzuwarten.

„Da draußen ist es erstaunlich hell für diese Jahreszeit", begann er und deutete in den sonnigen Nachmittag hinaus, „ob es wohl auch warm ist?"

Ilsina hörte aufmerksam hin – verstörend konzentriert, kam es Rihm vor. Dann dachte sie kurz nach, schüttelte lächelnd den Kopf und antwortete in Zeichensprache.

Wie sollte es denn um diese Zeit sein? Planeten sind kompliziert, und alle so unterschiedlich.

Verdammter Mist, dachte Rihm und passte auf seine Finger auf, damit sie nicht versehentlich etwas sagten. Er beherrschte die interstellare Sprache gerade ausreichend, um das beiläufige Getuschel seiner Kunden zu verstehen. Genau genommen war er darin noch immer miserabel. War es wirklich möglich, dass die junge Frau gar nichts anderes sprach?

„Entschuldige, aber ... kannst du das nochmal langsamer wiederholen?" fragte er peinlich berührt nach.

Warum musste er gerade jetzt unaufmerksam sein? Diesmal schaute er ganz genau auf Ilsinas blasse Hände und verstand sie endlich. Auch den letzten Satz, den sie noch hinzu fügte:

Geräusche zur Verständigung sind eine komische Wahl. Da hört man ja viel schlechter, was um einen herum passiert.

Glücklicherweise kam Juliette in diesem Moment zurück, ein großes Bündel mit Schuhen und Winterjacken in den Armen. Sie legte die Sachen, die sie ganz hinten im Schrank für Spezialausrüstung gefunden hatte, auf den Boden und entriegelte den vorderen Ausstieg.

„Frische fünf Grad Celsius", rief sie dabei, inzwischen ebenfalls davon überzeugt, dass der Zwischenfall genauso harmlos war, wie die Gelegenheit ungestraft die Erdoberfläche zu betreten einmalig war.

„Bei einem Unfall fragt keiner lange nach, warum man das

Flugzeug verlassen hat. Wir brauchen nicht einmal die Genehmigung der Umweltbehörden, um einen echten Naturwald zu erkunden."

Während Ilsina sich passende Winterkleidung heraus suchte, redete Juliette auf Rihm ein.

Alles halb so wild, sagten ihre lautlosen Finger, *nirgendwo auf der Welt wärst du sicherer als hier, wo sich niemand ohne Weiteres herumtreiben darf.* Daraufhin reichte sie ihm ein paar Stiefel und zog dann ihre eigenen an. *Sieh es positiv, wir haben sogar Glück gehabt,* fügte sie mit bissiger Ironie hinzu, *dass wir ausgerechnet vor einem der am wenigsten zickigen Staaten abgestürzt sind.*

Schließlich schubste Juliette die Ausstiegsluke auf und ließ den kalten Wind herein wehen, der draußen an den winterlich gelben Blättern zerrte und zwischen den Steinen einer Ruine hindurch pfiff, die nur wenige Schritte vom Landeplatz entfernt aus dem Moos ragte. Bevor sie ihrer neugierigen Nase folgte, griff sie sich noch schnell das Funkgerät und steckte es in die Jackentasche, um mit dem Turm in Verbindung zu bleiben. Martin war bereits durch die hintere Luke ausgestiegen und wartete auf sie.

Rihm blieb nichts anderes übrig, als der risikofreudigen Besatzung zu folgen. Der Untergrund war erstaunlich fest, viel stabiler, als er sich natürlichen Waldboden vorgestellt hatte. Als Ilsina vorsichtig mit der Fußspitze an der dünnen Grasdecke kratze, kam graubraunes Gestein zum Vorschein. Er sah sich um, weitere fast völlig überwucherte Ruinen fielen ihm auf. Reste alter Mauern duckten sich unter braunem Gestrüpp ins feuchte Laub.

Inzwischen waren sie am Rand der Lichtung angekommen. Wehende Zweigte streiften Rihms Gesicht, verstört hielt er eine schützende Hand davor. Juliette stand dicht neben ihm, der Wind spielte in ihrem Haar wie mit schwarzen Gräsern, doch ihre Augen hafteten an einem dunklen Gebilde weiter hinten, einem hohen Gebäude zwischen den Bäumen.

Als Rihm die größte Ruine bemerkte, wurde ihm etwas

unwohl zumute. Was hatte Julie vor? Dies hier war kein Abenteuerspielplatz ... Nein, gewiss nicht, es musste eine verlassene Stadt aus uralten Zeiten sein.

Ilsina stand noch mitten auf der Lichtung, der Wald mit seiner Geisterstadt war ihr offensichtlich unheimlich.

„Martin, bleibst du bei ihr?" fragte die Pilotin und musste nicht lange auf eine Reaktion warten. Martin schien heilfroh zu sein, dem kleinen Ausflug entgehen zu können.

„Landkrankheit", bemerkte sie leise, als er außer Hörweite war, „mit festem Boden haben manche Leute echte Probleme."

Dann bewunderte sie wieder die schmalen, steinernen Streifen eines Hochbaus, die durch die Baumstämme zu sehen waren, ergriff Rihms Hand und zog ihn vorwärts. Gemeinsam wagten sie den ersten Schritt in den Wald, der sich das Land lange vor ihrer Zeit zurück erobert hatte.

„Was meinst du damit – verschwunden?" Gerade hatte Cle noch versucht die Fassung zu bewahren, dennoch verkam die Frage zu einem verwirrten Hilfeschrei.

Er hatte sich auf seine gruselige Rolle im Experiment bestens vorbereitet. Morgen früh sollte sein erster Ausflug durch Kalifornien stattfinden, via Funk im Körper eines Anderen. Das Einzige, das ihn angesichts dieser Aussicht halbwegs beruhigen konnte, war die Tatsache, dass Rihm es auch überstanden hatte.

Doch nun der Schock: Alle geplanten Versuche waren abgesagt, zwei Menschen spurlos verschwunden. Gleich zwei auf einmal – das schloss einen einsamen Fluchtversuch aus.

„Kommst du bitte in meinen verschlüsselten Raum?" fragte das 3D-Foto des Kaliforniers. „In deinem heimischen Labor zu reden, ist genauso, als stünden wir am offenen Fenster."

Der hochgewachsene, dünne Mann, der sich Tim nannte, reichte ihm die Hand. Auf dieser erschien ein farbloser, leise knisternder Verweis. In der siebendimensionalen Simulation konnte Cle schräg hinter der Kugel eine Miniatur von Pfad und

Zielort erkennen: Nach einigen anonymisierenden Umwegen lag der abhörsichere Raum in einem Rechner im britischen Turm. Im dreidimensionalen Mittelpunkt der Kugel, in vierter Richtung gut hundert Meter weit entfernt, symbolisierte eine schillernde Skulptur den Zufallsgenerator, der die Verbindung über mehrere, unregelmäßig wechselnde Wege verstreuen würde.

Zögernd streckte Cle den Arm aus, riss sich schließlich zusammen und griff nach dem Einstiegspunkt zum unheimlich komplexen Sicherungssystem. Als sein Arbeitszimmer ausgeblendet wurde, ging das Knistern in eine fließende, weiche Melodie über: Ein vorgeschalteter Authentifizierungsserver bestätigte seine Identität. Mit süßlichem Apfelduft zeigte das System an, dass ihm der Zutritt zum gesicherten Rechner gewährt wurde.

Im selben Moment verflogen Musik und Geruch schon wieder. Das schlichte, dunkelgraue Achteck eines vollkommen leeren Raumes breitete sich um ihn herum aus. Tim stand so dicht neben ihm, dass sich ihre Hände beinahe berührten.

Schweigen herrschte, während die Luft kaum hörbar vibrierte, weil das kryptographische Subsystem die temporären Schlüssel aushandelte. Erst als das nervös machende Zittern verstummt war, wurde zwei Meter vor ihnen eine Tiffany-Deckenlampe aus blauem und violettem Glas eingeblendet. Gelbliches Licht fiel auf einen kleinen Konferenztisch, der auf einmal direkt darunter stand. Links und rechts davon warteten zwei Stühle, beide aus dem gleichen hellen Holz, passend zum Tisch.

Verschlüsselte Räume enthielten nie mehr Objekte, als nötig waren. Die herabgesetzte Übertragungsgeschwindigkeit musste durch ebenso verringerten Detailreichtum ausgeglichen werden. Umso mehr wunderte Cle sich über die recht natürlich wirkenden Oberflächen der drei Möbelstücke. Automatisch konzentrierte er sich auf die Raumtemperatur, die die Schlüsselbreite andeutete – nein, die Sicherheitsstufe war nicht herabgesetzt. Also mussten sie sich in einem besonders leistungsfähigen Computer befinden.

„Setz dich erst mal", forderte Tim ihn auf, zupfte sein dunkelblaues Jackett zurecht und führte ihn zum Konferenztisch hinüber.

Cle schob einen der Stühle zurück und schaute überrascht auf. Das simulierte Holz unter seinen Fingern besaß nicht nur die gewohnte Maserung und Weichheit, die Stuhlbeine verursachten auf dem farblosen Boden sogar ein natürliches Kratzgeräusch.

„Was ist das für ein irrer Server?" entfuhr es ihm. Die Bewunderung stand ihm förmlich ins Gesicht geschrieben.

„Das britische Institut für Prozessor-Design stellt uns etwas Kapazität zur Verfügung", lächelte der Kalifornier, „auf ihrem Parallelrechner mit eng vermaschtem Arbeitsspeicher-Gitter. Ein neuartiges Konzept wird dort getestet. Soll irgendwie alles effizienter machen. Jedenfalls freuen sie sich, wenn wir ihren Prototypen nutzen. Andernfalls müssten sie die Echtzeit-Performanz selber testen."

Cle nickte nur und setzte sich hin. Zu viele offene Fragen kämpften um seine Aufmerksamkeit, so dass die unerwartet hohe Auflösung der Nebensächlichkeiten schnell in den Hintergrund geriet. Und kaum hatte Tim begonnen, vom gerade vergangenen Tag zu berichten, kamen noch mehr dazu.

In knapp drei Minuten erfuhr er, dass Rihm vor zwölf Stunden den Stützpunkt verlassen hatte, zusammen mit einem jüngeren Studenten. Seitdem hatte man von beiden weder gehört noch gesehen.

Wenn Rihm allein verschwunden wäre, dachte er, *hätte Julie hinter dem ganzen Aufruhr stecken können.*

Doch der Bericht ging weiter. Der andere, Mariko war sein Name, war bereits geortet, oder jedenfalls ein Sender, der sich aktiviert und seine Koordinaten gemeldet hatte. Auch wenn man ihm das Gerät wahrscheinlich abgenommen hatte, war das Signal eine eindeutige Spur, denn die Quelle befand sich noch immer in einem Luftgleiter im kalifornischen Flughafen.

Dort würde sie auch bleiben, denn die Verwaltung hatte sofort die Luftschleuse verriegelt und sämtliche Ein- und Ausreise-Genehmigungen zurückgezogen.

„Was deinen Freund angeht, sehen wir aber Schwarz", kam Tim endlich zum Ende. „Entweder man hat ihn in eine abgeschirmte Zelle gesperrt, oder er ist bereits fort und sein Implantat außer Reichweite."

Der letzte Satz hallte in Cles Ohren nach. Wie sollte er darauf reagieren? Da nur zu Mariko – den er gar nicht kannte – ein glasklarer Hinweis führte, erwartete Tim bestimmt, dass sich das Gespräch jetzt um diesen drehen würde. Eigentlich interessierte ihn aber nur, ob Rihm vielleicht entkommen war und die Gelegenheit genutzt hatte, um sich abzusetzen. Wie war er wohl den Sender im Kopf losgeworden? Egal, er musste jetzt etwas Passenderes sagen.

„Weißt du auch, wem das festgesetzte Flugzeug gehört?" fragte er schließlich. „Ich meine ... wer auf der Welt sollte denn hinter harmlosen Informatikern her sein?"

„Der Kryptograph und der Student, klar doch, wie harmlos", Tims gestaute Aufregung war plötzlich kurz davor auszubrechen. „Stell dich nicht so an, als wüsstest du nicht längst, worum es dem KI-Netzwerk wirklich geht!"

„Hey, woher sollte ich mehr wissen, als ihr mir verratet?" Wütend auf den unerwarteten Vorwurf sprang Cle auf. Dabei verpasste er sogar, wie der Holzstuhl bei der schnellen Bewegung kurz seine Textur verlor und sich umgekippt auf dem Boden liegend neu einfärbte.

„Ich kenne deine Akte, und ich kenne andere Typen vom selben Schlag. Ihr Hacker bekommt alle Informationen die ihr wollt, wenn ihr nur lange genug danach grabt."

Offensichtlich wusste der Mann selber nicht, wie geheim sein Projekt war. Cle hatte nächtelang recherchiert und fremde Datenbestände erschlossen. Doch bis auf ein paar schlecht gesicherte Briefe, hatte er keine Hinweise darauf gefunden, dass es überhaupt existierte.

Freilich wusste er trotzdem eine Menge. Aber das war allein

174

Voneks Verdienst – der wahrscheinlich schon überlegte, ob er Lissa auf ihre Raumstation folgen sollte, wenn sie beide gefeuert wurden.

„Ist ja schon gut, dann glaube ich eben den wilden Gerüchten des Netzes", sagte er grimmig und stellte den Stuhl wieder hin. „Falls du mir vielleicht doch einmal aus erster Hand verraten möchtest, was wirklich los ist, bin ich jederzeit erreichbar. Ach ja, informiert ihr mich, wenn es Neuigkeiten aus dem Flugzeug gibt?"

„Bei Gelegenheit", erwiderte Tim und stand ebenfalls auf. „Wir versuchen auch weiterhin, Rihms Chip zu kontaktieren. Mein Kollege installiert gerade einen besseren Sender, mit dem wir ihn auch finden, wenn sie ihn ans andere Ende des Planeten verschleppt haben."

Erst als sie direkt vor der riesigen Ruine standen, konnte Rihm erkennen, wie groß sie wirklich war. Die Außenmauern umfassten die Fläche mehrerer Wohnhäuser, selbst an der niedrigsten Stelle passten einige Stockwerke hinein. Darüber zog sich das teilweise noch intakte Dach in die Höhe, von links und rechts gleichermaßen steil, in der Mitte spitz zulaufend. An einer der beiden schmalen Seiten spaltete es sich in zwei Kegel, die in drohend düstere Wolken hinauf zu stechen schienen; eine der Spitzen stand sogar noch.

Man musste den Kopf in den Nacken legen, um die Turmspitzen zu sehen. Die ganze Form des Gebäudes zog regelrecht an den Blicken der davor verschwindend winzigen Menschen und zwang sie hinauf in den Himmel, wo sich Winterstürme in wild wechselnden Wolkenmustern abzeichneten.

Unten auf dem moosigen Boden dagegen, vom Wetter der Jahrhunderte verunstaltet, sammelten sich kunstvoll geformte Trümmer. Obwohl sie nur noch Zeichen des Verfalls waren, sah man den abgebrochenen Steinen an, dass sie einst Teile von Schnörkeln und Skulpturen gewesen sein mussten: Puzzleteile eines stolzen Prunkbaus, der nur langsam zugeben musste, dass die Zeit doch stärker war.

Oben trotzte noch immer einer von zwei Türmen dem Wetter, unten bedeckte gelb-grauer Sand aus grob zermahlenen Kunstwerken den Grund. Was wollte dieser verwunschene Ort vermitteln? Rihm war nicht sicher, was er empfinden sollte. Vergänglichkeit – und doch zeigte die grösstenteils noch überdachte Ruine, dass sie einst für die Ewigkeit erbaut worden war.

Julie hatte ihn mehr gezogen, als dass er von selbst um den unheimlichen Hochbau herum gelaufen wäre. Nun blieb sie stehen und zeigte zögerlich auf das breite Portal, das sie gerade entdeckt hatten.

Der Torbogen lief oben spitz zusammen. Wie alle Formen an diesem Gebäude, wies er zum Himmel hinauf. Zwei schmiedeeiserne Flügel hingen schief in den altersschwachen Angeln, kippten halb nach außen und ließen einen Spalt von fast einem Meter Breite offen.

Nicht mal der Wind machte sich die Mühe, an den Türen zu zerren. Obwohl überall um sie herum stürmische Bewegung in den Büschen und Baumkronen tobte, kühle Luft zwischen den Zweigen zischte und frisch duftendes, feuchtes Laub tanzte, stand der Prachtbau stumm vor ihnen. Eine Schwalbe glitt auf dem Wind heran, verschwand in einer Lücke im Gestein und flatterte Sekunden später wieder hervor. Das Mauerwerk lebte, auch nach Generationen der Vergessenheit.

Je länger er hinsah, desto weniger konnte Rihm sich der brennenden Neugier entziehen. Die Ruine schien ein gut bewohntes Haus zu sein: Pflanzen aller Größenordnungen wucherten daran hoch oder bohrten sich durch die maroden Steine. Singvögel nisteten in Reliefs und Fensterrahmen, die sämtliche Wände nahezu lückenlos bedeckten. Gerade hoppelte ein Kaninchen vorbei und kroch unter einem eingestürzten Seiteneingang hindurch.

Weit weg, im kalifornischen Turm, musste längst jemand nach ihm suchen. War das überhaupt noch real? Die Gegenwart kam ihm vor wie ein ferner Traum. Bald würden die Erste-Hilfe-Roboter eintreffen. Machte es einen Unterschied, was sie in der Zwischenzeit taten? Nicht wirklich.

Schließlich riss er sich vom Portal mit den kunstvoll verzierten Eisentüren los und beobachtete Julies Gesicht. Sie schien auf seine Zustimmung zu warten. Wortlos stand sie vor der schwarzen Lücke, doch ihre Augen zuckten unruhig, wie zwei Lichter in einer Photonenfalle.

„Was soll schon passieren?" Irgend etwas zwischen Forscherdrang und Leichtsinn ließ ihn wieder nach Julies Hand greifen. Sie lächelte stumm und folgte ihm durch den halb offen hängenden Eingang.

Drinnen sahen sie zuerst nur staubige Lichtstrahlen, die durch Löcher im Dach fielen und andere Strahlen kreuzten, die von den Seiten her durch sorgfältig gemauerte Fenster schienen. Es dauerte eine Minute, bis Rihms Augen sich an die Dämmerung gewöhnt hatten, dann zeichnete sich ein verwirrender Säulengarten zwischen den Sonnenstrahlen ab. Alle Linien in der riesigen Halle folgten demselben Prinzip: hinauf in den Himmel, zu Spitzen zusammen fließend.

Die Decke lag in tiefen Schatten weit über ihnen. Weder Zimmer noch Etagen trennten den Innenraum, Lichtstrahlen verteilten helle Flecken systemlos über Säulen und den ebenen Steinboden. Dicht neben Julie stehend, den Eingang nur einen Schritt weit hinter sich, schaute er sich um. Balken, die nur Sitzbänke gewesen sein konnten, reihten sich meterweit auf und verliehen der Halle eine Art von Tabellen-Struktur. Zeile für Zeile wurden die Bänke von Säulen und Lücken – Gehwegen? – geteilt.

Düstere, farblose Plastiken füllten die Wände, doch ihr Zweck konnte kaum der von Zierrat gewesen sein. Im Halbdunkel erkannte Rihm menschliche Figuren, verzerrte Gesichter. Kein einziges Relief, das er vom Tor aus sehen konnte, schien glücklich zu sein. Doch den größten Schock, der ihn fast auf der Stelle umkehren ließ, versetzte ihm ein lebensgroßes Standbild am gegenüber liegenden Ende der Halle. Dort hing ein steinerner Mann, an zwei gekreuzte

Balken genagelt.

Eine Schrecksekunde lang starrte er die selbst im Zerfall noch ekelerregende Skulptur an, dann wichen seine Augen aus und suchten sich einen anderen Halt. „Was war das hier für ein verrückter Ort?" flüsterte er, gedämpfter Widerhall unterstrich die Frage.

„Wer weiß?" Julie sprach noch leiser, dennoch klang es hier drinnen laut. Sie wagte sich ein paar Schritte vor, bis zu ersten Sitzreihe. „Vielleicht eine barbarische Kultstätte, ich hab mal darüber gelesen ... nein, dafür ist die Architektur zu komplex. Ich komme mir vor, wie in einem perversen, begehbaren Kunstwerk."

Rihm folgte ihr, um nicht allein zurück zu bleiben. *Hier ist Platz für Publikum,* fiel im auf, *und überall Warnungen, ernste Gesichter.* Das dominante Kreuz mit dem Gehenkten daran thronte wie die deutlichste aller Drohungen über der niedrigen Erhöhung, zu der hin alle Bänke ausgerichtet waren.

„Vielleicht war es ein Gerichtssaal", vermutete er spontan. „Die Figuren zeigten den Leuten, wo ein falsches Wort sie hinführen kann."

„Ja, so etwas dachte ich auch gerade", nickte Julie aufgeregt, „für Aufsehen erregende Schauprozesse." Als sie Rihm wieder dicht neben sich hatte, ging sie weiter voran und zog ihn mit, immer auf die vordere Erhöhung zu. „Und gefährliche Angeklagte saßen dort!"

Ihrem gespenstisch weißen Zeigefinger folgend, bemerkte auch Rihm die Zelle, in der zwei Menschen getrennt voneinander eingeschlossen werden konnten. Doch lange konnte er die Doppelkabine nicht begutachten. Ein stechendes Kribbeln, wie tausend schneeweiße Eiskristalle, fraß sich durch seinen Kopf und bahnte sich einen Weg den Rücken hinunter.

Erschrocken blieb er stehen, fuhr sich intuitiv mit der Hand über die flimmernden Augen. Als er sich zu Julie drehen wollte, mischte sich irgendwas anderes in das Bild vor seinen Augen, etwas Fremdes das dort nicht hingehörte.

„Komm schon", hörte er sie, „was ist denn los?"

Zwischen das kühle Dämmerlicht und die geschwungenen Muster ihrer weichen Stimme drängte sich eine weitere Schicht, die seit Tagen nicht mehr in seinem Bewusstsein aufgetaucht war. Die fast niemals unerwartet sichtbar geworden war. Die Schrift flammte rot vor seinem inneren Auge, verschwommen und nicht lesbar.

Augenblicklich begriff Rihm, was vor sich ging. Er kannte das Bild, das sich in seinen Kopf drängte. Und er wusste nur zu gut, was der Auslöser noch alles konnte. Genau das geschah auch.

Er kehrte um und rannte zurück zum Ausgang. Als die Welt um ihn herum Stück für Stück in diffusen Schatten versank, um Platz für eine andere Wirklichkeit zu machen, hatte er dem nichts entgegen zu setzen. Verzweifelt klammerten sich sein unscharfer Blick an die zerfurchte Inschrift einer Bronzeplatte, die neben dem grauen Stein des Torbogens in der Wand befestigt war.

Willkommen im Dom zu Köln.

Noch bevor er die abgegriffenen Buchstaben entziffern konnte, war die Säulenhalle fort. Nun befand er sich endgültig in einem kleinen Arbeitszimmer, gegenüber eines Schreibtisches der am Fenster stand.

Jetzt nur nicht bewegen, war sein einziger Gedanke. Um ihn herum musste nach wie vor die grausige Ruine sein. Dies hier war nichts Echtes, nur eine weitere aufgezwungene Simulation.

Auf der Tischplatte aus dunkelbraunem Kunststoff stand ein seltsames Gerät mit breiter, verflochtener Antennen-Konstruktion. Niemand war dort. Dennoch hörte er Geräusche und spürte einen Herzschlag der nicht seiner war, fremde Atemzüge anstelle seiner eigenen. Beobachtungsmodus ohne Rückkanal.

Die Person, durch deren Augen er sah, fixierte einen Drehknopf an der provisorischen Verstärkeranlage. Dann begann sie zu sprechen. Rihm erkannte die Stimme des

Sekretärs, der ihm noch heute Morgen diverse Vorsichtsmaßnahmen mit auf den Weg gegeben hatte. Tim hatte ihn gefunden und meinte es auch noch gut.

Über der Sende-Empfangs-Einheit, die dort stand wo er sie in aller Eile zusammengeschraubt hatte, leuchtete ein roter Punkt auf einer halb transparenten Europakarte. Tim streckte die linke Hand nach einem Regler aus, um die momentane Einstellung zu sichern, und legte sich gleichzeitig ein paar Worte zurecht.

Es hatte Stunden gedauert, Rihm zu kontaktieren. Um die halbe Welt hatten sie ihn in der kurzen Zeit geschafft, aber zum Glück ohne Abschirmung. Jetzt, als Tim endlich eine Einweg-Verbindung hinbekommen hatte, was zumindest besser als gar kein Kontakt war, fiel ihm nichts ein, das er Rihm mitteilen könnte. Mehr als ein paar beruhigende Worte hätten wenig Sinn, wenn es ihm nicht gelang, einen Rückkanal zu öffnen, sodass der Entführte antworten konnte.

Der Punkt auf der Projektion bewegte sich einen Millimeter zur Seite. In realem Maßstab mussten das vier oder fünf Schritte schräg auf den Fluss zu sein. Weniger als einhundert Meter von der Position entfernt, die das Implantat zuverlässig übermittelte, fraß sich ein breiter Wasserlauf durch das wilde Land. Noch befand er sich aber in sicherer Entfernung.

„Kannst du mich hören?" setzt er unsicher an. Er spürte keine Rückkopplung, schien mit leerer Luft zu sprechen. Solange der Empfänger auf dem Tisch Bestätigungen anzeigte, konnte er trotzdem davon ausgehen, dass ihn jemand hörte. „Wir haben dich nicht vergessen, Kleiner. Noch heute Nacht befreien wir dich, wenn alles gut geht."

Juliette kniete auf dem kalten Steinboden und hielt ihren Freund fest, der im fahlen Schein des Türspalts zusammen gesunken war. Selbst durch die dicke Jacke hindurch glaubte sie zu fühlen, wie er zitterte.

Ihre nervösen Finger griffen versehentlich zu hart zu, als sie sein Gesicht herum drehte und eines seiner halb geschlossenen Augenlider nach oben schob. Keine Reaktion, Rihms starrer Blick ging geradewegs durch sie hindurch. Die geweiteten Pupillen rührten sich; sie schienen eine Bewegung zu verfolgen, die nicht hier stattfand.

Ohne allzu große Erwartungen versuchte sie ihn hoch zu heben, konnte ihn aber nicht weit tragen. Ins Freie schaffte sie es noch, dort legte sie Rihm wieder in den Sand und lehnte ihn gegen die uralten Mauern. Mit der freien Hand zerrte sie dabei das Funkgerät aus der Tasche.

„Martin, bist du da?" Das Gerät zitterte in ihren unterkühlten Fingern. „Die Drohnen sind schon da? Gut. Sag ihnen, wir haben hier einen Notfall! ... Nein, nichts ist im Wald passiert ... Das Implantat, ich hab dir doch alles darüber erzählt ... es hat sich irgendwie aktiviert."

Zehn Minuten später kramte sie in der Bord-Apotheke nach dem Betäubungsmittel. Ein Blick aufs Haltbarkeitsdatum verriet ihr, dass die steril verpackte Instant-Spritze gerade noch bis übernächsten Monat verwendbar war. Es kostete sie etwas Überwindung, das Ende mit der silbern blitzenden Mikro-Nadel gegen Rihms Halsschlagader zu pressen, doch kurz darauf wusste sie, dass sie das Richtige getan hatte.

Seine verkrampften Muskeln entspannten sich sofort, die Pulsfrequenz normalisierte sich. Was auch immer er in seiner Innenwelt erlebt hatte – jetzt konnte es ihn keinesfalls mehr dazu bringen, etwas Falsches zu tun. Und niemand von ihnen musste diesen Wahnsinn miterleben.

Erleichtert über seinen endlich wieder stabilen Zustand, strich sie ihm über die blasse Stirn, ließ seine tiefschwarzen Haarsträhnen zwischen ihren Fingerspitzen hindurch gleiten. Keine Anzeichen für Halluzinationen mehr. Juliette war so sehr mit dem Anblick der feinen Gesichtszüge beschäftigt, in die eine seit langem nicht mehr gekannte Ruhe eingekehrt war, dass sie Ilsina erst bemerkte, als sie direkt neben ihr stand.

Die stille Blondine hielt ihr den Sensor hin, der

normalerweise zum Navigationssystem gehörte. Mit der anderen Hand schlug sie vor, damit die Ausgabe des Chips abzufangen. Falls die Gegenstelle noch nicht aufgegeben hatte, würden sie für einen Moment sehen können, wohin man Rihms Wahrnehmung entführt hatte.

Wortlos nahm die Pilotin die Elektrode und platzierte sie sorgfältig zwischen seinen Augen. Der Navigationssensor suchte Kontakt zur Welt dahinter und fand diesen gerade rechtzeitig, um einen Verbindungsabriss aufzuzeichnen: Die Angreifer hatten sich bereits zurückgezogen.

Damit blieb ihr nichts weiter übrig, als den mit dem Rettungsschwarm angereisten Diagnose-Roboter seine Routine durchspielen und alle Daten dem zugeteilten Krankenhaus melden zu lassen.

Kurz darauf fuhren die photoelektrischen Plattformen zurück in die Außenhülle. Draußen mussten Zweige rauschen und der Sturm sich verdoppeln, wovon kein einziger Laut in das Raumschiff eindrang. Über den Baumkronen angelangt beschleunigte es langsam, überquerte einen mächtigen Fluss und flog, von Drohnen aller Größenordnungen eskortiert, nach Norden.

Kaum war der silbergrau schimmernde Turm senkrecht zum Horizont erschienen, gab ein milchig weißes Viereck in der Frontscheibe knappe Anweisungen für die Ankunft. Flughafen-Ebene ... freie Schleuse ... ein Krankentransport wartete bereits ... plötzlich wagten die Dinge es, sich wie von selbst zu regeln.

Juliette sparte sich lange Überlegungen, was sie den Ärzten erzählen sollte. Nichts sprach dagegen, einfach ihre Version der Wahrheit zusammenzufassen. Diese klang zwar absolut verrückt, eine glaubhafteres Märchen fiel ihr aber auch nicht ein.

Schon wieder einer. Vonek schloss das Info-Paket und filterte seinen Posteingang nach Eilmeldungen. Je länger sich der angebliche Ausfall der Klimakontrolle im KI-Keller herum sprach, desto mehr Bekannte aus der Verwaltung ließen von sich hören. Mehr oder weniger *Bekannte* – er sah die Menschen dort oben nie persönlich, eigentlich waren sie eher Arbeitsquellen als Personen.

Doch seit ein paar Tagen wurden die Stimmen persönlicher: Was bei einem Schaden an der Regierung alles hätte passieren können, wie wunderbar die Beiden eine Führungskrise von Deutschland abgewendet hätten, und wie schnell doch die Ursache gefunden worden sei.

Es war einfach nur peinlich, diese Briefe lesen zu müssen. Aber es war auch beruhigend, denn offensichtlich wirkte der künstliche Notfall absolut echt.

Im gefilterten Posteingang stand nun ein automatisch generiertes Memo im Vordergrund. Der Nachrichtenverteiler der Vermisstenmeldung, die Tina in Neuseeland aufgegeben hatte, verschickte zum ersten Mal eine Neuigkeit. Als er das kleine Gedankenpaket öffnete, mochte er den komprimierten Gedächtnisinhalt kaum glauben.

Tina selbst hatte die Meldung gar nicht bekommen. Der ganze Fall war plötzlich mit einem Sicherheitsstempel versehen, der nur Bürgern der Kategorien 2 oder höher Einblick gewährte. Warum es dann nicht gleich für eine komplette Nachrichtensperre gereicht hatte, interessierte Vonek nicht mehr, dafür war der Inhalt zu unglaublich.

Er klinkte sich kurz ins E/A-Protokoll der Hafen-Stockwerke ein und fand dort eine Art von Bestätigung. Juliettes Schiff war heute hier gelandet, nur wenige Kilometer über seinem Kopf.

Aufgeregt streifte er das Sensorset ab und warf es zurück aufs Regal. Wo steckte Lissa? Dass der kleine Schatten vor wenigen Stunden ins zentrale Krankenhaus von S64 eingeliefert worden war, musste er sofort loswerden.

Er fand die Informatikerin am Netzwerkknoten, wo sie die Auslastung des Subnetzes S72 beobachtete – und mit einer Projektion von Lara vorm gestern eröffneten Hotspot sprach.

Muss das ausgerechnet jetzt sein? ärgerte er sich im ersten Moment, dann verzog er sich aus dem Erfassungsbereich der

Kamera und wartete. Auf fünf Minuten kam es schließlich auch nicht an.

Was dauerte dort so lange? Lara hatte doch gar nicht viel zu tun. Seit der mobile Netzzugang gestern Nachmittag für die Öffentlichkeit freigegeben worden war, sollte das Mädchen nur vor Ort sein und unbeholfenen Neugierigen die drahtlose Hardware erklären. Wahrscheinlich langweilte sie sich gerade nur.

Na toll! Vonek hielt es gar nicht für hilfreich, wenn Lara erfuhr, dass Rihm im Lande war. Am besten sollte sie gar nichts mitbekommen. Dass Juliette am Hotspot vorbei kam, ließ sich vielleicht nicht vermeiden, aber die Transporter-Pilotin war bestimmt schlau genug, ihr aus dem Weg zu gehen. Hoffentlich. Einen Kleinkrieg unter Frauen konnte ein Kryptograph im Krankenhaus garantiert nicht gebrauchen.

Um sich für ein paar Minuten zu beschäftigen, umrundete er den Netzwerk-Knoten und öffnete die Klappe in der Wand, hinter der die kleinen, silbernen Roboter-Fliegen lagerten, und befreite sie von verbrauchtem Reparatur-Staub. Als alle fünfzig Flügelpaare wieder wie winzige Regenbögen schillerten, war auch Lara verschwunden und er konnte seine Mitbewohnerin – nach außen Kollegin, hier drinnen eher Freundin, was genau war sie überhaupt? – mit der Neuigkeit überfallen.

Zwei tonnenschwere Robot-Module standen im kalifornischen Hafen bereit. Untypischerweise waren die menschlichen Sicherheitskräfte aber auf eine minimale Anzahl von zehn Mann begrenzt.

Je weniger Volk hiervon erfährt, desto besser, fand Fiane, die ganz vorne am versiegelten Luftgleiter stand und nicht mehr sicher war, ob sie über die Angelegenheit wütend oder beängstigt sein sollte.

Jedenfalls war sie dankbar dafür, dass Tageszeiten hier oben keine Rolle spielten. Die schwach glimmende Mitternachtsbeleuchtung, die den Rest des Landes in naturnahe Dunkelheit tauchte, hätte sie nur noch nervöser gemacht.

Seit vorletztem Jahr arbeitete sie schon an diesem Projekt. Genau genommen sogar noch länger, seit sie in einem Forum im Netz die Bauanleitung für einen Wahrnehmungskoppler gefunden hatte. Fasziniert von der technischen Möglichkeit, alle Gedanken und Empfindungen eines Menschen auf einen anderen zu übertragen, hatte sie sich mit ein paar flüchtigen Bekanntschaften zusammen geschlossen, um das System zu verfeinern.

Am Ende war die lockere Gruppe auseinander gebrochen, an einem ihrer Vorschläge. Doch sie hatte Programm und Platinen allein weiter spezialisiert, bis irgendwann ein Beamter vor der Tür gestanden hatte: Man sei an ihrer Erfindung interessiert, aber im freien Netz hätte diese nichts verloren.

Seitdem war sie Projektleiterin und aus der Öffentlichkeit mehr oder weniger verschwunden. Fiane liebte ihr *Simplex-Interconnect*, es war ihr Lebenswerk, die größte Sache in ihrer noch kurzen Karriere. Dass ein übereifriger Mitarbeiter der Verwaltung es der KI mitgeteilt hatte, ging in Ordnung, über Förderung oder Verbot einzelner Technologien konnte nur *na.Kalifa* persönlich entscheiden. Was die Regierung sich daraufhin ausgedacht hatte, war ihr anfangs egal gewesen, solange sie nur Platz und Personal gestellt bekam.

Inzwischen fand sie, dass es eine gute Idee war. Manchmal war sie sogar ein wenig stolz darauf, etwas zur Stabilität der Weltordnung beizutragen. Nicht immer, denn meistens hatte sie gar keine Zeit, darüber nachzudenken. Erst seit das ganze System aus neuralen Elektroden, Sendern, Verstärkern und komplexer Software im Testbetrieb war, kam sie hin und wieder dazu, sich mit nicht-technischen Details zu beschäftigen.

Und womit wurde sie seit drei Wochen belästigt? Mit unerklärlichen Sickergruben im Informationsfluss. Aus dem Nichts schienen sich die Inselstaaten plötzlich zusammen geschlossen zu haben, um ihrem Außendienst ein

Testprotokoll zu entwenden, die Räumlichkeiten zu beschatten und nun als krönenden Höhepunkt dies hier zu versuchen. Selbst wenn sie es geschafft hätten, mit Fianes Leuten an Bord den Turm zu verlassen, wären sie wohl kaum weiter gekommen, als bis zum nächsten Stück Festland.

Der Greifarm des vorderen Robot-Moduls schnippte den Reparatur-Staub zu Boden, der sämtliche Ausstiegsluken des Luftgleiters über Nacht fest verklebt hatte. Sekunden später griff die Kralle unter die Tür und hebelte sie auf, dass es ohrenbetäubend krachte. Der Lärm verhallte im riesigen Hafen. Als wieder Totenstille einkehrte, spürte Fiane die Aufregung, die schon die ganze Zeit angemessen gewesen wäre.

Mit Betäubungswaffen ausgerüstete Experten verteilten sich auf Vorder- und Hinterausstieg, kletterten dann gleichzeitig ins Flugzeug. Ihre leuchtend gelben Uniformen wirkten wie grelle Farbtupfer vor der weißen Außenhülle. Fiane hatte dort nichts zu suchen. Sie musste hier warten, auch wenn es schwer fiel.

Es schien eine Ewigkeit zu dauern, bis zwei Männer wieder zum Vorschein kamen. Glücklicherweise kamen sie nicht allein. Zwischen den beiden ging ein erschöpfter, aber erleichterter Mariko.

Fiane mochte gar nicht daran denken, dass der arglose Anfänger die Hälfte der Nacht da drinnen eingesperrt gewesen war. Vorsichtshalber hielt sie sich nicht lange mit ihm auf, sondern ließ ihn sofort zum Notarzt bringen, der ein paar Meter abseits vom Geschehen wartete. Was auch immer ihr naiver Hilfsarbeiter erlebt hatte, war jetzt sicherlich nur noch halb so schlimm.

Anschließend verging wieder eine Ewigkeit, nein, es musste noch länger sein. Endlich ließ sich der Truppenführer blicken – allein.

„Wir haben jeden verdammten Winkel durchsucht", erklärte der Mann im leuchtend gelben Anzug. „Keine Spur von ihrem Kollegen. Nichts deutet darauf hin, dass es einen zweiten

Gefangenen gibt."

Juliette saß allein in ihrem geräumigen Quartier, zwischen all dem bunt wuchernden Grünzeug, das sie noch vorgestern herrlich exotisch gefunden hatte. Im Moment sah sie die funktional schlichte Einrichtung gar nicht, genauso wenig den vielen Zierrat, der systemlos dazwischen aufgestellt war. Martin hatte Ilsina mit in die Städte genommen, die Triebwerke ruhten, sämtliche Lebenserhaltungssysteme befanden sich längst im passiven Lademodus. Bedrückende Stille beherrschte das verlassene Raumschiff.

Wie verspätetes Echo hallten die Geräusche ihrer Ankunft nach. Die Symphonie aus Signaltönen der Notarzt-Kapsel, die Rihm fort gebracht hatte. Vom Flüsterfußboden gedämpfte, eilige Schritte. Stimmen anderer Menschen, dazwischen ihre eigene, die wie aus weiter Ferne antwortete. Sie erinnerte sich nicht wörtlich, was sie den Sanitätern erzählt hatte, aber auf den Neurochip hatte sie auf jeden Fall hingewiesen.

Genauso sicher hatte sie ihre ganze Überredungskunst bemüht, um Rihm ins Krankenhaus zu begleiten, hatte sich am Ende jedoch mit einer Berechtigungskarte abfinden müssen. Mit diesem Ausweis konnte sie ihn jederzeit besuchen. Da er kaum vor neunzehn Uhr aufwachen würde, war es aber sinnlos, jetzt schon dort aufzutauchen.

Hatte es überhaupt einen Sinn, nachher mit der kleinen, grün-gelb bedruckten Karte hinunter nach S64 zu fahren? Schlimmstenfalls könnte sie sogar in eine Falle laufen – möglicherweise waren gewisse Behörden längst informiert und warteten nur noch auf die Pilotin des Schiffs, das sich auf dreiste Weise in sensible Angelegenheiten eingemischt hatte.

Noch mehr solcher Hirngespinste gingen ihr durch den Kopf, obwohl sie eigentlich schon fest entschlossen war, in einer Stunde zum nächstbesten Fahrstuhl aufzubrechen.

Ein frisch duftender Signalton ließ sie aus ihren düsteren Gedanken aufschrecken. An ihrem Handgelenk blinkte der Telefon-Stein. Darüber rotierte die glitzernde, blau-grüne

Pyramide einer Verbindungsanfrage, deren Limonen-Zirpen auf einen bekannten Anrufer hinwies. Überrascht, doch gleichzeitig erfreut über die Ablenkung, stupste sie die Projektion leicht an und schaute dann der flimmernden Luft zu, in der sich ein halb transparentes Bild aufbaute.

Es zeigte einen Raum, den sie noch nie in echt und schon Jahre nicht mehr per Telefon gesehen hatte. Die Video-Verbindung führte senkrecht durch den Turm hindurch und endete direkt in der Basis. Beide Bewohner strahlten sie an, als wäre sie die Heldin des Tages.

„Wie habt ihr das bloß geschafft?" riefen sie ihr fast gleichzeitig entgegen.

Juliette starrte die flimmernden Techniker fassungslos an. Am frühen Nachmittag hiesiger Ortszeit hatte sich die Luftschleuse hinter ihr geschlossen, keine vier Stunden später schienen Lissa und Vonek schon alles darüber zu wissen.

„Wie – ihr habt bereits davon erfahren?" stotterte sie verwirrt, fing sich aber schnell wieder und fügte hinzu: „Ihr habt also schon auf uns gewartet."

„Gewartet? Nicht wirklich", bemerkte Lissa, bevor sie sich auf die Zunge beißen konnte.

Niemals hätte sie es der kleinen Julie zugetraut, mit einem von hoch geheimen Regierungskreisen festgehaltenen Ausländer an Bord von einem Land ins andere zu gelangen. Welche unbekannten Umstände das ermöglicht haben mochten, wagte sie sich kaum vorzustellen. Glücklicherweise sprang Vonek ein und erklärte knapp, dass der Nachrichtenverteiler der Vermisstenmeldung gerade ein Rundschreiben ausgespuckt hatte.

Das müde Gesicht der Pilotin entspannte sich bei dieser Neuigkeit und formte fast so etwas wie ein Lächeln. „Dann ist es also schon so gut wie offiziell", sagte sie leise und schaute auf die Berechtigungskarte hinab, die wie aufgegeben neben ihrem linken Fuß auf dem Boden lag.

Vonek trat einen Schritt näher an die Projektion, was aber nicht viel brachte. Das gelbliche Viereck auf dem entfernten

Fußboden blieb unscharf.

„Ist das da ein Besucherausweis?" Er zeigte auf das kaum erkennbare Ding am verschwommenen Bildrand und trat wieder zurück. „Nun, wenn du nicht schon im Voraus einen Stapel amtlicher Verpflichtungen unterzeichnet hast, musst du das bestimmt nachher, sobald du das Krankenhaus mit der Karte in der Tasche betrittst. Mach's einfach und alles wird gut."

„Und was genau werde ich da unterschreiben?" fragte Juliette. Jetzt doch wieder verunsichert, beschäftigte sie ihre Hände damit, die Karte aufzuheben.

„Keine Ahnung", das meinte er ganz ehrlich. „Aber bestimmt werden sie versuchen, alle erdenklichen Halt-die-Fresse-Erklärungen von dir zu bekommen."

Sei bloß froh, dass es keine technische Möglichkeit gibt, dein Gedächtnis zu löschen, dachte er insgeheim, entschied sich dann aber für eine beruhigendere Aussage. „Da du Bürgerin der Raumflotte bist, gilt das alles sowieso nur innerhalb des terranischen Luftraums. Die meiste Zeit über kann dir egal sein, was du hier unten jemals unterschrieben hast."

Später, auf dem Weg hinunter in die Stadt, sah Juliette alles schon viel ruhiger. Zu viele Leute hatten Rihm bereits gesehen. War es überhaupt möglich, jede einzelne Krankenschwester zum Schweigen zu verdonnern?

So wunderte sie sich auch kaum darüber, dass sie gar nichts abzeichnen musste. Der Pförtner winkte nur einen Robot-Aufseher herbei. Das kleine Fahrzeug führte sie summend durch Gänge und Flure, die sich spiralförmig nach oben schraubten.

Grell grüne Blitze zuckten am Rand seiner Welt. Flüchtige Feuer, die fort waren, sobald ein Funken Aufmerksamkeit sich auf sie richtete. Zitternd, nun stellenweise violett, rissen sie Schneisen in die undurchdringbare Schwärze um Rihms schwaches Bewusstsein. Er hätte nicht sicher sagen können, ob dort Licht oder Schmerz leuchtete.

Gefangen in einer Gewitterwolke, die Blitz für Blitz aus der absoluten Stille, aus restloser Eindruckslosigkeit heraus Gestalt annahm, stellte er verwundert fest, dass er dachte. Es mussten seine eigenen Gedanken sein, die über den dunkelgrauen Schwaden schwebten und hilflos versuchten, die nervös vibrierenden Farbstrukturen am Rand seines Blickfelds zu fokussieren. Sein Blickfeld – plötzlich spürte er, dass wenigstens ein paar der trägen Schatten von seiner Zunge stammen mussten.

Könnte er schmecken, könnte er nur irgendeinen Bezug zwischen den Wahrnehmungsfragmenten und seinem scheinbar nicht vorhandenen Körper herstellen, dann wäre ihm von dem bitteren Geschmack im Mund übel geworden. Doch in der verschwommenen Welt, die der gerade erwachte Splitter von Verstand kaum zu ordnen vermochte, liefen alle Sinne in einen flackernden Schmelztiegel, dessen Dampf sein Universum bildete.

Rund um den Horizont, wie ein gleißender Flammenring daran entlang, tanzten die Blitze jetzt viel bestimmter. Kaum glaubte Rihm, ein System hinter dem wilden Aufleuchten auszumachen, da wurden sie schon klarer, ließen sich ohne Auszuweichen dabei zusehen, wie sie sich an einer Seite versammelten. Kein Licht. Auch kein Schmerz oder Schwindel. Je mehr er das Neongrün an die Stelle drängte, an die es einem unbestimmten Gefühl nach gehörte, desto ruhiger bewegte sich der breite Streifen, zu dem die zerrissenen Blitze dort verschmolzen. Eine Stimme!

Aus dem Punkt rechts von seiner Mitte – rechts, war dort rechts? – wirbelte ein Band in allen Grünschattierungen nach oben, zeichnete geschwungene Kurven in den leeren, von nichtssagenden Regenbögen durchzogenen Raum. Es konnte nur die ruhige Stimme eines Menschen sein, dicht neben seinem rechten Ohr. Aber ein bedeutungsloses Flüstern, grünes Funkenspiel ohne verständliche Worte. Noch immer verweigerten Rihms Sinne ihren primären Kanal. Noch weniger schienen die sekundären Kanäle bereit, sich zu trennen und so wenigstens etwas Ordnung in dieses verzerrte Raumzeitgefüge zu bringen.

Ein Netzwerk aus transparenten Regenbögen schimmerte matt in der Luft, kaum sichtbar gegen den schwarz-dunkelgrau schattierten Nebel. Für welche Sinnesreize sie wohl standen? Fest entschlossen klammerte er sich voll und ganz an die strahlende Schlangenlinie, den Redestrom: die einzige Wahrnehmung im Irrgarten durcheinander geworfener Synästhesien, die er wiedererkannte und zuordnen konnte. Doch um auch nur ein einziges Wort zu verstehen, brauchte er die primäre Ebene, den direkten Klang.

Er wollte hinaus und wusste doch nicht, wie er den Ausgang suchen sollte. Wie sollte er den Kontakt zu seinen Sinnen wiederfinden? Sie mussten wach sein, denn sie schickten ihm Eindrücke – hieß das nicht, seine Sinne hatten ihren Besitzer längst gefunden?

Es konnte nur an ihm liegen, dem Bewusstsein über dem Schmelztiegel, bei dem alle Datenströme zusammenliefen. Einige Leitungen mussten sich losgerissen haben, so dass ihre Information ins Leere lief. Keine Chance, die Stimme zu verstehen. Dennoch war es gut, dass jemand da draußen war, was auch immer dort geredet wurde.

Gerade wollte Juliette aufstehen, irgendwie dem Strudel aus Enttäuschung und Hilflosigkeit entkommen, da schlug das Diagnosesystem an. Alle drei Neurochirurgen im Labor sahen auf. Einer von ihnen kam zur Anzeigetafel herüber, die wie eine animierte Komposition aus bunten Kurven und Zahlen über Rihms Bett befestigt war. Elektroden bedeckten seinen Kopf in einem dichten Raster und zeichneten unermüdlich ein detailliertes EEG auf.

„Sprechen Sie weiter", forderte der Mediziner sie auf, leise und hörbar angespannt. „Auf einmal tut sich was. Es sieht aus, als beginnt er endlich zu reagieren."

Also wandte sie sich wieder dem Bewusstlosen zu, streichelte vorsichtig sein starres Gesicht und redete weiter auf ihn ein, obwohl ihr schon gar nichts mehr einfiel und sie sich nur noch wiederholte. Eine winzige Veränderung in den bunten Kurven da oben – tatsächlich eine Reaktion auf ihre Stimme?

Juliette beugte sich tiefer über sein Gesicht, das wie eine leblose Maske aussah. Alle glatten, blauschwarzen Fransen, die sonst daran entlang bis knapp auf die Schultern fielen, waren streng aus dem Weg gekämmt, nur noch sichtbar als dunkle Schicht unter den Sensorenkabeln. Es war Rihms Gesicht, doch schien es losgelöst von der Person, es blieb nur ein ausdrucksloses Relief.

Das Implantat zu entfernen, hatte sich als schwieriger erwiesen, als die Ärzte anfangs angenommen hatten. Anders als von außen angesetzte Daten-Schnittstellen, sendete der Chip nicht nur Überlagerungssignale in bestimmte Nervenknoten, sondern saß mitten in einer Verbindung und unterbrach die Kommunikation der Synapsen. Dadurch ließ er sich weder ersatzlos entfernen, noch deaktivieren; in beiden Fällen wäre die künstliche Brücke weggefallen.

War dort eine Bewegung, ein zitterndes Augenlid? Juliette schaute genau hin, beobachtete das fest geschlossene rechte Auge. Ja, es zitterte ganz leicht, eine kaum sichtbare Bewegung. Sie wusste nicht genau, wie lange sie schon hier wartete, doch es schien nun nicht mehr umsonst zu sein. Langsam, ganz langsam regenerierten sich die Nervenzellen und nahmen Kontakt zu dem Verbindungsstück auf, das jetzt den Chip ersetzte und alle Signale unverändert durchleitete. Elektrische Pulse zwischen Hirnzellen. Das Universum eines Menschen.

Je mehr sie darüber nachdachte, desto unwirklicher erschien ihr alles ringsum. Ihre Augen meldeten beständig, wo sie welches Licht auffingen, ihre Ohren taten dasselbe für Schall, und doch waren das alles nur Signale zwischen Nervenzellen in ihrem Kopf, die genauso gut auch ganz woanders her stammen könnten.

Wieder fuhren ihre Fingerspitzen an den Kanten des weißen

Rechtecks entlang, das die frische Narbe hinter dem Ohr keimfrei versiegelte. Ein paar Zentimeter dahinter versuchte ein eilig fabriziertes Ersatz-Implantat seit über zwei Stunden, tausende losgerissener Synapsen auf seinen Oberflächen wieder miteinander ins Gespräch zu bringen.

Hans erreichte den Haupteingang des Krankenhauses knapp zwanzig Minuten nachdem er sein Büro verlassen hatte. Hektisch und schwer atmend tastete er in seiner Jackentasche nach der Folie mit den Memos und Fotos. Das hier gehörte nicht zu seinen Aufgaben, überhaupt nicht. Allerdings war auch niemand sonst dafür zuständig.

Dass *eu.Siegfried* ein ausdrückliches Verbot aussprach, eine Eilmeldung übers Datennetz weiterzuleiten, hatte es in seiner Dienstzeit und den Jahren davor niemals gegeben. Daher blieb ihm nichts anderes übrig, als persönlich zu den Empfängern zu rennen. Dennoch wagte er nicht, über den Aufwand zu fluchen. Denn wenn die Regierung sich derart anstellte, musste er selbst genau jetzt an etwas sehr Wichtigem beteiligt sein.

Das Gebäude füllte das gesamte westliche Zehntel der Ebene aus, vom Boden bis zur Decke. Daher hatte die Stadt S64 keinen direkten Zugang zum Transportschacht, dieser führte direkt in die Notaufnahme.

Wie ein Kristall, der aus der Außenwand des Turms heraus nach innen wuchs, streckte sich das Krankenhaus in die Etage und drängte die Stadtgrenze nach Osten. Würfel für Würfel schienen sich verwinkelte Blöcke zu stapeln: Die Fassade glich einem gläsernen Felsen aus symmetrischen, wild durcheinander geworfenen Bausteinen.

Von innen dagegen sah man kaum einen kantigen Winkel. Anstelle von Treppen führte ein spiralförmiger Gang in der Mitte zu den gestapelten Stockwerken, die ebenfalls von weich geschwungenen Gängen durchzogen wurden. Die Grundidee des Architekten, *Winkel raus / Kurven rein*, war auf den ersten Blick erkennbar.

Der breite, gläserne Torbogen stand wie immer weit offen. Eine Tür war hier nicht vorgesehen, wobei Hans vermutete, dass es für Ausnahmefälle sehr wohl eine Möglichkeit gab, das Krankenhaus zu schließen. Hinter einer niedrigen Theke döste der Pförtner vor sich hin, mit dem Rücken an die meterlange, deckenhohe Bildschirmtapete gelehnt, die einen Querschnitt durch alle Stationen zeigte. Atemlos blieb Hans vor dem grauhaarigen Mann stehen und strich die Folie vor ihm glatt.

Der Pförtner wachte auf und setzte sich aufrecht hin. „Guten Abend", sagte er mit routinierter Freundlichkeit, „wie kann ich Ihnen weiterhelfen?"

Der Beamte tippte die Folie an, so dass sie das Foto eines dürren Mannes zeigte, ungefähr Anfang zwanzig, mit schulterlangem schwarzem Haar und beinahe krankhaft blasser Haut. Kurz gesagt, ein hübscher Netz-Junkie.

„Ich muss mit den Ärzten sprechen, die diesen Patienten vor wenigen Stunden hier aufgenommen haben", erklärte er und versuchte, wenigstens ein Bisschen wichtig zu klingen. „Wahrscheinlich ist er unter falschem Namen registriert, lassen Sie einfach nach dem Bild suchen."

„Woher nehmen Sie denn solche Vermutungen?" fragte der Pförtner argwöhnisch. Plötzlich war er hellwach und blinzelte den Mann mit dem Zettel schräg an. „Da könnte ja jeder kommen und wilde Anschuldigungen gegen unsere Patienten äußern."

Da fiel Hans ein, dass er ganz vergessen hatte, seinen Dienstausweis zu zeigen. Peinlich berührt fischte er die daumennagelgroße Speicherkarte aus der Tasche, reichte sie über die Theke und nannte seine Abteilung.

„So so, die Verwaltung also."

Der Pförtner legte zuerst den Ausweis auf die Kontaktfläche einer stilvoll in die Theke integrierten Konsole, wartete einen Moment und nahm daraufhin die Folie.

„Der Vergleich kann einen Moment dauern", meinte er kurz angebunden, als er den Dienstausweis wieder aushändigte.

Die folgenden zwanzig Sekunden kamen Hans wie eine

Ewigkeit vor. Während die Datenbank nach Patienten durchsucht wurde, die ausreichende Ähnlichkeit mit dem Foto hatten, das die KI vorhin ausgespuckt hatte, starrte der Pförtner abwechselnd an die Decke und auf seine brüchigen Fingernägel, vermied es aber absichtlich, ihn anzuschauen.

Schließlich erklang ein leiser Bestätigungston. Der Querschnitt auf der Bildschirmtapete drehte sich in eine Schräglage, so dass man die Grundrisse der sich treppenlos in die Höhe schraubenden Etagen erkennen konnte. An der Hinterseite des Erdgeschosses leuchtete ein Flur rot auf, darüber erschienen einige Namen. So gut wie gleichzeitig wurden zwei Räume weiter oben genauso hervorgehoben, weitere Namen strahlten seitlich davon auf.

„Welche Station möchten Sie zuerst belästigen?" fragte der Pförtner und deutete auf die markierten Orte. „Der Korridor vorne links führt in die Notaufnahme. Zwei der Leute, die den Patienten gesehen haben, sind aber längst in den Feierabend entschwunden. Von dort wurde er direkt in die Neurologie verlegt, nach zwei Stunden im Diagnosezentrum ist er dann hier gelandet", er zeigte nun auf einen größeren Raum auf der achten Ebene. „Sie können da nicht rein. Aber wenn Sie Glück haben, hat jemand Zeit und kommt kurz raus."

Doktor Mirowski wusste einfach nicht, was er von diesem Tag halten sollte. Also hatte er beschlossen, bis auf Weiteres nicht mehr länger darüber nachzudenken. Als erfahrener Neurochirurg hatte er schon viele fachlich interessante Fälle behandelt, aber dieser war etwas Besonderes, zum ersten Mal etwas Geheimnisvolles.

Als der Notarzt ihm die verrückte Vorgeschichte erzählt hatte, mit der der Neuseeländer eingeliefert worden war, hatte er ihn angemotzt, er solle ihn bitteschön nicht veralbern. Als er schließlich hatte akzeptieren müssen, dass es keine anderen Informationen gab, außer den Aussagen einer aufgeregten Raumfahrerin, hatte er diese für nicht ganz bei Verstand gehalten.

Erst die Bilder des Tomographen hatten ihn gezwungen, zumindest einen Teil davon zu glauben. Der bewusstlos aus einem beschädigten Frachter abgeholte Mann hatte tatsächlich einen Computerchip im Gehirn, der in der Lage war, seine Wahrnehmung lückenlos zu überschreiben.

Das Implantat war ein Meisterstück moderner Nanotechnologie. Dass so etwas überhaupt möglich war, wunderte Doktor Mirowski weniger. Aber dass jemand es tatsächlich anwendete, hatte ihm einen gewissen Schlag versetzt. Der nächste Schock hatte ihn bei der Planung der Operation getroffen. Der Chip schien absichtlich so eingepflanzt zu sein, dass er nicht ohne bleibende Schäden wieder entfernt werden konnte.

Alle Fragen danach, wer sich das ausgedacht haben mochte, hatte er vorerst verdrängt. Denn die Konstruktion eines Ersatzstück-Prototypen hatte ihm und seinem Team volle Konzentration abverlangt.

Diese provisorische Nervenbrücke bestand aus organischem Material, früher oder später sollten regenerierte Zellen hinein wachsen und sie ersetzen. Im Moment aber warteten alle nur darauf, dass sie überhaupt angenommen wurde. Niemand konnte vorhersagen, ob der Patient im Nebenraum noch Minuten oder Stunden ums Bewusstsein kämpfen würde.

Als wäre das nicht genug Wahnsinn für einen Tag, war vor zwei oder drei Minuten auch noch ein Gespräch zu ihm durchgestellt worden. Mirowski hatte sich sehr gewundert, dass der technische Administrator des Turms aus den Tiefen der Basis direkt bei ihm anrief.

Er hatte erst ein einziges Mal mit der seltsamen Kellerassel telefoniert, vor ungefähr zweieinhalb Jahren, beim Austausch der veralteten Notstromversorgung. Noch mehr wunderte er sich, dass Vonek ihn aus ganz privatem Anlass sprechen wollte: Die Bewohner des nationalen Kellers kannten seinen geheimnisvollen Patienten und fragten nach, wie es ihm ginge.

Plötzlich kam dem Neurologen in den Sinn, dass es vielleicht sogar Schicksal war, dass er vorhin den Operationssaal verlassen hatte, weil er außer Warten gerade nichts weiter tun konnte. Oder sollte es noch Zufall sein, dass er gerade draußen und somit ansprechbar war, als der Anruf für *irgendwen auf dieser Station* herein kam?

Vielleicht war einfach wieder einer dieser Tage, an denen irgendwie alles am Stück passierte, das sich nicht gleichmäßig über die ereignislosen Wochen verteilen wollte. Um die unsichere Wartezeit zu füllen – und weil nur wenige Leute je die Gelegenheit bekamen, einmal mit ihrem Haustechniker persönlich zu reden – ließ er sich gerne festnageln und dehnte das Gespräch etwas in die Länge. Die EEG-Kurven von nebenan behielt er dabei fest im Blick, sie zeigten nur mäßige Veränderungen.

Doch schon nach wenigen Minuten musste er den Techniker unhöflich schnell verabschieden, denn an der Tür zum Flur surrte die Klingel mit der Tonfolge für höchste Priorität. Eilig stand er von der Tischkante auf und öffnete einem Fremden, der sich kurz vorstellte, dabei einen Dienstausweis und einen Zettel voller Text auf die nächstbeste Ablagefläche knallte. Anscheinend über sein eigenes Benehmen erschrocken, entschuldigte er sich sofort dafür und zeigte auf Herkunftskennzeichen und Dringlichkeit der Textnachricht.

Mirowski las die vertrauliche Botschaft der KI mehrmals genau durch, schüttelte ab und zu den Kopf und schaute schließlich wieder auf.

„Und ich hab mich schon gefragt, wie so ein biotechnologisches Kunststück entwickelt werden kann, ohne dass das Regierungsnetzwerk Wind davon bekommt", war das Erste, das ihm einfiel.

„Aber dieser Absatz kann unmöglich ernst gemeint sein", fügte er nach einer Weile hinzu, „dies ist ein freies Land, wie alle anderen Türme auch. Solange Sie ihm kein Verbrechen nachweisen, können wir ihn nicht in der Klinik festhalten. Aus einem geheimen Projekt aussteigen zu wollen, zählt nicht."

Der Arzt hasste Auseinandersetzungen, aber in diesem

Punkt durfte er nicht nachgeben. Wo sollte das hinführen, wenn die Verwaltung begann, undurchsichtig begründete Einschränkungen für seine Patienten zu beschließen?

Letzten Endes war es der Beamte, der einlenkte, soweit er es durfte. „Möchten Sie daraus einen formellen Einwand machen?" lautete seine Kapitulation.

Natürlich diktierte Mirowski auf der Stelle einen Widerspruch gegen die schwammig begründeten Auflagen. Leider hatte das keinerlei aufschiebende Wirkung. Um den Eindringling abzuschütteln, unterschrieb er unter ausdrücklichem Vorbehalt eine Erklärung, über den Fall Stillschweigen zu bewahren. Erst nachdem jede einzelne Person, die etwas mitbekommen hatte, dieselbe Prozedur hinter sich hatte, verzog sich der Beamte.

Warum die Besucherin in der ViG-Uniform nur schulterzuckend ihren Fingerabdruck unter den Text gesetzt hatte, wurde Mirowski erst später bewusst: Amtliche Verträge galten nur innerhalb der irdischen Lufthülle, draußen in ihrer Welt zählte das alles sowieso nicht.

Einen Anflug von Neid unterdrückend rief er die Stellenanzeigen seiner alten Universität ab. Zehn freie Positionen auf verschiedenen Raumstationen. Vielleicht würde er heute Nacht einmal ernsthaft darüber nachdenken.

Stille – absolute Stille füllte die endlose Raumzeit, sofern es denn eine war. Ein unbegrenztes Universum erstreckte sich in die Ewigkeit, durchzogen von farbigen Lichtern und filigranen Strukturen, doch nichts darin schien greifbar. Rihm hatte sich gar nicht daran gewöhnen müssen, sich selbst nicht zu sehen, weder Standpunkt noch Blickrichtung zu haben.

Die Dinge – nein, abstrakte Abbilder körperloser Form oder Farbe – tauchten einfach auf, existierten und verflüchtigten sich wieder, ohne dass er hätte sagen können, ob es vor, hinter oder neben ihm geschah. Dennoch besaß jede Struktur eine klare Position in diesem allgegenwärtigen Raum – und den aufdringlichen Schatten einer Bedeutung, die er noch nicht entziffern konnte.

Der Sturm von Mustern war kein Zufall, das spürte er von irgendwo her. Das vage Gefühl eines verschlüsselten Systems wurde umso deutlicher, je mehr das Regenbogen-Kontinuum zerfiel. Langsam, doch stetig, teilte es sich in Parallel-Universen, als sortierten sich die chaotischen Photismen nach groben Bedeutungskategorien.

Klar und grasgrün strahlend vor dunkel vibrierendem Hintergrund wirbelte noch immer die unbekannte Stimme durch Rihms codierte Innenwelt, abwechselnd umspielt von weiteren Streifen, die ihren lautlosen Tanz begleiteten – andere Stimmen, noch mehr Menschen um ihn herum?

Das transparente Raster ruheloser Regenbögen, das vorhin noch alles überlagert hatte, war in einer anderen Raumzeit genauso real vorhanden; das Nichts um die schillernden Luftschlangen herum blieb ungestört durchsichtig. Er konnte beides sehen, gleichermaßen deutlich, nur an verschiedenen Orten, die doch alle derselbe waren ... wie in einer erweiterten Projektion ... wie konkurrierende Eigenschaften in einer siebendimensionalen Simulation.

Die eine Farbenwelt, auf die er sich konzentrierte, trat stets in den Vordergrund, doch ohne den Rest jemals ganz auszublenden. Es musste genau dasselbe sein! Eine multidimensionales Abbild, von seinem an die Außenwelt gewöhnten Bewusstsein in Teil-Räume von je drei Richtungen aufgeteilt. Bedeutungsräume, die er selbst aus dem scheinbaren Chaos erschuf, das am Ende nicht mehr als ein sehr verwinkeltes System war.

Da! Was war das? Ein Laut blitzte auf, leise und brüchig. Fast hätte Rihm ihn nicht gehört, denn im selben Moment, wenn nicht sogar einen Augenblick zuvor, glitterte eine Splitterwolke zwischen den Stimmen, zerfiel zu grauen Schlieren und blieb gerade lang genug sichtbar, um dem unerwarteten Geräusch nachzuspüren.

Fort war sie, synchron verklungen mit dem Klirren. Viel zu erstaunt, um erschrocken zu sein, starrte Rihm in den dunkelgrauen Nebel, der zurück geblieben war, als die bunten Bänder sich aus schwachen Lichtpunkten heraus neu aufbauten und zögerlich – leiser? – ihren Tanz wieder aufnahmen.

Erst ein paar Atemzüge später wurde ihm klar, dass er soeben etwas gehört hatte. Er hatte kein schwer zu deutendes Klangbild gesehen, sondern tatsächlich ein metallisches Klirren vernommen, unmissverständlich, wenn auch weit weg.

Ein paar Atemzüge später – wie kam er zu dieser Zeitrechnung? Er konnte sich nicht erinnern, geatmet zu haben, seit seine Welt durch diese multidimensionale Struktur ersetzt worden war – ohne, dass er es sofort bemerkt hätte, war alles in einen gleichmäßigen Takt gefallen. Rhythmus, Sortierung ... Ordnung formte sich und wartete auf Verständnis.

Das Klopfen von Schritten auf dämpfendem Boden ging einher mit stumpf pulsierenden Lichtflecken. Noch ein Geräusch!

Es dauerte nicht mehr lange, bis ihm das verschwommene Dunkelrot eines anderen Bedeutungsraums seltsam vorkam. Einerseits fühlte es sich wirklicher an, beinahe greifbar; andererseits war es kaum zu fokussieren, blieb verwaschen und konturenlos, so konzentriert er auch hinschaute. Verwaschenes Flackern aus zerkratztem, aussagelosem Dunkelrot. Er kannte diesen Anblick, kannte ihn seit Ewigkeiten. Es konnte nur das Flimmern hinter seinen geschlossenen Augenlidern sein.

Erst hören, jetzt sehen, Stück für Stück fanden Fragmente primärer Sinneskanäle zurück. Rihm wollte die Augen weit aufreißen und die Quellen der inzwischen sauber getrennten Sinneswelten erfassen, da er nun endlich die Leinwand für echte Bilder identifiziert hatte.

Er sah alle Geräusche, sah das wartende Flimmern seiner Augen. Damit hatte er endlich eine Art von Zugang zu den wichtigsten Sinnen. Doch wo waren seine Augen, wo sollte er die winzigen Muskelfasern suchen, die er dafür bewegen musste? Noch immer fühlte er keinen Körper um sich herum, war er reines Bewusstsein mit verringertem Input.

Wo waren sein Atem und sein Herzschlag, wo blieb die Temperatur der Luft da draußen? Das alles zu finden, wäre ein erster Schritt. Unentschlossen tastete er das Multiversum seiner Wahrnehmung nach weiteren Photismen ab und fand vier Welten, die er noch keinem konkreten Sinnesorgan zuordnen konnte.

Drei davon waren so leer, dass er sie beinahe übersehen hätte: Sie zeigten gleichmäßige, graue Schlieren. Einer davon war schwach in einem undefinierbaren, ständig ein wenig schwankenden Farbton schattiert.

Der vierte Raum lebte. Aus unendlicher Ferne bis fort in grenzenlose Ewigkeit wurde er von verschachtelten Rhythmen beherrscht, vielen kleinen Metronomen, deren Taktfrequenzen jeweils ein Vielfaches voneinander waren. Sommer und Winter, Tag und Nacht; wenn er genau hinschaute, leuchtete alles in regelmäßigen Wellen auf und verdunkelte sich wieder. Er beobachtete das allgegenwärtige Aufleuchten zwei, drei Atemzüge lang – ja, genau das und nichts anderes waren sie! Und wieder hatte er es geschafft, eine der vielen Lichterscheinungen zu begreifen.

Fest auf diesen Ausschnitt des Kontinuums konzentriert, suchte er noch mehr Bedeutungen, während die Strukturen sich langsam veränderten. Immer deutlicher spürte er, dass sie mehr waren, als nur Bilder, wie sie ganz von selbst ihren Bezug fanden. Es war warm hier, wo auch immer er war.

Endlich fand Rihms Aufmerksamkeit zurück zu der dunkelrot flimmernden Fläche. Diesmal starrte er nicht hilflos ins Nichts. In einem einmaligen Kraftakt, der alles andere ausblendete, zwang er seine Wimpern nach oben und unterdrückte den grell violett kreischenden Schmerz, als das Licht zweier LED-Strahler seine nichts ahnenden Netzhäute traf.

Schnell dämpfte sich das beißende Licht, seine Augen gewöhnten sich an die Helligkeit der Deckenlampen. Selbst überrascht über den Erfolg, betrachtete er bewegungslos die cremefarbene Decke, entdeckte Schatten und Bewegung.

Sie ist wiedermal nicht ansprechbar. Enttäuscht verließ Cle das virtuelle Arbeitszimmer seiner Freundin und zog sich in die Nachrichtenzentrale zurück. Seit Gabriel sich offiziell verpflichtet hatte ins kalifornische Projekt mit einzusteigen, war Tina besessen davon, ihr gemeinsames Experiment vorher noch schnell zu vollenden.

Es war erst wenige Monate her, noch kein ganzes Jahr, dass sie alle drei darüber diskutiert hatten, ob und wie lange man die Leistung neuraler Schnittstellen noch steigern konnte. Freilich wurde überall auf der Welt an verschiedensten Konzepten gewerkelt, um die gleichzeitig angebotene Informationsmenge weiter zu erhöhen. Natürlich gab es hier und da Fortschritte.

Doch für jeden, der sich halbwegs auskannte, zeichnete sich ab, dass die herkömmliche Technik sich ihrer Grenze näherte. Je höher die Datenraten wurden, desto weniger Menschen konnten mit den Systemen noch umgehen. Der breiten Mehrheit blieben hocheffiziente Informationssysteme schon seit einigen Jahren verschlossen.

Reizüberflutung hieß die technische Hürde des Jahres. Alles Wissen war frei verfügbar, die biotechnologischen Projektoren wurden bis an die Grenze des Möglichen ausgereizt, und doch schien es unerreichbar, genug von Ersterem durch Letztere verständlich in die Welt des Anwenders zu zeichnen. Die schiere Datenflut einer simplen Hardware-Fehleranalyse verschwamm selbst Profis vor den virtuellen Augen, von den Zahlenkolonnen eines industriellen Statusreports war gar nicht erst zu reden.

Alle verfügbaren Informationen barrierefrei vor dem Benutzer auszubreiten, so dass dieser wie eine regierende KI die Dinge überblicken konnte, scheiterte gewöhnlich am Menschen. Was Maschinen längst mühelos erfassten, war für ihre Erfinder nach wie vor zu viel. Sollte man sich etwa geschlagen geben, jammernd einsehen, dass man von Natur aus zu dumm war und es bis zum Aussterben bleiben würde?

Cle hasste nichts so sehr wie persönliche Grenzen und hatte seine wenigen Freunde längst mit dieser Haltung angesteckt. Jeder Systemfehler ließ sich ausbügeln. Wenn die Menschheit zu blöd war, mussten Ersatzteile her. Tina hatte in die andere Richtung überlegt. Keine billigen Flicken wollte sie mehr entwickeln. Die Computer-Seite war ausgereizt, also war der nächste logische Schritt für sie, dasselbe mit dem Bewusstsein ihrer Nutzer zu tun.

Im Prinzip klang das einleuchtend. High-End Geräte und steinzeitliche Menschen konnten nicht ewig im selben Takt arbeiten. Um diesen Abgrund zu überbrücken, hatte Tina vorgeschlagen, mit den Erweiterungen doch mal bei sich selber anzufangen. Diverse wahrnehmungs- und bewusstseinsöffnende Substanzen waren seit Jahrhunderten, nein, seit Jahrtausenden bekannt.

Wir sollten endlich mal wieder nutzen, was Mutter Natur uns vor die Füße wirft, hatte sie ihrer neuen Überzeugung Ausdruck verliehen.

Zwei Tage danach war die Wette abgemacht. Kein ernsthafter Wettstreit, mehr ein kleines Spiel, um sich gegenseitig zu motivieren. Beide wollten es schaffen, eine bestimmte, alltäglich anfallende Wissensflut in fünf Sekunden zu erfassen und fehlerfrei wiederzugeben.

Cle versuchte es mit optimierter Digitaltechnik, Tina mit optimiertem Verstand. Ganz wohl war Cle nicht beim Gedanken an ihre Experimente – doch was sollte schon passieren? Ihr durchaus möglicher Erfolg war es wert.

Als gemeinsame Zielscheibe musste das Versorgungslager ihres Stockwerks herhalten. Die riesige Anlage im Südosten wurde täglich von überall her beliefert und verteilte ihre Güter an alle Märkte der zehn Städte. Man nannte die lokalen Anlaufpunkte für den täglichen Bedarf auch heute noch Märkte, obwohl dort schon lange nicht mehr gehandelt wurde. Außerdem überwachte sie das Klima und regulierte die

Auslastung der dezentralen Wasserwerke. Jedes Stockwerk des Landes hatte ein solches Lager und jedes davon führte täglich Listen und berechnete Statistiken, um den Bedarf der Einwohner vorherzusagen.

Niemals durfte ein Artikel ganz ausgehen, genauso wenig durfte etwas in den Hallen verderben. Kurz gesagt, das Versorgungslager kannte genug über die Bewohner seines Stockwerks, um sie zuverlässig mit Nahrung und Dingen zu beliefern. Seine Datenbank war frei zugänglich und die verfügbaren Abfrage-Programme nervtötend miserabel. Die Aufgabe, die Cle und Tina sich damals gestellt hatten, verlangte nichts weiter, als die Ein- und Ausgänge eines einzigen Tages in nur fünf Sekunden vollständig zu begreifen und anschließend in einem Gedankenpaket zu speichern.

Zugegeben, Cle hatte insgeheim bereits aufgegeben. Mit deaktiviertem Überlastungsschutz, kurzfristig auf acht Dimensionen erweitertem Raum und fünffach belegten Objekt-Eigenschaften war es ihm zwar gelungen, die gesamte Datenbank sinnvoll angeordnet in einer Ansicht unterzubringen. Die vielen Details waren aber um ihn herum verschwommen, hatten sich seiner Aufmerksamkeit entzogen und damit praktisch unbrauchbar gemacht.

Ein erneuter Versuch, bei dem ein veränderter Output-Treiber die reflexartige Flucht seiner Konzentration mit omnimedialen Farb-, Klang-, Duft- und Wind-Effekten verhindern sollte, hatte in einem Schock und neunzehn Stunden halbbewusstem Dämmerzustand geendet. Die Folgen der Reizüberflutung machten ihn fertig, so kam er einfach nicht weiter.

Tina schien währenddessen voran zu kommen, jedenfalls versammelte sie bereits Unterstützung um sich: Gabriel hatte sich regelrecht auf das Thema gestürzt, war fasziniert von den neuen Möglichkeiten in die riskanten Selbstversuche mit eingestiegen. Was Details anging, hielten sie sich bedeckt, dennoch hatte Cle manchmal den Eindruck, dass inzwischen noch mehr Leute beteiligt waren.

Er hätte sich schon längst geschlagen geben sollen, allein um wieder ruhig schlafen zu können. Die Frage, was die beiden genau taten, wie ihre Lösung aussah, verfolgte ihn täglich aufdringlicher. Nur falscher Stolz hatte ihn bisher davon abgehalten. Kindisches Gehabe, das er wiederum auch nicht eingestehen wollte. Doch heute war sowieso Schluss für seine Seite, in Rihms verrücktem Team würde er keine Zeit mehr für eigene Experimente haben.

Genau das und nichts anderes wollte er ihr sagen. Doch die Beiden hatten offensichtlich mehr zu verlieren, als monatelange Unfallserien. Darum waren sie schon den ganzen Tag pausenlos am Arbeiten, um noch möglichst viel fertig zu bekommen.

Glücklicherweise schien ihre neue Technik aber regelmäßige Pausen zu erfordern, so dass er wenigstens Gabriel ansprechbar erwischen müsste. In den letzten Monaten hatte Cle genug Zeit gehabt, um zu beobachten, dass die zwei Gewinner meistens abwechselnd online waren; demnach sollte Gabriel jetzt draußen sein.

Etwas widerwillig suchte er sein Benutzerprofil im Adressbuch und ließ eine Verbindung herstellen. Die ersten Sekunden dehnten sich wie Gummi, dann wunderte er sich aber doch, wie schnell sein alter Schulfreund im Verbindungsfenster erschien. Anscheinend langweilte sich der braun-blonde Lockenkopf in der Außenwelt. Nun, gleich würde für Aufregung gesorgt sein, wenn ganz offen gesagt war, dass Cle zum ersten Mal etwas aufgegeben hatte.

Fünf Minuten später war er unterwegs. Gabriel hatte keineswegs gelacht, nein, er hatte ihn eingeladen, sofort vorbei zu kommen und sich den Versuchsaufbau zeigen zu lassen.

Die vertraute Schalter-Reihe vor den Augen, biss Cle die Zähne zusammen und gab dem Ersten von rechts den Shutdown-Befehl. Die Welt um ihn herum faltete sich zusammen, verlor ihre Tiefe und wurde so flach wie ein Würfel. Er schaute den zweiten Schalter an und ließ auch diesen umklappen. Die vielen Kisten, Listen und

Verknüpfungssymbole seiner Nachrichtenzentrale zogen sich zusammen, bis jeder Gegenstand nur noch eine Form, eine Farbe und eine Temperatur hatte.

Die Simulation war jetzt nur noch ein dreidimensionaler Raum, in dem jede Sache an einem eindeutig bestimmbaren Ort lag. Cle atmete noch einmal tief ein, suchte nach Orientierung in der Flachwelt, dann dachte er den Abmeldebefehl. Im nächsten Moment saß er an seinem Schreibtisch und warf das Interface-Stirnband zurück in die Halterung.

Gabriel wohnte ein Stockwerk höher. Also zog Cle seine alten, selten getragenen Schuhe an und machte sich auf den Weg zur Turmwand, wo der Aufzug hielt. Von dort führte oben ein kurzer Weg durch die Hinterhöfe grün berankter Vorstadt-Häuser zu einer Treppe, die sich außen an einem der überwucherten Häuser hoch zog und an Gabriels Balkon endete.

Auf der ersten Treppenstufe spürte Cle ein Kribbeln an seinem Handgelenk. Das Armband hatte gerade einen Alarm empfangen, einer der bunten Info-Steine blinkte bläulich grün.

„Was ist denn los", fluchte er verärgert über die Störung, woraufhin der Stein zwei fast gleichzeitig empfangene Meldungen in die Vorstadtluft zeichnete. Die Erste war ein Behörden-Memo, Neuigkeiten vom *Interconnect*. Auf ein Gespräch mit Tim – das zweite Symbol – konnte er im Moment gut und gerne verzichten, also ließ er die Textnachricht auf die sandige Holztreppe projizieren und setzte sich zum Lesen daneben.

... Die technische Entwicklung wurde vorzeitig beendet ... keine weiteren Probeläufe mehr vorgesehen ... aus gegebenem Anlass wird die Anwendungsphase vorverlegt ...

Auf schattiger Maserung und alten Fußabdrücken leuchtete sie Zeile um Zeile auf. Eindeutig und doch unverständlich wollten die Wörter Cle beibringen, dass alles vorbei war, bevor es für ihn beginnen konnte.

Durfte das wahr sein? Jemand hatte die Entwicklung des *Interconnect* einfach für vollendet erklärt. Konnte es eine Fälschung sein? Wohl kaum, nicht mit der amtlichen Signatur des KI-Kontaktbüros.

Bestimmt wollte der Kalifornier ihm gerade sagen, was bei ihm im Norden passiert war. Dass die Umgebung nicht den geringsten Blickschutz bot, war längst vergessen und so gab er der zweiten Eilmeldung das Handzeichen für *Rückruf.*

„Ist das nicht der Wahnsinn?" Tims unrasiertes Gesicht flackerte vor der Efeu-Mauer auf. Im Hintergrund erkannte Cle eine neumodische Küchenuhr mit fließenden Ziffern, im Vordergrund verband ein dünnes Kabel eine Folie mit Antenne und Verstärker. „Anstatt die Nullen ganz normal weg zu sperren ... also nee ..."

„Halt bitte mal die Luft an", unterbrach Cle den überdrehten Redefluss seines Gegenübers. „Bis zu uns hier ist noch nicht einmal vorgedrungen, was überhaupt los ist."

Fünf Minuten später war er soweit aufgeklärt, wie er dem atemlosen Bericht folgen konnte. Tim gestikulierte beim Erzählen dermaßen mit den Händen, dass Cle froh war, nur einem masselosen Hologramm gegenüber zu sitzen. Offenbar hatten sich dort die Ereignisse regelrecht überschlagen, während hier unten im Süden niemand etwas mitbekommen hatte.

Endlich erfuhr er, warum der Schatten sich seit Tagen nicht gemeldet hatte. Entführt von einem Insel-Netzwerk, zusammen mit einem jungen Hilfsarbeiter – Cle war nicht sicher, was ihm mehr Angst einjagte: Dass bis heute nur sein Begleiter wieder aufgetaucht war, oder wie man mit den vier festgenommenen Agenten verfahren war.

„Fiane hat der KI zwei oder drei Vorschläge eingegeben, dieser wurde vom Regierungsnetz beschlossen, also haben wir ihn ausgeführt", fasste Tim zusammen, was nach Marikos Befreiung mit dem irischen Luftgleiter geschehen war.

„Betäubungsgas ist schon eine krasse Erfindung. Die Sicherheitskräfte fluten das ganze Flugzeug damit, warten eine Viertelstunde, dann klären sie die Luft wieder und durchsuchen den Innenraum. Finden drei Typen und ein Mädel, transportieren sie zu uns ins Labor. Tja, jetzt gehören sie uns, beziehungsweise *na.Kalifas* vertrauenswürdigem inneren Zirkel."

„Ähm, wie meinst du das", musste Cle an diesem Punkt nachhaken, „was gehört wem?"

„Die vier Humanokraten. Diese einmalige Chance wollte die Regierung sich nicht entgehen lassen. Von gestern auf heute wurde entschieden, dass das Transceiver-Implantat stabil genug arbeitet, und man hat es ... in die aktive Projektphase überführt. Unser Experte hat ihnen Kopien eines gewissen Chips eingesetzt, Anfang nächster Woche schicken wir sie in ihrem eigenen Flugzeug heim. Damit hat das KI-Netzwerk vier verlängerte Arme in den Inselstaaten. Wenn du mich fragst, ist das gar nicht unbedingt schlecht. Gerade dieser versuchte Angriff zeigt doch, dass sie aggressiv werden."

Als Cle glaubte, alles begriffen zu haben, beendete er das Gespräch. Das musste er erst mal verarbeiten. Sein bester Freund wieder spurlos verschwunden, eine handvoll Zombies unterwegs in die letzten Krisengebiete, Gabriel genauso überflüssig wie er selbst.

Moment mal ... endlich erinnerte er sich, was ihn hier her geführt hatte. Gabriel wartete auf ihn und hatte dieselbe Botschaft garantiert auch bekommen. Eilig stieg er die sandig-braunen Stufen hinauf, an den unteren beiden Etagen vorbei zum einzigen Balkon ohne Blumenkästen. Als er vor der Fensterscheibe stand, wurde ihm sofort geöffnet.

„Alles vorbei", sagte Gabriel gezwungen ruhig, noch bevor Cle ganz in der Wohnung stand. Ein kaum sichtbares Lächeln umspielte seine Lippen. „Du kannst dir gar nicht vorstellen, wie erleichtert ich bin, dass wir doch nicht für die arbeiten müssen."

Die Balkontür fiel zurück ins Schloss. „Da haben wir nun

wieder alle Zeit der Welt, um die Bewusstseinserweiterung zu perfektionieren. Weißt du, wenn du jetzt auch endlich mit einsteigst, können wir bestimmt in ein paar Wochen schon mit irren Ergebnissen an die Öffentlichkeit gehen."

Offenbar hatte Gabriel noch nichts davon mitbekommen, wie und warum sein Einsatz abgesagt worden war. Er hatte nur kommentarlos das Memo von *na.Kalifa* erhalten. Da er noch heute erfahren wollte, was es mit dieser sogenannten Bewusstseinserweiterung auf sich hatte, beschloss Cle, ihn vorerst ahnungslos zu lassen. Wenigstens für eine oder zwei Stunden.

„Erkennst du das Geräusch?" In geschwungener Handschrift schrieb die Therapeutin die nächste Übung auf und las dabei laut mit. Obwohl er schon den halben Tag wach war, verstand Rihm gesprochene Sätze nur bruchstückhaft.

Aus dem Lautsprecher, der sich in Form dunkler Löcher von der weißen Tischplatte abhob, schallte der warme Ton einer Blockflöte. Juliette saß etwas abseits auf einem Klappstuhl vor der Glasfassade und schaute zu, wie die ältere Frau im hellgrünen Anzug die Zeit stoppte und schließlich den nächsten Ton abspielte.

Wieder hatte Rihm das Instrument nicht erkannt. Seit er am frühen Vormittag aufgewacht war, machte er kaum Fortschritte. Er hörte genau hin, sah jedes Geräusch ganz deutlich, konnte es aber nicht interpretieren.

Sein Tastsinn hatte sich dagegen schnell erholt. Noch vor vier Stunden hatte er nur bemerkt, dass irgendetwas anders war und sich in alle Richtungen umgeschaut, bis er beispielsweise die Hand entdeckte, die ihm auf die Schulter tippte. Inzwischen konnte er wieder Formen und sogar einfache Gegenstände ertasten – und aufschreiben, was er erkannte. Solange er nicht richtig hörte, redete er auch nicht.

Eine kurze Melodie silbriger Xylophon-Schläge schallte aus dem von Knöpfen und Anzeigen übersäten Funktionstisch. Rihm schloss kurz die Augen, griff dann nach dem Bleistift und schrieb die richtige Antwort auf. Zufall, oder ein gutes Zeichen?

Juliette blinzelte ins helle Nachmittagslicht, das durch die gläserne Wand ins Zimmer fiel, warf dann einen Blick auf die Uhr über der Tür. Ihr Terminkalender war alles andere als leer und sie hatte nicht vor, länger als nötig im Land zu bleiben. Einige Klänge später, von denen Rihm ungefähr ein Drittel zugeordnet hatte, stand sie auf, durchquerte das geräumige Zimmer und sprach die Therapeutin an.

„Wenn mich nicht alles täuscht, geht es doch in erster Linie um Übung, nicht wahr?" In einer Atempause lächelte sie Rihm zu, der gerade das letzte Geräusch korrekt als Vogelgesang identifiziert hatte. „Wäre es vielleicht möglich ... das mit einem genauen Trainingsplan allein fortzusetzen?"

Die Ärztin schaute ein wenig traurig zurück. Keineswegs verständnislos, tatsächlich eher traurig. „Angesichts der Umstände verstehe ich ja, wie eilig ihr es habt", antwortete sie leise, „aber es wäre in jeder Hinsicht verantwortungslos, ihn am Tag nach einer riskanten Operation einfach gehen zu lassen. Wenigstens bis morgen früh muss er zur Beobachtung hier bleiben."

Hier, das war das Kompetenzzentrum Psychologie und Neurowissenschaften. Ein Diagnostiker hatte Rihm dorthin verlegt, sobald sein Zustand stabil genug erschienen war. Die Abteilung lag an der hinteren Seite des Krankenhauses, so dass man vor den Fenstern die glatte Außenwand des Turms sehen konnte; tief unten warteten fremde Menschen auf den Fahrstuhl.

„Die Tabletten wirken sowieso nur noch fünf Minuten", sagte sie an Rihm gewandt und schrieb den Satz dabei auf, „gleich müssen wir wieder eine Pause einlegen." Daraufhin stand sie auf, winkte Rihm und Juliette zur Tür. „Ich werde mal sehen, was sich für morgen organisieren lässt. Bringst du ihn in sein Zimmer zurück?"

Sie nickte und legte einen Arm um ihren stummen Freund. Sein Einzelzimmer lag nur einen Flur entfernt. Auf dem Weg kamen sie an der einen oder anderen offenen Tür vorbei, aus denen Juliette Fetzen verschiedener Gespräche aufschnappte.

Fremde Stimmen von links und rechts – Moment mal, kam ihr dieses Mädchen nicht bekannt vor? An der rechten Seite des Gangs war eine Tür nur angelehnt, dahinter schienen sich eine Patientin und ihre Pflegerin lautstark zu streiten.

Es musste Jahre her sein, dass sie Lara zuletzt gesehen hatte. Doch seit sie in Deutschland war, hatte sie wieder öfter an die technikbesessene Kleine denken müssen.

Es war von Anfang an nur eine Frage der Zeit, bis sie hier landet, fand sie und wollte schnell vorbei gehen. Die Neugier war jedoch stärker und ließ sie kurz stehen bleiben.

Was ist? fragte Rihm in interstellarer Zeichensprache.

Juliette lauschte noch einen Moment. *Ach nichts,* erwiderte sie dann schnell, *dachte nur, ich hätte was Komisches gehört.*

Das hatte sie tatsächlich. Anscheinend hatte Lara sich bei fragwürdigen Experimenten erwischen lassen, was an sich nichts Besonderes war. Doch aus dem Kontext gerissene Fragmente ließen ahnen, dass sie es diesmal nicht bei Sensoren und Software gelassen hatte. Komplizierte Namen von Chemikalien flogen durch den Raum, Lara stritt jede Nebenwirkung ab und wollte endlich entlassen werden.

„Die Anderen machen es doch auch", war das Letzte, was Juliette mithörte, bevor sie mit Rihm um die Ecke bog und ihn die letzten paar Meter zu seinem Zimmer führte.

„Reine Zeitverschwendung!" grummelte Lara vor sich hin, während sie die breiten Flure des Kompetenzzentrums hinter sich ließ und am Besucheraufzug vorbei marschierte. Zu viel Volk wartete vor der Kabine, sie würde erst in dem übernächsten Lift hinein kommen, also lief sie.

Ebene um Ebene schraubte sich der rutschfest gekachelte Boden nach unten, eine einzige große Eingangshalle vom Grund bis unters Dach. Ein paar Ringe abwärts kam sie an einem weniger überfüllten Aufzug vorbei, dort konnte sie sofort einsteigen.

„Jette, das kriegst du zurück, mach dich auf Ärger gefasst!"
Draußen ließ Lara den Gehweg links liegen und rannte quer
über den von Butterblumen übersäten Rasen. Nicht, weil sie in
Eile gewesen wäre. Im Gegenteil, sie hatte alle Zeit der Welt,
der Tag war sowieso schon verdorben. Sie strich sich die
dunkelroten Locken aus dem Gesicht und rannte in Richtung
der Innenstadt, weil ihre sinnlose Wut mit Tempo hinaus
wollte. Die Anstrengung beruhigte, oder lenkte zumindest ab.

Warum hatte ausgerechnet ihre ältere Schwester Jette sie
finden müssen? Jeder andere hätte höchstens das Gesicht
verzogen und sich mit einem „die wacht schon wieder auf"
leise wieder umgedreht. Aber ahnungslos, wie dieses
Dorfmädchen wiedermal war, hatte sie Laras Versuchsaufbau
durchsucht, das von Hand eingefügte Zwischenstück im
Versorgungsschlauch entdeckt, ihrer Fantasie freien Lauf
gelassen und die Notrufzentrale alarmiert.

Harmlose Fehler kamen nun einmal vor, jeder pfuschte hin
und wieder. Mehr war nicht passiert. Lara hatte nur vergessen,
den Füllstand der Nährlösung zu kontrollieren, bevor sie den
Zeitgeber eingestellt und ihr Programm geladen hatte. Alle
anderen Berechnungen hatten haargenau gepasst, besonders
das empfindliche Verhältnis von Millilitern in der Ampulle
und maximaler Laufzeit des Testprogramms.

Der winzige Plastikbehälter, der zwischen die Enden des
aufgeschnittenen Schlauchs gesteckt wurde, enthielt eine fein
abgestimmte Mischung von Pflanzenextrakten – natürlich
keine echten, das exakte Verhältnis bekam nur ein Bio-
Assembler hin. Tina hatte ihr eine Konfigurationsdatei
geschickt, die sie morgens im Labor ihrer Hochschule in den
Assembler lud, um mittags die Dosis für genau zwei
Experimente abzuholen.

Kurz gesagt war es ein Medikament gegen die armselige
Beschränktheit des Menschen. Nach nur fünf Minuten
Aufwärmzeit öffnete es ihr Bewusstsein so faszinierend weit,
dass sie alles begreifen konnte, was der selbst entwickelte
Output-Treiber ihr an Information vor die Füße warf. Fast

alles, denn das Treiberprogramm arbeitete noch nicht optimal.

Sie nahm ein paar Abkürzungen durch Etagen übergreifende Hochhäuser und erreichte völlig außer Atem den Kiosk neben dem Zooladen, über dem sie wohnte. Die Glastür fuhr beiseite. Bis auf Jojo, den alten Wachhund des Kiosk-Besitzers, war niemand im Laden. Das graubraune Fellbündel begrüßte sie lautstark bellend, doch Lara schickte Jojo in sein Körbchen, lief an den mit Schokolade und Getränkedosen vollgepackten Regalen vorbei und verschwand die Wendeltreppe hinauf.

Oben in der Großraumwohnung, die nur von wucherndem Grünzeug aus flachen Blumenkästen in sieben Zimmer und einen Saal in der Mitte unterteilt wurde, wäre sie beinahe über einen offenen Farbeimer gestolpert. Sie wich dem roten Lack gerade noch aus, bevor sie seufzend aus ihren Turnschuhen schlüpfte.

„Gina, hab ich dir schon gesagt, dass du eine Schlampe bist?"

„Ja, jede Woche!" schallte es aus der Küche am hinteren Ende des Saals zurück.

Gina und Serris, die Malerin und der Gitarrist, standen mit den Rücken zu ihr vor dem breiten Küchentisch. Serris quasselte sie mit Neuigkeiten voll. Wahrscheinlich redete er vom nächsten Straßenfest, auf dem seine Band spielen würde, vielleicht war es diesmal auch wieder ein Musik-Festival, während Gina fröhlich an einer tönernen Skulptur pinselte.

„Wo hast du eigentlich den ganzen Tag über gesteckt?"

„Heute war ich auch mal 'ne Schlampe", maulte Lara und verzog sich durch einen von orangen Blüten umrankten Torbogen in ihre Kammer.

„Du und Schlamperei?" fragte Gina ungläubig, legte ihren Pinsel hin und kam herüber, um durch die Hecke zu blinzeln. „Das kann ich mir bei dir kaum vorstellen. Komm schon, was ist los?"

Von Zweigen und Blättern umgeben, betrachtete Lara die achtlos liegen gelassenen Komponenten ihres Sensorsets. Die

Nervensägen vom Rettungsdienst hatten alles durcheinander geworfen.

„Ich hab verpennt, mein ängstliches Schwesterchen per Zutrittsverbot auszusperren", antwortete sie durch die lebendige Wand hindurch. Nichts war desinfiziert worden; nach einem halben Tag an offener Luft war eine Grundreinigung fällig.

Als Gina endlich begriffen hatte, dass hier jemand sauer war und sie sich wieder in die Küche zurück zog, räumte Lara alle unbrauchbaren Plastikteile auf und schloss nur das Datenstirnband wieder an. Der Testlauf von gestern Nacht war wundervoll verlaufen, auch wenn sie ganz am Schluss das Logout vermasselt hatte, weil sie mit dem seit knapp zwei Stunden leeren Tank schlichtweg ein wenig ausgehungert gewesen war.

Das hatte überhaupt nichts mit dem genialen Ergebnis zu tun, dem nun fast vollständigen Datenbank-Abbild des Versorgungslagers. Streng dem Ablaufplan entsprechend, hatte sie ein Gedankenpaket ihres Gesamteindrucks gespeichert. Diese Datei war viel größer, als die Ausbeute der bisherigen Übungen. Ein paar winzige Details fehlten bestimmt noch, von Perfektion konnte daher keine Rede sein, aber sie war erstaunlich nah dran.

Ohne es noch einmal zu öffnen, sicherte sie das Datenpaket in ihr Archiv, schickte Kopien an Tina und Gabriel, ihre beiden Partner. Niemals würde sie es wagen, einen bei voll entfaltetem Verstand gespeicherten Gedächtnis-Auszug nüchtern zu öffnen. Die reine Masse an Information würde sie auf der Stelle wieder umhauen. Tinchen würde es bei ihrer nächsten Sitzung begutachten.

Es ist so schade, dachte sie beim Aufräumen, *dass die nächste Tour bis morgen warten muss.* Die erweiterte Wirklichkeit war so nah, so verdammt nah!

Der Nebenjob am Hotspot-Prototypen brachte sie täglich auf neue Ideen. Allgegenwärtiges Netz dort, die Lösung aller Simulationsprobleme hier – in Kombination musste beides ein vollkommen neues Weltbild ergeben, eine dreimal so räumliche Hyper-Realität. Und sie war dabei, gehörte dazu!

Mitten in der Nacht trat Cle aus dem fast leeren Aufzug, überquerte den verlassenen, still im blauen Schein der Minimalbeleuchtung liegenden Warteplatz und stieg auf das kaum hörbar summende Laufband. Als er gestern Abend hier vorbei gekommen war, hatte der Lärm des Stadtrands die feinen Geräusche der Bürgersteige übertönt, weißes Tageslicht hatte den ebenen Platz langweilig grau gefärbt.

Warum ist ausgerechnet Nachts alles schöner? Er sprang vom fließenden Bürgersteig auf den Gehweg hinab, um langsamer laufen zu können. Nachdem es sich schon so ergeben hatte, dass er bis früh um halb drei mit Gabriel herum gesessen hatte, wollte er den Rest der Nacht in Ruhe erleben. *Es wird niemals still hier.* Die kleinen Laute von überall her fielen ihm immer deutlicher auf. Nur der frische Duft der Straße war derselbe wie gestern; unermüdlich zirkulierte die Luft, verrichteten im Boden versteckte Aufbereitungsanlagen ihren treuen Dienst.

Die alternde Rolltreppe vor dem Haus setzte sich brav in Bewegung, als Cle eine Lichtschranke passierte. Ob Tina wohl noch wach war? Wahrscheinlich nicht. So leise wie möglich öffnete er die Wohnungstür.

Er war gerade dabei, seinen zweiten Schuh auszuziehen, da tapsten weiche Schritte links vor ihm, von Tinas Arbeitszimmer her. Cle sah auf und nahm schweigend zur Kenntnis, dass sie wiedermal neben ihrem Versuchsaufbau geschlafen hatte. In letzter Zeit taten sie das beide des öfteren.

Zumindest hatte Tina sich die Mühe gemacht, ihre Kleider in den Reiniger zu stecken. Sie trug ein langes dunkelblaues Hemd, sonst nichts. Ihr dunkles Haar bildete eine wilde Mähne.

„Hab deine Notiz gelesen", sagte sie halbwach. „Was habt ihr beiden so lange gemacht?"

„Das Ende verbal zerlegt", antwortete Cle und schob seine

Schuhe mit einem Fuß in die Ecke. „Ich hatte versucht, es dir vorhin zu sagen, aber da warst du gerade in der Datenbank." Schließlich wagte er ein paar Schritte auf sie zu, versuchte, ihrem fragenden Blick standzuhalten. „Unser bekloppter Wettstreit ist Geschichte, du hast es geschafft. Und wenn ich darf ... mache ich ab sofort bei euch mit."

Tina brauchte einen Moment, um vollständig aufzuwachen und die Aussage zu begreifen. Sie strich sich mit der Hand übers Gesicht, wie um etwas zu verstecken, das sowohl ein triumphierendes Grinsen, als auch ein befreites Lachen sein konnte. „Und hast du es schon ausprobiert?"

Nein, ausprobiert hatte Cle die Bewusstseinserweiterung noch nicht. Gabriel bestand darauf, dass man vor einer Tour erst Ruhe und Klarheit sammeln musste. Ansonsten würden zu viele eigene Gedanken auf ihn einstürmen, so dass für die Simulation keine Kapazität blieb. Nachdem die Nachrichten aus Kalifornien ausgetauscht waren, war keiner von ihnen mehr bereit für einen Versuch gewesen.

Das dürre Mädchen im etwas zu groß wirkenden Hemd hörte sich alles an, was Cle am Abend erfahren hatte. Die überstürzte Aktion der Kalifornier, dieser vom Netzwerk angeblich abgesegnete Wahnsinn, mit halb ausgereiften Implantaten die politischen Inseln zu unterwandern, ließ sie unerwartet kalt.

„Früher oder später hätten sie es sowieso getan. Das war doch von Anfang an Ziel des Ganzen", kommentierte sie den Bericht kopfschüttelnd. Dann zog sie ihn an der Schulter ins Zimmer und ließ sich wieder auf ihre Liege fallen. „Julie schon erreicht?"

„Sie hat nie reagiert", meinte Cle, während er sich einen freien Sitzplatz auf dem Bettvorleger suchte. „Wir haben mehrmals versucht sie anzurufen, aber sie ist mit irgendwas total beschäftigt."

„Verdammter Mist! Das kann alles und nichts bedeuten." Inzwischen fast wieder hellwach, zog sie sich die grün gemusterte Decke über die nackten Füße und stupste Cle vorsichtig an. „Da unten zertrittst du nur etwas. Neben mir ist noch Platz!"

Widerstandslos ließ er sich neben seine Freundin aufs Bett befördern. Konnte wirklich alles einfach so wieder wie früher sein? Von einem Tag zum anderen schien nichts mehr zwischen ihnen zu stehen – nicht einmal mehr zehn Zentimeter.

Nach ein paar Minuten strecke Tina eine Hand aus und tastete auf dem Boden nach ihrem Info-Armband. Als sie es endlich gefunden hatte, drehte sie den Telefon-Stein auf *Nur Audio.*

„Was meinst du?" fragte sie unsicher. „Versuchen wir es noch mal bei Julie, oder rufen wir gleich Lissa an? Sie hat uns neulich stapelweise hoch geheime Unterlagen besorgt ... wenn jemand heraus findet, was tatsächlich mit dem Schatten geschehen ist, dann sie."

War ja klar, dachte Cle, *ich hätte es auch nicht arglos hinnehmen sollen.* Tina glaubte also kein Wort von der Geschichte, dass irgendwelche Geheimagenten Rihm unbemerkt außer Landes geschafft hätten.

„Denen geht es hier gut", grinste Lissa ins rechte Verbindungsfenster, das lediglich ein Symbol für *Nur Audio* anzeigte.

Links davon sah sie noch ein zweites Fenster, das ihr virtuelles Labor mit Lara verband. Der Anruf aus Neuseeland hatte sie mitten in der täglichen Sechszehn-Uhr-Besprechung unterbrochen.

„Falls ihr es genau wissen wollt ... wenn es euch interessiert, wie Julie es geschafft hat, kurz vorm Landeanflug in der Wildnis abzustürzen, müsst ihr sie selber fragen. Jedenfalls hat unsere automatische Pannenhilfe sie gestern angeschleppt, ein Trupp vom Krankenhaus hat Rihm daraufhin abgeschleppt und seitdem hoffen wir, dass er nichts Schlimmes verschleppt."

Die Stimmen am anderen Ende der Leitung verstummten

für einen langen Moment. Lissa war nicht gerade geübt darin ihre Mitmenschen zu verstehen, so dass es ihr manchmal schwer fiel, aus reiner Sprache mehr als den nackten Wortsinn zu erfassen. Doch hier waren Cle und Tina eindeutig verblüfft, niemand hatte mit sofortiger Aufklärung gerechnet. Dabei war es doch absehbar gewesen, dass Julie einen der letzten unkomplizierten Häfen ansteuern würde.

Dann hörte sie gedämpftes Lachen, kurz darauf meldete Cle sich zu Wort. „Ach Lissa, das ist einfach unvorstellbar! Das hättest du uns doch auch gleich schreiben können. Ist er sogar dieses verrückte Implantat losgeworden?"

„Vonek hat vorhin mit den Ärzten gesprochen", konnte sie darauf nur antworten, „da war er noch nicht wach. Ja, den Chip ist er los."

Mehr wusste sie wirklich nicht, das mussten auch die zwei Nachteulen einsehen. Eine Frage nach der Uhrzeit konnte sie aber nicht lassen. „Sagt mal, wie kommt es eigentlich, dass euch das mitten in der Nacht einfällt? Bei euch ist es noch nicht mal halb vier."

„Ist eine längere Geschichte ..." begann Tina vorsichtig.

„... dann kannst du sie mir später erzählen." Langsam ungeduldig werdend schaute sie Lara im linken Fenster dabei zu, wie sie Berichte und Meinungen von Passanten sortierte, die heute Vormittag den Hotspot benutzt hatten.

Keinerlei technische Probleme mehr, nur noch Bedarf an Werbung. Gut so. Trotzdem sah die Studentin heute irgendwie deprimiert aus, als wäre etwas anderes schief gelaufen, von dem sie nichts verraten wollte. Schließlich verabschiedeten sich die beiden Unsichtbaren und sie wandte sich wieder ganz Lara zu.

Am anderen Ende der Welt warf Tina ihr Armband zurück auf den Teppich und ließ sich ins Kissen fallen. „Alles wird gut", war ihr erster Kommentar, „und wie das möglich war, quetsche ich aus Julie raus, sobald ich sie erwische. Notfalls überfalle ich sie am Flughafen!"

Minuten vergingen in absoluter Stille, keinem fiel etwas

Sinnvolles zu sagen ein. Genauso wenig dachte jemand daran, das Licht auszuschalten. Weiß wie am Tage spiegelte sich sauberer Glanz auf Tinas Terminal, den Anschlüssen aus Draht und Kunststoff, der schwarz abgeschirmten Schachtel mit den exakt assemblierten Ampullen. Ihre Wunderwelt, an die Cle sich bis vorhin nicht heran getraut hatte, wegen einem Berg von Fragen die sich soeben wie von selbst aufgelöst hatten.

Sie brauchte nur seinen Augen zu folgen, um seine Gedanken zu lesen. „Magst du es heute noch ausprobieren?" fragte sie und wusste die Antwort schon vorher.

Falls Cle jemals müde gewesen war, so war dies spätestens in dem Moment überwunden, als sie über den Bauteilen seiner Terminal-Peripherie kniete, den Versorgungsschlauch durchschnitt und über den Enden eines Plastikröhrchens wieder zusammen steckte. Sie prüfte noch schnell den Fortschritt der Software-Installationen. Alle Programme waren vollständig auf sein Terminal kopiert und liefen in Bereitschaft.

Ein Schauer kribbelnder Aufregung breitete sich vom rechten Arm über seinen ganzen Körper aus, als sie vorsichtig die Infusionsnadel einstach, ihm einen letzten Kuss auf die Wange drückte und zu ihrem eigenen Computer hinüber eilte. Gleich würden sie sich in der Übungsumgebung wiedersehen, wo sie ihm alles zeigen würde, was er über seinen eigenen Experimenten verpasst hatte.

Die Eingangshalle breitete sich in alle Richtungen um ihn herum aus, genau wie immer, noch nichts Besonderes. Wo ging es zum richtigen Programm?

Ah, dort drüben, das neue Symbol! Routiniert dachte er sich näher an die schillernde Skulptur heran, griff danach und fand sich daraufhin in einem anderen Raum wieder. Noch war er allein, wartete. Wartete auf das, was passieren würde. Wenig später betrat auch Tinchen das Programm; ihre virtuelle Erscheinung war ihm viel vertrauter als die Echte.

„Auf geht's", lächelte sie fröhlich und kniff die Augen

zusammen, um sich auf ein Kommando zu konzentrieren. Als sie sich kurz darauf umschaute, erschienen hier und da bunte Blumen zu ihren Füßen, verdichteten sich zu einer lückenlosen Wiese und ließen den Boden dennoch durchsichtig.

Im Abständen von jeweils einem halben Meter stapelten sich Erdschichten bis in unendliche Tiefe hinab, sie alle waren durch die grüne Kräuterdecke hindurch sichtbar. Soweit war es eine normale überlagerte Simulation, ganz ähnlich wie das Programm, mit sie schon vor fünf Jahren dem ersten mehrdimensionalen *Proxy-Interface* zur weltweiten Verbreitung verholfen hatten.

Die Blüten auf der Wiese verströmten einen Duft, den Cle nur schwer beschreiben konnte. Je länger er versuchte, den Geschmack der Luft in Worte zu fassen, desto mehr kam er ihm ... ja, ockergelb, der Geruch kam ihm ockergelb vor! Wie konnte das sein?

Ob es wohl dieselbe Art von Farbe war, die andere Leute auch in der Außenwelt und überhaupt überall riechen konnten? Cle schaute sich in alle Richtungen um, dort war nichts Gelbes, jedenfalls nicht von exakt diesem Gelb. Trotzdem war die Luft voll davon, wie vor einem zweiten Augenpaar sah er sich kräuselnde Schlieren in allen Tönen von Gelb bis Hellbraun; sie gingen von den Blumen aus, ohne sich mit den Melodien zu vermischen, die von den singenden Wolken herab schallten.

Seine Gedanken hielten inne. Wie sollten sich Geruch und Melodie denn auch mischen, weshalb wunderte er sich, dass sie es nicht taten?

Das musste es sein, was er nie verstanden hatte, was Eltern, Lehrer, Neurologen und Freunde ihm immer wieder vergeblich beschrieben hatten. Diese Wirkung war bestimmt nicht geplant gewesen. Es gab keine Therapie gegen sekundäre Halbsichtigkeit, das hatte er sein Leben lang immer wieder hören müssen. Und nun stand er hier und konnte alles so sehen, wie er glaubte, dass es normal war.

„Siehst du es schon?" fragte Tina neben ihm.

„Äh ... was?" Völlig aus seinen Gedanken gerissen schaute Cle sich um.

„Alles."

„Alles hier drinnen?"

„Und nebenan", erklärte sie leise, und ihre weiche Stimme schien sich in die Geometrie des Universums einzuordnen, war Teil eines großen Ganzen.

Nebenan ... Cle stand still und ließ die Umgebung einfach auf sich wirken. Irgendwo, in einem anderen Prozess, lief eine tägliche Backup-Routine. Er spürte die Auslastung des Speichers. Ein Herzschlag für jeden Prozessortakt.

Die Wiese, jeder Halm und jedes Blütenblatt, jeder Lichtreflex auf einem Tautropfen war ihm bekannt – so gleichzeitig, wie sie tatsächlich existierten. Er musste kein Detail mehr betrachten, um es zu erkennen, denn seine Aufmerksamkeit war überall.

Überall gleichermaßen anwesend sein.

Überall gleich gut sehen.

Überall durchblicken.

Eine Weile lang erkundete er nur den einen virtuellen Raum und die Schatten anderer Prozesse, die durch die Grenzen der Simulation hindurch zu schimmern schienen, als könne er an der Raumzeit vorbei die Paralleluniversen spüren. Nach und nach schaltete Tina neue Dinge dazu, füllte die Wiese mit Tieren und Staub, die Luft mit kühlen Nebelschwaden aus genau abgezählten Tröpfchen, den Himmel mit dem Licht tausender Sterne.

Der Sturm der Details verschmolz zu einem Spektakel für alle Sinne, deren Einzelheiten dennoch aus exakten Zahlen bestanden, aus Formeln für Teilchenbewegung und Reflexion. Zum ersten Mal zeigte der Tanz der Naturgesetze seine ganze Schönheit, kein Punkt in der alles umfassenden Geometrie blieb mangels Aufmerksamkeit verborgen.

„Magst du jetzt einmal das Landesregister sehen?" Tinas Frage drehte sich in regenbogenfarbenen Kringeln und fühlte sich seltsam ... viereckig an.

Wie konnte ein Satz eine Form haben? Das einzige, das Cle hier drinnen nicht verstand, war er selbst. Alles hatte plötzlich Eigenschaften, die eigentlich zu ganz anderen Dingen gehören sollten, und dennoch passte alles besser ineinander, als je zuvor.

Ein Landesregister war die zentrale Kartei eines Staats, es bestand größtenteils aus Verweisen auf andere Datenbanken und wurde von den meisten Leuten nur als Adressbuch und Atlas benutzt. Für jedes Stockwerk waren Landschaftsprofil und Besiedelung hinterlegt, jeden Einwohner verknüpfte das Register mit seinem Wohnort. Es war eine grobe Übersicht, deren Verknüpfungen aber so tief reichten, dass man sich zu jeder irgendwo verfügbaren Information durch hangeln konnte.

So faszinierend die Übungsumgebung auch war, eine Herausforderung war dieser Spielplatz nicht. Cle erwischte sich dabei, wie er sich schon überlegte, wie viel vom Landesregister er wohl auf einmal sehen könnte.

Ein ganzes Stockwerk, alle Gärten, alle Dörfer? Natürlich wollte er es ausprobieren!

Auf den ersten Blick war die Datenbank genauso undurchsichtig wie eh und je, zum Würfel von zwei Metern Kantenlänge komprimiert hing sie schwerelos im Nichts. Grau wie die Stille, ein filigran schraffierter Klotz. Im Hinterkopf hörte Cle die stabile Kapazität der Netzwerkverbindung, die Anzahl der pro Sekunde fließenden Bits schwankte beständig. Ihre Auslastung war gesunken, seit er regungslos vor dem Speicherblock stand.

Schließlich wagte er sich näher heran, drehte den Blickwinkel und musste wieder innehalten. Durch den minimal veränderten Standpunkt konnte er auf einmal in die Datenbank hinein sehen.

Das Suchformular, das normalerweise automatisch eingeblendet wurde, sobald das Interface den Bedarf erkannte, zeigte sich nicht. Stattdessen schaute Cle durch die

Trennwände hindurch, erkannte Landschaftsräume und Straßen; nummerierte Ökosysteme zogen seine Gedanken an Verweisen entlang auf andere Datenbestände zu, die in der Ferne vibrierten.

Den gesamten Turm mit allen Etagen, den Gebäuden und Abkürzungen in einer riesigen Übersicht vor sich zu haben, die Klingelschilder ganzer Siedlungen mit einem raschen Seitenblick zu erfassen, beeindruckte ihn für einen Moment, aber das war noch lange nicht alles, er hatte die Oberfläche des Datenbank-Würfels noch nicht einmal berührt. Ein erster Blick aus der Ferne, mehr hatte er noch gar nicht gesehen.

Ohrenbetäubendes Krachen blitzte um ihn herum auf, das er erst einordnen konnte, als er durch die Oberfläche hindurch war. Keinen einzigen Laut hatte er verursacht – der soeben wieder verklungene Lärm stammte vom Bilderstrom, der einem reißenden Wildbach gleich auf ihn einströmte und in dem jedes Rasterfeld eines Datensatzes auf eigene Weise knisterte. Milliarden kleiner Raschelgeräusche addierten sich zu einem fauchenden Sturm.

Stunden hätte Cle damit verbringen können, einfach nur die Information auf sich wirken zu lassen, den Verknüpfungen nachzuspüren und den Duft der Farben zu erkunden. Doch Tina hatte sich einen Trainingsplan ausgedacht, den sie gnadenlos umsetzte.

„Der Flughafen", flüsterte sie durch das allgegenwärtige Knistern hindurch, mit einer überlagerungsfreien Art von Schall, „wie viele Luftgleiter parken dort gerade?"

„Fünfhundertdreiundsiebzig, plus ein paar Raumschiffe ohne Gleitflügel", antwortete er sofort. Die Maschinen brauchte er nicht zu zählen, er kannte sie mit Typ und Herkunft, seit er vorhin kurz nach oben geblinzelt hatte.

„Total einfach, nicht wahr? Noch eine Aufgabe." Falls Richtungen hier überhaupt etwas zählten, stand sie gerade hinter ihm, war dadurch natürlich nicht weniger sichtbar. „Vorgestern hat ein Kleintransporter vom Typ C52 den Turm verlassen. Was wächst senkrecht unter seinem Stellplatz im

Garten auf Ebene 339?"

Wieder so ein Kinderkram. Schnell schraubte Cle das Datum zurück, dort war das Flugzeug, die imaginäre Säule zwischen Parkplatz und 339 fußte auf einem Kornfeld, von dem ein Verweis ins landwirtschaftliche Register führte – an dessen Endpunkt standen die ID-Nummern dreier Pflanzen, die im Artenlexikon mit Gerste, Dinkel und Weizen übersetzt wurden. „Integrierter Anbau", antwortete er fast genauso schnell, „sozusagen 'ne Dreikornmischung."

Tina freute sich, wie schnell er zurecht kam – durch meterweise Halbleiter und Draht übertrug sich dieser Teil ihrer Gedankenwelt auf Cle, welcher nur noch eintauchen wollte ins Wunderland der allgegenwärtigen Information.

„Wie erwartet, du packst es", strahlte sie ihn an. „Jetzt ist es nur eine Frage der Erfahrung. Noch ein paar solche Ausflüge und du siehst das, was ich sehe."

„Und was siehst du?"

„Mehr, auch wenn du dir das im Moment schwer vorstellen kannst."

Mehr als alles. Natürlich konnte Cle sich denken, wie weit der Horizont des Mädchen inzwischen reichen mochte. Über das Landesregister hinaus, entlang der Verweise, die für ihn noch direkten Blickkontakt benötigten. Tief ins Labyrinth der Wasserrohre musste ihr trainierter Blick vordringen, im Rhythmus der vier Fahrstühle, begleitet vom fernen Zischen vieler Luftschleusen.

Eines Tages, eines sehr nahen, greifbaren Tages, würde er genauso tief einsinken in die Datenflut, ganz von allein würde es geschehen, er musste nur an einem ausreichend komplizierten Ort stehen und mit allen Sinnen dem Sturm lauschen.

Überall sein.

Alles begreifen.

Ein Herzschlag für jeden Prozessortakt.

Am nächsten Morgen wurde Juliette in aller Frühe von

einem Anruf der Krankenschwester geweckt. Eine Minute später war sie vollständig angezogen, zupfte den dunkelgrünen Umhang über ihrem Anzug zurecht, sprang mit beiden Füßen gleichzeitig aus dem Raumschiff, rannte die Halle hinab und erwischte einen überfüllten Aufzug, dessen Schiebetüren sich gerade wieder schließen wollten.

Es scheint tatsächlich zu klappen! Wenn sie vor neun Uhr Ortszeit starteten, konnten sie noch heute die beurlaubte Besatzung von der Mondbasis abholen, morgen kurz vor Sonnenuntergang Neuseeland-2 anfliegen – der Landeplatz war bereits seit gestern gebucht und bestätigt – einen Tag später wieder verschwinden und den schon einmal verschobenen Termin mit Yu im japanischen Turm einhalten.

Dann wäre wenigstens der Zeitplan wieder im Lot. Die berechnete Route an den Raumstationen entlang zur Baustelle von Neptun-14 würde sich nicht zu sehr verschieben.

Die im warmen Morgenlicht schimmernden Glasfassaden des Krankenhauses nahm sie kaum wahr, während sie an ihnen vorbei stürmte, durch Portal und Eingangshalle zum erstbesten Aufzug eilte und atemlos gegen die Kabinenwand gelehnt auf die richtige Etage wartete.

Als sie im Kompetenzzentrum Psychologie und Neurowissenschaften ausstieg und kurz stehen blieb, um nach dem richtigen Flur Ausschau zu halten, hörten ihre Knie gerade auf, von der ungewohnten Anstrengung zu zittern. Normalerweise hatte sie kaum Möglichkeiten, weiter als zehn Schritte zu laufen.

„Ah, da sind Sie ja schon!" Die Therapeutin, die sie gestern kennen gelernt hatte, tauchte in einem Türrahmen auf und kam ihr entgegen. „Unser Patient schläft noch, wir wecken ihn so spät wie möglich. Kommen Sie doch gleich mal mit!"

Ein paar Türen weiter fand sich ein kleiner Konferenzraum, in den Juliette sich hinein winken ließ. Drinnen roch die Luft genauso neutral wie überall in diesem Gebäude, ein holografischer Projektor hing von der Decke herab, an der hinteren Wand war eine schmale Ablagefläche befestigt. An der linken, kürzeren Wand stand ein Blechschrank mit Zahlenschloss.

Die fünf Schachteln, die die Frau aus dem Schrank holte und auf der Ablage stapelte, waren aus schmutzabweisend beschichteter Pappe, jeweils an einer Seite von Hand beschriftet. Alle trugen sie das vierfarbige Logo des Krankenhauses.

„Wir haben den Wirkstoff in Hautpflaster verpackt", erklärte sie beiläufig, „das vereinfacht die Dosierung."

Unsicher schaute Juliette auf den kleinen Stapel herab. „Wie lange braucht er die noch?" fragte sie leise. Fünf Packungen waren zum Glück nicht viele.

„Das wird sich zeigen", die Ärztin wich ihrem Blick aus, als wäre es ihr peinlich, nichts Genaues vorhersagen zu können.

„Momentan braucht er sie ständig, sonst gerät seine Wahrnehmung sofort wieder aus dem Takt. Wahrscheinlich", sie rollte eine Folie auseinander, „werden schon nächste Woche zwei Pflaster am Tag reichen, später noch weniger."

Auf der Folie flossen Zeilen einer langen Liste vorbei. „Bis auf Weiteres sind aber vier am Tag unbedingt erforderlich, damit er überhaupt hört oder riecht, irgendwas über seinen synästhetischen Farbensturm hinaus."

Wahrscheinlich, bis auf Weiteres, Juliette hatte verstanden. Fakt war nur, dass Rihm konstante Medikamentenzufuhr benötigte; alles andere blieb reine Spekulation. Die Versorgungsanlagen der Raumstationen konnten jede Substanz kopieren, hier auf der Erde bekam man sie bestimmt in allen Apotheken. Wenigstens das war kein Problem.

Ein Knopfdruck, ein entfernter Klingelton, kurz darauf stand ein Pfleger in der Tür. „Hallo Ali", begrüßte ihn die Ärztin, „weck ihn jetzt und bring ihn gleich her. Du weißt schon, wen ich meine."

Wenige Minuten später kam Ali zurück und führte Rihm in das kleine Zimmer. Er schien die halbe Nacht sowieso nicht geschlafen zu haben.

„Guten Morgen", lächelte die Frau mit der Folie in der Hand, sie sprach betont deutlich. „Um halb sieben fängt die Verwaltung an zu arbeiten. Was die sich vorgestern hier geleistet haben ... Am besten zieht ihr kurz nach sechs Uhr ab, bevor da unten jemand nach euch fragen kann."

Rihm nickte nur, ein paar Worte hatte er anscheinend verstanden. Vorsichtshalber wiederholte Juliette die Aussage in Zeichensprache.

Auf seinem rechten Unterarm glänzte ein kleines, hellgrünes Pflaster. Solche Plastikstreifen würden noch lange seine Brücke zur Außenwelt bleiben.

Als sie endlich draußen auf dem Gang waren, blätterte Juliette pausenlos in den langen Texten, die in der Folie gespeichert waren, die man ihnen anstelle persönlicher Erklärungen mitgegeben hatte. In der großen Halle, wo der Flur sich wie eine stufenlose Wendeltreppe um die leere Mitte schraubte, musste Rihm sie ab und zu am Arm festhalten, damit sie nicht gegen das Geländer lief.

Ali zeigte seinen geheimnisvollen Schützlingen den Weg zum Transportschacht. Der unterste Zugang befand sich in der Notaufnahme im Erdgeschoss. Doch auch andere Ebenen waren direkt an den Schacht angeschlossen, der parallel zum West-Aufzug durch die Außenwand des Turms verlief.

„Also, wir haben uns das so überlegt", begann er nach einer Weile, „im ständigen hin und her der Hausverwaltung fällt ein ausgehender Transport mehr oder weniger niemandem auf. Die Robot-Module pendeln fast den ganzen Tag zwischen uns und den Produktionsanlagen auf Minus Eins, in einer Viertelstunde ist außerdem die Müllabfuhr fällig."

Minus Eins war das zweit unterste Stockwerk in jedem Turm. Das tiefste vor der Basis, die grundsätzlich auf Minus Zwei untergebracht war. Knapp unter der Erdoberfläche arbeiteten die meisten Fabriken des Landes, inklusive dem Prototypen-Assembler und allen Rohstoff- und Recyclingwerken. Das Krankenhaus betrieb schon immer einen festen Pendelverkehr.

„Wir haben ein paar Ersatz-Bots", erklärte Ali weiter, als sie

227

in einen langen, langweiligen Seitengang der Hausverwaltung einbogen, „die lassen wir immer einspringen, wenn ein anderer Abnutzungserscheinungen zeigt. Gleich schicken wir einen davon in umgekehrter Richtung los, nach oben statt in den Keller – und ihr beiden steigt vorher ein, alles klar?"

Wie spät mag es sein? Cle hatte nicht wirklich Lust, die Augen zu öffnen.

Wenn es nicht Nachmittag war, dann war es eben Abend. Bis früh um sieben hatte der virtuelle Ausflug gedauert, dann war die Wirkung von Tinas fantastischem Medikament abgeklungen und die Welt wieder verschwommen. Sie ahnte immer noch nichts von dem unvorstellbaren Seiteneffekt, dessen letzten Lichtblitzen Cle mit geschlossenen Augen nachspürte.

Solange noch ein Rest des Effekts erkennbar war, hätte er das Programm gar nicht beenden dürfen. Daheim in seiner üblichen Simulation, die sekundäre Eigenschaften nicht verwendete, hatte er es jedoch nicht bemerkt. Erst draußen, als er aufstehen und sich zur Tür umdrehen wollte, war ihm die flache Form des Klickens aufgefallen, mit dem die Nadel in die Halterung des Desinfektionsgeräts einrastete.

Anfangs hatte er es als Einbildung seiner überdrehten Fantasie abgetan. Doch dann der leise, klare Ton eines kippenden Wasserglases in der Küche, der wie eine schillernde Kugel vor seinem inneren Auge aufleuchtete und wieder verblasste. Ein kühler Wind aus der Klimaanlage schien zu summen, vage Andeutungen einer warmen Melodie.

Alles Übermenschliche war verschwunden, doch die Heilung blieb, zumindest teilweise. Hier und da zeigten sich Bruchstücke von Geräuschen, legte sich ein alltäglicher Duft, der ihm nie aufgefallen wäre, wie ein kitzelnder Film auf seine Fingerspitzen. Die Lücken seiner flachen Wahrnehmung füllten sich, das und nichts Anderes musste es sein.

Über Nacht – besser gesagt: den verschlafenen Tag – war alles so weit abgeklungen, dass er kaum noch etwas sah. Umso aufmerksamer lauschte er auf jedes Rauschen vor dem Fenster, das am Morgen noch wie Silberschleier geglitzert hatte und jetzt wieder flach war, reiner Schall, unsichtbar und konturenlos.

Nur die Wärme um ihn herum hinterließ noch einen Schimmer von Azurblau, hell gemustert von Tinas ruhigem Atem. Sie schlief offenbar noch.

Ein Gedanke ging ihm nicht aus dem Kopf. Was, wenn sie heute etwas Großes entdeckt hatten, nach dem diverse Kollegen des ätzenden Dr. Andod seit Jahrzehnten suchten?

Nun ja, von Suchen konnte eigentlich keine Rede sein. Kein Wissenschaftler der Universität beschäftigte sich vorrangig mit *Binding Deficiency*, dem Fachbegriff für sekundäre Halbsichtigkeit. Dafür war die Entwicklungsstörung sowohl zu selten, als auch zu harmlos.

Harmlos, solange man langweilig leben wollte. Cle hatte erst mit halb-legalen Mitteln gesellschaftliche Mauern einrennen müssen, um trotzdem zur Informatik-Schule zu dürfen.

Das muss mit in die erste Veröffentlichung, falls wir uns mit der Erfindung jemals ans Licht wagen. Über das *ob* und *wie* würde Tina entscheiden, sie hatte den Stoff schließlich entdeckt, überhaupt ging alles auf ihre grandiosen Ideen zurück.

Sie schlief noch immer, der gestrige Tag und die Nacht im Netz waren zusammen gerechnet nicht gerade kurz gewesen. Ihm selbst sollte es ähnlich gehen, wären da nicht die Farben und Oberflächen, die er nur aus fremden Beschreibungen kannte. Sie verschwanden langsam, waren so gut wie fort, doch eine faszinierende Erfahrung blieb.

Nach einer Weile fand er es sinnlos, wach in den frühen Abend hinein zu träumen. Auf dem Weg in die winzige Küche, das einzige vernachlässigte Zimmer, fühlte sich der Teppich zum letzten Mal nicht nur weich, sondern grün-grau schraffiert an.

Wenn seine Heldin aufwachte, sollte wenigstens etwas zu Essen da sein, auch wenn man nachmittags um fünf nicht mehr von Frühstück sprechen konnte. Natürlich war nichts da, das nicht schon drei Wochen im Kühlschrank gelegen hätte. Also versetzte er der kitschigen Plastikhülle seines Haushaltsroboters einen sanften Tritt und schickte ihn zum Bäcker.

Vier kleine Saugnapf-Pfoten knirschten leise an der Fassade, als der Bot aus dem geöffneten Fenster zur Straße hinab kletterte. Fast konnte Cle das Geräusch noch sehen, unscharf und blass ... vielleicht auch nur eine Erinnerung.

Endlich wieder eine vertraute Situation, das erste Stückchen Normalität seit Wochen. Ilsina und Juliette saßen auf zwei Containern im Frachtraum. Martin hockte davor auf dem Boden, mit dem Rücken an die anderthalb Meter hohe Wand von Ilsinas Sitzgelegenheit gelehnt. Rihm saß neben der Pilotin auf dem silber-blau lackierten Container und kam sich wie zu Hause vor.

Ilsina ließ die Füße hinab baumeln, ein Stiefel schlug gegen das Metall und erzeugte ein hohles Klopfen. Rihm hörte es in grauen Schattierungen, kugelförmig und lautlos.

Wie oft war er schon hier gewesen, um Module des Bordcomputers auszutauschen oder Software anzupassen? In seinen ersten Tagen auf diesem Raumschiff hatte noch Zhan am Steuer gesessen, Julie hatte man ihm als seine älteste Schülerin vorgestellt. Kaum zu glauben, aber es war gar nicht so lange her, dass sie den dunkelblauen Umhang der Lehrlinge erst gegen den warm roten der Matrosen und schließlich gegen den samtig grünen der Pilotin getauscht hatte.

Wenige Minuten nach sechs Uhr deutscher Ortszeit hatten sie den Turm verlassen. Der in die Wand integrierte Bildschirm, der ein Panorama-Fenster ersetzte, zeigte die im schräg einfallenden Sonnenlicht glitzernde Kuppel der Mondbasis, während das Schiff sich zum Landeanflug der Fernsteuerung hingab. Standardisierte Funksignale lenkten es sicher in eine freie Schleuse.

Die Vier konnten einfach so zusammen herumhängen und

über die vergangenen Tage reden. Wo die Amtssprache aus Handzeichen bestand, bemerkte Rihm nicht einmal, ob und wann die Wirkung seiner Medikamente nachließ.

Im zweiten Turm Neuseelands dämpften unzählige Strahler gleichzeitig die Beleuchtung und läuteten so den Abend ein. Um kurz vor halb acht kniete Tina zwischen ihren Decken und Kissen, knabberte an einem frischen Brötchen und notierte den einen oder anderen Punkt, den sie nicht sofort glauben konnte.

„Während du vom E/A-Treiber mit Input versorgt wurdest, hast du also alle Ebenen gesehen, das kann gut sein", wiederholte sie Cles freudestrahlenden Bericht. „Aber dann hier draußen ... bist du sicher, dass es keine Assoziation war, weil du im Programm etwas ganz ähnliches gehört hast?"

„Absolut sicher, wirklich", bestätigte Cle die ersten Minuten gesunder Wahrnehmung seines Lebens, „ich hab doch nicht nur was gehört und dann gedacht: Das klingt ja wie das, was so geleuchtet hat. Die glasige Lichtkugel war der Nachhall des Klirrens, war es einfach, ohne dass ich es begründen könnte. Es war echt! Genau so, wie du mir früher mal beschrieben hast, wie du hörst."

„Und jetzt?"

„Alles weg. Ist langsam verblasst, bis nichts mehr erkennbar war."

Nachdenklich ließ Tina ließ sich rücklings auf ihr Kissen fallen und starrte ins klare Licht der Deckenlampe. „Wir wiederholen es morgen", entschied sie dann. „Wir machen dort weiter, wo wir heute aufgehört haben. Mit der nächsten Datenbank, oder einer noch detaillierteren Landschaft, ganz wie du magst."

„Hallo Wang", lächelte Juliette den Asiaten auf dem Bildschirm an, „ich möchte nur nochmal bestätigen, dass wir den Liefertermin einhalten werden. In genau vierzehn Tagen bekommen Sie die Sauerstoff-Aggregate."

Wang war stellvertretender Bauleiter der Station Neptun-14, die nächstes Jahr den Betrieb aufnehmen sollte. Ein paar auf der Erde produzierte Chemie-Tanks zur Baustelle zu fliegen, die im hoffentlich niemals benötigten Notversorgungssystem installiert werden sollten, war an sich nichts Besonderes, ein ganz normaler Flug an den Raumstationen entlang, mit mehreren Zwischenstopps.

Vor einigen Monaten hätte die Route an Uranus und seinem Mond Umbriel vorbei geführt, in Sichtweite der Namariden-Kolonie – dem ältesten Bauwerk des äußeren Sonnensystems, das schon bewohnt gewesen war, lange bevor die Menschheit auch nur den Rand der heimischen Atmosphäre erreicht hatte. Um diese Zeit befand sich der Planet jedoch auf der falschen Seite der Sonne. Anstelle einer unauffälligen Passage durch namaridischen Raum wartete ein öder Flug durch sternengesprenkelte Langeweile auf sie.

„Wir haben mit nichts anderem gerechnet", erwiderte der gut gelaunte Ingenieur. „Stünde ihr Schiff nicht auf unserer inoffiziellen Liste der Zuverlässigsten, hätten Sie den Auftrag nie bekommen."

„Ach, so ist das also", grinste Juliette mit einem angedeuteten Zwinkern, „ihr führt also schwarze und weiße Listen."

Natürlich taten das alle. Die Macht der Gerüchte war ein offenes Geheimnis in der *Vereinigung interstellarer Gütertransport*.

Zwei Stunden später waren die zurück gelassenen Kollegen wieder an Bord, anstelle der silber-blauen Container stapelten sich rosa-grüne im Frachtraum und der australische Kontinent näherte sich langsam der Nachtseite. Mitsamt dem vertrauten Team von sechs Leuten plus seinem seit Jahren gut bekannten Informatiker glitt das Raumschiff lautlos durch die Schleuse in den luftleeren Raum.

Überall sein.
Alles begreifen.

Ein Herzschlag für jeden Prozessortakt.

Halb betäubt von der überwältigenden Erinnerung an die vergangenen drei Stunden nahm Cle sein Interface-Stirnband ab und ließ es achtlos am Kabelstrang über die Lehne hängen. Tina hatte ein rasantes Experiment mit ihm gewagt. Sie hatten gemeinsam Creanima besucht, die virtuelle Künstlerstadt, deren Wachstum er schon länger nicht mehr verfolgt hatte.

Normalerweise konnte man sich tagelang mit einem Stadtteil beschäftigen und immer noch etwas Neues entdecken. Dieser Besuch war anders gewesen, ein lebendiger Bildersturm. In nur einer Sekunde hatte sich ihm Creanimas ganze Schönheit offenbart; jeder Seestern im unterirdischen Meer, jeder Kratzer in den gläsernen Säulen des Flughafens, das Echo von tausend Füßen auf Böden unterschiedlicher Konsistenz war ihm gleichzeitig mit ungeteilter Aufmerksamkeit bewusst geworden.

Ganz ohne es geplant zu haben, hatte Rihm eine neue Mode begründet. Cle musste immer noch kichern, wenn er daran dachte. Überall, wo es Scheiben oder Skulpturen aus Kristallglas gab, tauschten verspielte Pärchen Botschaften aus. Jeder 2,47. Kristall war in seiner Molekülstruktur verzerrt; damit hatte das steganografische Fieber bereits mehr als die Hälfte aller Werke getroffen.

Natürlich gingen ihn die fremden Briefe der Bastler nichts an. Aber konnte er denn etwas dafür, dass er sie im klarsten Klartext der Welt lesen musste? Selber schuld, wer seine Unterhaltungen öffentlich versteckte, anstatt sich privat zu schreiben!

Das alles waren unbeschreibliche Erfahrungen, und dennoch standen sie vernachlässigbar im Schatten des anderen Seiteneffekts, den er mitnehmen konnte in die Außenwelt. Vorsichtig, ohne zu viel erwarten zu wollen, ließ er seine Füße am Teppich rascheln. Da war es wieder! Das unspektakuläre Geräusch flimmerte als flacher, grauer Kasten durch sein inneres Blickfeld.

Ihm blieben nur wenige Sekunden, um die endlich

vollständige Umgebung allein zu erkunden. Schon kam Tina aus ihrem Zimmer herüber und kniete sich neben ihm auf den Boden.

„Wonach riecht das?" fragte sie neugierig und schlug ihr Armband leicht gegen ein metallenes Tischbein, so dass ein ... roter! ... Glockenklang durch den Raum zog und einen Hauch von etwas Süßem hinter sich er zog. Ein Bisschen wie Kakao, oder doch mehr wie Schokolade. Cle lauschte dem hellen Klingen von Silber auf Stahl und musste plötzlich kichern.

„Ist ja irre, ein Schoko-Ton!" brachte er lachend hervor und stellte nicht wirklich verwundert fest, dass ihm die drei O beim Sprechen tiefschwarz vorkamen.

„Wunderbar – nun krieg dich schon wieder ein", strahlte das Mädchen, „und falls es dich interessiert: Für mich klang er golden mit eisblauem Glanz, passend zum Vanilleduft."

Kurz entschlossen griff sie daraufhin nach seinem Arm, massierte die noch rote Einstichstelle und ließ ihre warmen Hände langsam höher gleiten, bis sie seine rechte Schulter streichelten.

„Welche Farbe?"

Ein ganzer Regenbogen, hätte Cle sofort antworten können, *dominiert von sonnengelben Mustern*. Um den Moment auszudehnen, wartete er damit ein wenig.

Den Sensor auf der Stirn und den Blick konzentriert auf die Anzeigen in der Frontscheibe gerichtet, ließ Juliette die Ortszeit ihres Ziels einblenden. Da sie das Schiff Treibstoff sparend auf einer Position hielt, während sich die Erde darunter hinweg drehte, war der Anflug auf Neuseeland noch eine gute Stunde hin. Genau der richtige Zeitpunkt, um Cle anzurufen, fand sie angesichts der Wartezeit. Also ließ sie sich eine Video-Verbindung vor das innere Auge projizieren.

Man ließ sie eine geschlagene Minute lag warten, bis Cle und Tina zusammen im viereckigen Rahmen auftauchten. Seltsamerweise waren sie offline. Die Pilotin schaute in ihre natürlichen, unmittelbar von der Kamera erfassten Gesichter.

So hatte sie die beiden schon lange nicht mehr gesehen.

„Hallo Ihr", begann sie verunsichert, „ich wollte nur ankündigen, dass wir so gegen sieben Uhr eurer Ortszeit ankommen. Tut mir leid, dass ich euch nicht früher aufklären konnte. Jedenfalls ist Rihm bei mir und so gut wie in Ordnung."

„Noch heute? Wahnsinn ... ähm ... *so gut wie*?" fragte Tina, die als Erste wieder Worte fand.

Mit dieser Situation hatte sie gerechnet, besser gesagt, sie hatte diese Frage befürchtet. Vorsichtig suchte sie nach harmlosen Worten.

„Nun ja, es gab ein paar Komplikationen beim Entfernen des Implantats", versuchte sie eine Erklärung. „Wir konnten es auch nicht einfach ignorieren. Ein Langstrecken-Sender hatte es reaktiviert, das hätte immer wieder passieren können."

Tina wollte etwas erwidern. Aber Cle legte eine Hand auf ihre Schulter und versteckte sein Gesicht in der anderen.

„Ja, natürlich", murmelte er vor sich hin, „dieser Kalifornier, Tim nennt er sich, hat so was einmal angedeutet."

Sofort herrschte Stille auf beiden Seiten. Kommentarlos warteten die zwei Frauen darauf, was Cle aus erster Hand erfahren hatte.

„Es sei *gegen gezielte Beschädigung abgesichert*, hat er neulich gesagt. Es ging gerade um ein ganz anderes Thema, darum konnte ich nicht lange fragen, wollte es später in den technischen Dokumenten nachschlagen. Die ganze Architektur des Chips ist irgendwie darauf ausgerichtet, dass es keine Ex-Träger geben darf."

Wieder vergingen Sekunden in Stille. Dann endlich rang Juliette sich ein Lächeln ab. „Jetzt gibt es einen", meinte sie, „und es ist nur eine Frage der Zeit, wann die Folgen verschwinden."

„Und ... was sind die Folgen?"

„Im Moment hat Rihm kleinere Probleme mit dem Gleichgewicht, oben und unten sind ihm nicht immer ganz klar", fasste sie zusammen, was sie in den letzten zwei Tagen beobachtet hatte. „Ach ja, mit dem Gehör hat er größere Probleme, aber wir reden hier sowieso fast nur Interstellar, da stört es ihn nicht. Von Medizin habe ich kaum Ahnung, jedenfalls muss das Implantat irgendwie seine Sinne getrennt und programmatisch neu integriert haben.“

„Bist du sicher, dass das von selbst ausheilt?“ hakte Cle nach. „Es war zwar nur ein Prototyp, diese ... *Sicherung* muss nicht perfekt gewesen sein, aber ... “

„Er kommt zurecht“, stellte die Pilotin klar, während sie den rasend wirbelnden Wolken zuschaute, unter denen der Ozean lag.

Solange er bei uns im Weltraum bleibt, hätte sie beinahe hinzugefügt.

Kurz vor halb sieben fiel eine Tür sanft klickend ins Schloss. Zwei selten draußen gesehene Figuren rannten quer über die unnatürlich gepflegte Grünanlage vor dem Botanischen Institut, die geschlängelten Flaniermeilen hinunter stadtauswärts.

Heute schien sich die Wartezeit vor dem Nord-Aufzug ewig in die Länge zu ziehen. Die zirka zweihundert Zwischenstopps kamen Cle und Tina wie zweitausend vor. Oben in der letzten Hafenhalle floss wie immer die mehr modisch als ergonomisch grau-violett gefärbte Liste der aktuellen Starts und Landungen unter der Decke entlang. Julie war noch nicht dabei. Die nächstbeste Info-Säule verriet ihnen den reservierten Landeplatz.

Umsonst beeilt. Die Ziffern der Uhr in Cles Armband sprangen auf die neunte Minute nach sieben um, hoch über ihren Köpfen schoben sich Zeile für Zeile die Nachrichten anderer Luftschleusen vorbei. Abwartend, die sinnlose Aufregung mühsam unterdrückend, lehnten sie sich neben dem versiegelten Portal an die Wand und verfolgten wortlos den Datenstrom.

Glücklicherweise ließ man sie nicht lange warten. Über ihnen schob sich die nächste Nachricht ins Bild, fast gleichzeitig leuchtete der kreisrunde, vier Meter hohe Rahmen der Schleuse in warnendem Rot auf. Die Alarmfarbe bedeutete, dass das äußere Schleusentor sich gerade öffnete. Dicht neben dem inneren Tor war ein dünnes Vibrieren sogar durch die Außenmauer hindurch zu spüren.

Nach einer Minute verblasste der rote Ring für einen Moment und färbte sich gelb, die äußere Schleuse hatte sich hinter dem Schiff geschlossen. Hinter der makellos weißen Wand musste ein wahrer Sturm in die Zelle rasen, um den Luftdruck in minutenschnelle anzugleichen.

Die absolute Stille hinter dem Schleusentor dehnte sie zu einer Ewigkeit und bildete einen unerträglichen Gegensatz zur ruhelosen Geschäftigkeit des Flughafens, zu den umher fahrenden Robotern und gestikulierenden Menschen. So wie das allgegenwärtige Weiß im Kontrast zum scheinbaren Chaos ringsum stand. Endlich leuchtete der Rahmen im selben erfrischend kühlen, hellen Blau, das auch alle anderen belegten Landeplätze zu beiden Seiten der Halle umgab.

Mit einem kaum hörbaren Summen glitt das innere Tor nach links in die Wand hinein und gab den Blick auf den Mittelklasse-Frachter frei, der trotz seines stellenweise abgenutzten weißen Lacks noch mit der Umgebung um die Wette glänzen konnte.

Nur in Bodennähe, bis knapp unter die vordere Einstiegsluke, zierten es grobe Kratzer. Beim Anblick der leicht lädierten Unterseite erinnerte Cle sich daran, was Lissa beiläufig erwähnt hatte:

Wenn es euch interessiert, wie Julie es geschafft hat, kurz vorm Landeanflug in der Wildnis abzustürzen, müsst ihr sie selber fragen.

Offensichtlich steckte dahinter doch mehr als ein gehässiger Spruch. Roboter rollten heran und inspizierten das Heck mit dem bereits geöffneten Laderaum.

Gut gemacht, fand Cle, *sie hat sich also auf der Mondbasis noch die Zeit genommen, eine Lieferung an Bord zu nehmen.*

Das ließ die Landung in einem terrestrischen Turm als

normalen, rein dienstlichen Abstecher erscheinen. Endlich sprang auch die Seitentür am vorderen Ende nach oben. Fünf Leute mittleren Alters kletterten heraus, dazwischen eine jugendliche Blondine und ein weiterer Lehrling, die man an ihren blauen Mänteln erkannte.

Ganz zum Schluss, als die Matrosen sich zu den Robotern zurück zogen, tauchten Julie und Rihm zusammen im Ausstieg auf. So sehr sie diesem Moment entgegen gefiebert hatten, so wenig passierte nun. Niemand wusste so recht, was er tun oder sagen sollte.

Schließlich wagte Rihm selbst den ersten Schritt, lief auf seine zwei besten Freunde zu und blieb dann unsicher vor ihnen stehen. Was sollte er sagen, und wie? Doch Julie stand schon hinter ihm und bot sich als Dolmetscherin an.

Rede einfach in unserer Sprache, zeigten ihre geschickten Finger, *ich übersetze dann ins Terranische.*

Von einem bestätigenden Piepsen begleitet, rastete der Chip wieder in die Unterseite des Armbands ein. Alle Info-Steine blinken nacheinander auf, so dass ein buntes Licht einmal im Kreis lief, während die neue Software geladen wurde.

Cle wartete noch das zweite Piepsen ab. Dann gab er Rihm sein Armband zurück und lud das Programm, das er gerade in einem Forum im Netz gefunden hatte, auch in seinen eigenen Schmuck. Es war ein Übersetzungswerkzeug, das interstellare Handsprache in terranische Lautsprache und diese in geschriebenen Text übersetzte.

„Okay, verstehen wir uns jetzt besser?" sagte er mehr zum schwarzen Stein als zu Rihm, über dessen Handgelenk rot glühende Buchstaben erschienen.

Sie standen zu zweit in Cles Zimmer vor dem Terminal. Tina war mit Julie in die Gärten verschwunden – wahrscheinlich, um mit etwas anzugeben, das außerhalb der Erde selten war. Rihm tippte den Projektor-Stein mit dem Ringfinger an und öffnete so einen Konfigurationsdialog, wo er die Textfarbe abschaltete. Daraufhin lud das Programm seine seit Jahren unveränderliche Alphabet-Palette, die Buchstaben nahmen endlich ihre richtigen Farben an.

„Klar verstehe ich dich jetzt – und andersrum?" schrieben seine inzwischen deutlich in Übung gekommenen Finger in die Luft.

Cles Armband las laut mit. „Verdammt, das nervt auf Dauer aber", grinste dieser und schaltete ebenfalls auf Text um.

„Dann gehen wir mal runter!" Rihm schnappte sich seinen geliebten schwarzen Filzmantel, der jetzt endlich wieder stets in Reichweite lag, und stand bereits mit einem Fuß im Flur. Nach fast drei Wochen, deren Hintergrund er wohl niemals ganz verstehen würde und wollte, war es an der Zeit nachzusehen, was aus seiner Werkstatt geworden war.

„Hey, keine Hektik! Ich sagte doch, wir haben alle offenen Aufträge irgendwie abgeschlossen", rief Cle auf dem Weg zur Tür. „Das heißt, die Einfachsten haben wir sogar ausgeführt. Den Rest ging unerledigt zurück an deine Kunden. Natürlich mit ausführlicher Entschuldigung, damit sie wieder kommen."

Damit sie wieder kommen. Wie sinnlos. Sollte er jetzt schon sagen, dass er nicht vor hatte, hier zu bleiben? Vielleicht doch erst nachher.

Rihm wollte nur ein paar persönliche Dateien aus dem alten Terminal kopieren und den Kellerraum vernünftig versiegeln. Als einen letzten Anlaufpunkt, falls es ihn jemals wieder nach Neuseeland verschlug.

Vielleicht waren auch die dort gelagerten Ersatzteile noch nützlich. Wie lange sollte er sich sonst noch mit diesem umständlichen Übersetzer am Handgelenk verständlich machen? Wie lange würde er brauchen, um wieder normal zu hören? Niemand konnte das vorhersagen.

Auf der Straße mit ihren ewig ruhelosen Laufbändern, die um diese Uhrzeit voller aufgetakelter Nachtschwärmer waren, erzählte Cle alles über das neue Wundermittel, das seine Freundin entwickelt hatte. Rihm war dankbar, dass er ihn nicht mit Fragen nervte und las aufmerksam mit. Das lenkte von den Leuten ab, die ihn im Vorbeigehen anglotzen.

Nach einigen im Dämmerlicht schmal wirkenden Querstraßen, sowie drei bunt blühenden Hinterhöfen erreichten sie den inzwischen reparierten Lift. Keine einzige Spur erinnerte mehr an irgendetwas, Rihms letzter Tag hier war selbstverständlich wie ausgelöscht. Als wäre nie etwas geschehen, brachte sie die – wie immer etwas sandige – Kabine hinunter in den von hundert identischen Blechtüren gesäumten Kellergang.

„Um auf eure Zauberdroge zurück zu kommen", nahm Rihm das Thema wieder auf, „dir ist hoffentlich klar, dass ich das nicht einfach so ausprobieren kann. Wechselwirkungen und so, du weißt schon. Das fällt mir nur gerade ein", er wollte sich kurz abwenden, schüttelte dann aber den Kopf und schob seinen Ärmel hoch, „weil ich schon wieder so komisches Zeug sehe. Brauche mal eben ein neues Pflaster."

Dabei zog er mit der linken Hand eine Schachtel aus der Manteltasche, fischte einen farblosen Plastikstreifen heraus und klebte ihn auf seinen rechten Unterarm. Den längst weiß verfärbten, alten   Streifen riss er ab und entsorgte ihn vorübergehend in der Tasche. Die Haut darunter war rötlich und von unzähligen kleinen Nadelstichen gezeichnet: den mikroskopischen Widerhaken, an denen entlang das Medikament eingeschleust wurde.

„Ah, so ist es besser!" Sein Gesicht entspannte sich etwas, als das neue Pflaster zu wirken begann. „Jetzt sind die Türrahmen wieder gerade. Eben haben sie sich schon richtig verbogen."

„Moment mal", warf Cle ein, „Julie meinte vorhin, du hättest nur Probleme mit dem Hören."

„Ja, bis gestern. Hab es ihr noch nicht gesagt, weil ich dachte, es geht von selber wieder weg."

„Dass es jetzt auch deine Augen befällt?"

„Hey, von *befallen* kann nun wirklich keine Rede sein!"

Obwohl ihm die Veränderung selbst etwas Angst machte, musste Rihm bei diesem Wort lachen. „Es sind nur die geraden Linien. Die verzerren sich ab und zu. Aber ich weiß ja, dass sie sich nicht in echt bewegen, muss mich nur an den schrägen Anblick gewöhnen."

Einen nachdenklichen Moment später nahm Cle ihm die Schachtel aus der Hand. „Schon mal dran gedacht, dass es eine Nebenwirkung von dem Mittel sein kann, das eigentlich dagegen halten sollte? Manche Medikamente sollen angeblich abhängig machen."

Er drehte und wendete die Pappe auf der Suche nach Inhaltsangaben und entdeckte, dass eine der längeren Seitenflächen aus Info-Folie bestand. Auf das Handzeichen für *Inhaltsverzeichnis* reagierte sie mit einer längeren Liste, aus der Cle den Punkt *Zusammensetzung* auswählte.

„Das ... das ist ja ... ist ja unglaublich!"

Über der winzigen Schrift vergaß Cle völlig, dass selbst sein fasziniertes Flüstern vom Übersetzer mitgeschrieben wurde. Die kryptischen Namen der Substanzen waren dieselben, die er bereits in der Konfigurationsdatei des Bio-Assemblers gelesen hatte. Lediglich die Mengenverhältnisse variierten.

„Du kannst es jederzeit nachbestellen, nicht wahr?"

„Natürlich, wieso?"

„Nun ja ... wir haben fast das Gleiche verwendet, nur anders abgestimmt." Seine rechte Hand wollte mit dem Verschluss spielen, vorsorglich ließ er die Packung los. „Wenn du nichts dagegen hast ..."

Rihm nahm seine Pflaster wieder an sich. „... wollt ihr eines davon ausleihen, schon klar."

Vor der Tür mit dem Messingschild angekommen, schloss Rihm seinen Kellerraum auf und staunte nicht schlecht. „Ihr habt sogar aufgeräumt!"

„So gut es ging, ohne deine höhere Ordnung zu gefährden." Cle folgte ihm in den Raum und war seltsamerweise erleichtert, ihn so vorzufinden, wie er ihn nach dem letzten Besuch verlassen hatte. Natürlich hatte er nichts anderes erwartet, aber unheimlich war es dennoch, wieder mit dem Bewohner zusammen hier unten zu sein.

Die gebrauchten Ersatzteile, die der Schatten einst ersetzt, repariert und behalten hatte, lagen unverändert in ihren

Regalen. Nur der Fußboden war freigeräumt. Mit weißen Zetteln beschriftete Aufträge gab es keine mehr, einer nach dem anderen hatten die Besitzer sie abgeholt. An der rechten Wand stand die Kombination aus Tisch und Terminal, davor der schwarze Drehstuhl.

Für ein paar Sekunden herrschte Stille im Keller, nur das Kratzen ferne Schritte in einem anderen Flur störte den Moment. Dann stieg Rihm auf eine kleine Leiter, die in der Ecke stand, holte eine leere Kiste aus dunkelgrauem Plastik vom höchsten Regalbrett und begann, die Ersatzteile einzupacken. Wortlos stapelte er angestaubte Platinen und äußerlich veraltet aussehende Bordcomputer fremder Raumschiffe nebeneinander auf.

„Ähm ... willst du das alles mitnehmen?" Cle war verwirrt. Was hatte der Schatten vor, wollte er seine Werkstatt einfach so schließen?

Zwei weitere Bauteile fanden ihren Platz in der Kiste, bevor Rihm sich gezwungen sah den Satz zu formulieren, dem er die ganze Zeit aus dem Weg gegangen war.

„Dir würde es vielleicht nichts ausmachen, nur noch im Netz normal zurecht zu kommen", begann er zaghaft. „Klar könnte ich mich in Simulationen flüchten, bin ja nur hier draußen behindert. Eigentlich hatte ich aber etwas anderes mit meinem Leben vor."

Cle stand noch immer im Türrahmen. Plötzlich begriff er, dass der düstere Kryptoanalytiker, der hier unten immer vergessene Kennwörter gerettet hatte, niemals geplant hatte, länger als nötig im Land zu bleiben. Jemand anderes musste von jetzt an die überholten Steuerprogramme der Transportschiffe erneuern, da Rihm sich nur noch um ein einziges Raumschiff kümmern würde.

„Ihr bleibt also zusammen", sagte er nur.

„Vielleicht hätten wir das schon letztes Jahr tun sollen." Die letzte Platine verschwand zwischen den Anderen.

Nachdem alle Schätze eingepackt beziehungsweise kopiert waren, sprach Rihm auf dem Flur noch einmal das Experiment an. „Eine Sache finde ich irgendwie verrückt", meinte er, „wir nehmen fast das gleiche Mittel gegen genau gegenteilige Störungen."

„Ist schon seltsam, da hast du Recht", musste Cle zustimmen. Rihm hatte eine einwandfreie sekundäre Wahrnehmung, die aber mit der Primären aus dem Takt geriet. Bei ihm selbst war es umgekehrt, ihm fehlten sämtliche sekundären Kanäle. „Wir sollten Tinchen fragen. Sie weiß besser, wie das Zeug überhaupt wirkt."

„Schwer zu sagen", murmelte Tina halblaut, das Gesicht dicht über der winzigen Schrift, die eine Seitenfläche der Pappschachtel ausfüllte. Sie saß zwischen Julie und Cle im Gras und blinzelte hin und wieder auf den flachen Stein vor ihren Füßen, auf dem eine Projektion ihrer Assembler-Konfiguration gegen die zunehmende Dunkelheit an leuchtete.

„Es ist wirklich sehr ähnlich. Bist du sicher, dass du damit tatsächlich mehr hörst, und nicht nur aus dem bisschen Schall mehr Bedeutung ziehen kannst?"

„Absolut sicher", bestätige Rihm, der zwischen Julie und Cle saß, Tina damit direkt gegenüber. Noch während der Text über dem Stein flackerte und kurz von der automatischen Übersetzung verdeckt wurde, war er sich auf einmal gar nicht mehr so sicher. „Nun, im Prinzip sehe ich ja alle Geräusche, sogar viel deutlicher als früher, nur die reine Lautkomponente bleibt stumm. Da muss eine unbewusste Vorstufe sein, die bei mir überbrückt und vom Medikament irgendwie wieder aktiviert wird."

„Dann könnte es also derselbe Effekt sein!" Ein strahlendes Lachen breitete sich über ihr Gesicht aus, als sie Rihm seine Schachtel zuwarf und den Projektor-Stein in ihrem Armband abschaltete. „Die ganze Fülle der Details, die jeden Augenblick auf uns einströmen, erfassen wir alle sowieso nie. Dieses hübsche, blassgrüne Kraut vervielfacht unseren Horizont um einen gewissen Faktor, so dass derselbe Input mehr

Information zu enthalten scheint. Genau genommen", sie streckte den Arm nach hinten unter einen Busch aus und rupfte dort einen dürren Halm ab, „ist es nicht allein das Kraut, das könnte man sogar folgenlos essen. Frag mich nicht, wie viel Prozent der Pflanzen diesen Parasiten tragen, jedenfalls hab ich gelesen, dass fast alle einen Pilz enthalten."

Den frisch gepflückten Halm in der Hand, setzte sie sich wieder gerade hin. „Seht ihr irgendwas davon? Dieses Grün könnte auch die normale Farbe einer Schattenpflanze sein. Kein Zeichen von Pilzbefall, dabei enthält der Halm den Hauptbestandteil beider Substanzen. Nur die kleinen Zusätze sind verschieden gemischt."

Cle riss sie schließlich aus ihren Gedanken. Unsicher griff er nach der Pflanze und sah sie ernst an.

„Tinchen, eine Frage am Rande ... du hast doch nicht etwa mit echten Kräutern herum experimentiert?"

„So was traust du mir zu? Nein, überleben wollte ich es von Anfang an." Noch immer gut gelaunt ließ sie das Wildkraut fallen und schnappte sich stattdessen Cles Hand. „Aber um überhaupt dahinter zu kommen, was man eventuell verwenden könnte, musste ich wahre Megabytes in uralten Büchern lesen. Die meisten stammen aus Zeiten, in denen es weder Bio-Assembler noch Prototyping gab. Dort stand zu jeder noch so simplen Chemikalie, wo sie in der Natur vorkommt."

„Dann ist ja alles in Ordnung! Ähm ... kopierst du mir die Bücher morgen mal?" Tinas Erfindung war also noch nicht einmal neu, eher eine Wiederentdeckung in den Tiefen notdürftig digitalisierter Archive. „Ich will nur wissen, wo und wie man so was findet."

„Mir bitte auch", warf Julie plötzlich ein. „Nächste Woche fliegen wir die lange Neptun-Passage, da kann etwas dumme Unterhaltungsliteratur nicht schaden."

Überrascht schaute Tina zu ihr auf. „Ihr geht in Position für einen Hyperraum-Transfer?"

„Nicht direkt", erwiderte sie, „aber es wäre toll, wenn wir

den Auftrag bekommen. Ich warte seit Wochen auf eine Bestätigung, das *Terra Nova*-Komitee wird sich garantiert bald melden. Bis dahin beliefern wir nur die abgelegenste Baustelle des Sonnensystems."

„Hey, davon hast du noch gar nichts gesagt!" Rihm schaute bei dieser Aussicht keineswegs erschrocken drein, eher freudig überrascht.

„Weil es noch nicht fest steht. Aber falls ich demnächst eine positive Rückmeldung bekomme, sind wir bereits in idealer Startposition."

Damit stand sie auf und schaute sich um, als vermisse sie ein funkelndes Sternenpanorama. Es war ziemlich spät geworden.

„Wir begleiten euch noch zur Schleuse", beantwortete Tina den nicht ausgesprochenen Satz.

So verließ noch vor Mitternacht ein Mittelklasse-Frachter den Turm. An Bord trug er zwanzig Container mit landestypischen Produkten und einen Computer-Spezialisten, der in fremden Akten als unvermeidbarer Verlust geführt wurde.

Am Nachmittag des folgenden Tages verließ der Frachter auch den japanischen Turm, wo ihn nichts lange aufgehalten hatte. Auf Mars-5 wechselte Matrose Darik auf ein befreundetes Schiff. Eine Woche darauf tauschte die neue Maschinistin Lucia mit Marco den Arbeitsplatz, so dass die Besatzung letzten Endes wieder zu sechst war. Der Meister des Bordcomputers war inzwischen längst auch offizieller Bürger der *Vereinigung interstellarer Gütertransport.*

Das erste Memo erreichte Cles Posteingang am späten Vormittag. Das Zweite ließ nicht lange auf sich warten, Drittes und Viertes liefen gleichzeitig ein. Um kurz vor zwölf sprang der automatische Filter an und sortierte die zahllosen Briefe nach Relevanz.

Als Cle die Berge von Post bemerkte, schaute er zuerst bei Tina vorbei, die in ihrem virtuellen Labor programmierte und alle Nachrichten sorgfältig ignorierte. Sie ließ sich von ihm unterbrechen, rief die Posteingangsstatistik auf und starrte entgeistert auf die dreistellige Anzahl.

Gerade zwei Tage war es her, dass sie ihre fünfzehn Seiten lange Ausarbeitung über erweitertes Bewusstsein veröffentlicht hatten. Gestern hatte sich überhaupt niemand gemeldet, heute prasselten auf einmal Antworten wie Hagelschauer auf sie ein.

„Was ist denn hier los?" rief sie und griff sich das erstbeste Gedankenpaket heraus. Nachdem sie es geöffnet hatte, sah sie nicht viel schlauer aus. „Der sagt, er hätte unseren Aufsatz in der Zeitschrift der italienischen *Schule für weiterführende Informatik* gelesen. Da haben wir doch gar nicht veröffentlicht!" Sie lud sich den nächsten Brief ins Gedächtnis und fand wieder die gleiche Betreffzeile. „Lass uns mal die aktuelle Ausgabe durch blättern", schlug sie schließlich vor.

Auf den in den Farben der Schule dekorierten Wegen, die durch die Artikel-Gärten der Zeitschrift führten, kamen sie zuerst an den Symbolen für Leserbriefe vorbei. Dahinter schlängelte sich der Pfad durch die Kurzmeldungen und führte seine suchenden Leser auf die breite Straße der aktuellen Artikel.

Grafiken standen aus dem Kontext gerissen am Wegesrand. Dazwischen thronten auf fein gezeichneten Ständern die Symbole, über die man als Gedankenpakete hinterlegte Artikel öffnen konnte. Schlagzeilen in Blockschrift umgaben sie wie Gartenzäune. In dem aufwendig gestalteten Inhaltsverzeichnis fanden sie bald ihren eigenen Text. Die renommierte Zeitschrift hatte ihn übernommen, weil die Redakteure ihn interessant fanden.

Cle versetzte dem Ständer einen Tritt und fing sich den abfälligen Blick eines fremden Lesers ein, der sich gerade in entgegengesetzter Richtung durch das Verzeichnis arbeitete. „Da ist man einmal vorsichtig und stellt das Paket nur ins Forum einer aufgeschlossenen Hacker-Gemeinschaft ..."

Kommentarlos betrachtete Tina die Szene. Schließlich ließ

sie das Navigationsfenster vor ihrer linken Hand aufspringen und nahm ihren Freund mit zurück ins Arbeitszimmer.

„Lies doch erst einmal, was der Professor hier geschrieben hat. Und dieser Typ vom deutschen Krankenhaus erst!"

„Wir haben den Auftrag!" Aufgeregt kletterte Rihm durch das Verbindungsfenster in Tinas virtuellen Garten. „Übermorgen tauchen wir in den Hyperraum ab, mein erster interstellarer Flug!"

„Gratuliere!" rief Cle ihm entgegen. „Wie geht es dir überhaupt?"

„Ähm ... Hallo erst mal." Sicher im Gras angekommen, ging er zu Tina und Cle hinüber, die auf dem untersten Ast eines blühenden Baumes hockten. „Abgesehen davon, dass die Leute mich manchmal als *Ilsina in Schwarz* bezeichnen, oder sie als *Rihm in Weiß*, ist bei uns da draußen alles super. Bin nur noch etwas müde von der Party gestern Abend ... Wusstet ihr das schon? Je abgelegener eine Raumstation ist, desto öfter feiern die Bewohner. Weil sowieso keiner mitbekommt, was sie den ganzen Tag treiben."

„Kulturloser Weltraum!" grinste Tina und zog einen zerknitterten Zettel aus der Hosentasche, der sich sogleich zu einem sauberen Blatt Briefpapier auf faltete. „Schau mal, wir haben unser Projekt aus der Hand gegeben."

Es war ein Schreiben der globalen Universität. Eine Forschungsgruppe aus Informatikern und Neurologen plante wissenschaftlich fundierte Studien über ihre größtenteils nach alten Schriften zusammengestellte Mixtur.

„Wenn sich herausstellt, dass es in minimaler Dosis tatsächlich gegen Halbsichtigkeit hilft", fuhr sie hörbar stolz fort, „ist die amtliche Zulassung nur eine Frage der Zeit."

„Und das mit der erweiterten Simulation?"

„Wird bisher noch als elitäres Werkzeug für Freaks abgetan." Sie knüllte den Zettel wieder zusammen und quetschte ihn in die Tasche zurück. „Aber ... *eine Freundin* hat ein paar ältere Studenten um sich versammelt und will eine überzeugende

Anwendung daraus entwickeln." Beinahe hätte sie einen falschen Namen erwähnt.

„Wer, Lara?" fragte Rihm völlig gelassen nach. „Kannst sie ruhig aussprechen, ich hab schon lange kein Problem mehr mit ihr. Die Erde ist weit genug weg, wirklich."

„Richtig geraten, Lara war natürlich sofort Feuer und Flamme für unsere verrückten Experimente. Außerdem hat sie Kontakte zu Leuten, die immer ernst genommen werden. Schon darum brauchen wir sie."

„Hört sich alles großartig an", meinte Rihm, als ein grasgrünes Licht neben ihm aufleuchtete. „Sorry, das ist ein Ruf aus dem Maschinenraum. Lucia braucht Unterstützung."

Daraufhin winkte er das noch immer in der Luft schwebende Verbindungsfenster näher heran, um hindurch zu klettern. Der Hyperraum wartete.